浅夏韵歌卷

暖雪落尽处，相会且无声

——回味青涩往事，解密成长密码

主编/刘勇

中国财富出版社

图书在版编目（CIP）数据

暖雪落尽处，相会且无声/刘勇主编.—北京：中国财富出版社，2014.2

（角落里的青春·浅夏韵歌卷）

ISBN 978-7-5047-5021-1

Ⅰ.①暖… Ⅱ.①刘… Ⅲ.①短篇小说—小说集—中国—当代 Ⅳ.①I247.7

中国版本图书馆 CIP 数据核字（2013）第 281422 号

策划编辑	王秋萍	责任印制	方朋远
责任编辑	康书民 宋 宇	责任校对	梁 凡

出版发行	中国财富出版社		
社　　址	北京市丰台区南四环西路 188 号 5 区 20 楼	邮政编码	100070
电　　话	010-52227568（发行部）	010-52227588 转 307（总编室）	
	010-68589540（读者服务部）	010-52227588 转 305（质检部）	
网　　址	http://www.cfpress.com.cn		
经　　销	新华书店		
印　　刷	北京兴星伟业印刷有限公司		
书　　号	ISBN 978-7-5047-5021-1/I·0098		
开　　本	710mm×1000mm　1/16	版　次	2014 年 2 月第 1 版
印　　张	14	印　次	2014 年 2 月第 1 次印刷
字　　数	259 千字	定　价	27.80 元

版权所有·侵权必究·印装差错·负责调换

目 录

❦ 在水伊人

  我与莫少西的寂寞年华　　/3
  谁把青春锁进牙杯　　/8
  桃花依旧笑春风　　/13
  愿望树上的开心果　　/25
  让时间往前滚蛋　　/29

❦ 桑梓蛾眉

  莫失莫忘　　/37
  暗恋,是一个人的独舞　　/63
  不经意掉眼泪的女人,会被很多的男人爱慕　　/69
  生命中流逝过的画面　　/78
  樱花树下　　/86
  只想和你在一起　　/89
  青春牵着叛逆流浪　　/99

❦ 醉墨倾城

  遗落在时光里的爱　　/107
  抬头,无星无月　　/113
  徒手　　/122
  花心萝卜爱唱歌　　/128
  苏米米的甜酸之夏　　/132
  猫的恋人　　/141

喟叹青时

双宝　　/151
驼之泪　　/163
折花门前剧　　/168

琴断无声

银屑纷飞处，回首应洛霖　　/173
桃花过处　　/190
上穷碧落下黄泉　　/201
如月刀　　/211

在水伊人

我与莫少西的寂寞年华

■ 未绪

1. 相遇

周末的午后，太阳时隐时现，该说是个阴天，却也非然。初见莫少西便是这个难忘的午后。

公园的健身场所，人来人往，拿着一本书坐在秋千板上，不知在晃荡着什么，看着身旁荡着秋千的孩子，童真般的笑容，一点儿都不知道她的未来究竟会发生什么，或许应该说，未来会发生什么，谁又知道呢。

"姐姐，能不能把你的秋千给我玩一下下。"抬头我便看见了一个大男孩带着一个大约五岁的小女孩。

"好。"赶忙起身，向旁边的石头桌椅走去，抬头看见阳光正好浮现在他身上拉起了长长的背影。小心翼翼地看了一眼他，端正的轮廓，乌黑的头发，干净的一身运动衣，心里不由得想到："呵，还真是个好看的男孩子。"

坐在石头凳子上，一手托着脸颊，一手有意无意地翻着书。"哥哥，这个姐姐真好，你看我都有秋千玩了，哥哥，你推我。"小女孩喜悦的声音飘了过来。我不禁抬头凝望着这对兄妹俩。"好，那你可坐稳了啊。"说着便推着妹妹荡起了秋千，原来他的声音真好听。看着他望过来的眼神，我连忙低头看起了书。

"后来，我总算学会了如何去爱……"手机响了起来，一看是老妈来的电话，我便赶紧接听，"安柔，你住的地方找好了吗？有没有什么缺的呀？在外面要好好照顾自己……"听着妈妈一连串的担心忧虑，我很感动，只身来到这座没有亲人的大城市，真的不容易。"妈，都找好了，我和同学合租的，什么都不缺。我会好好的，你别担心啊。就这样，我还忙着呢，妈，拜拜。"赶紧挂断电话，怕多打一秒，就忍不住要哭，吸了一口气，抬头便看见他站在我面前。

"安柔？我叫莫少西，刚刚谢谢你。"

"哦，不谢。有事吗？"

"没事，就是想谢谢你把位子让给我妹妹玩。"

"嗯，不用……"

这样简单的没有营养的话题，让我们彼此都尴尬着。幸好，莫少西的妹妹活蹦乱跳地跑了过来，拉起我的手，要我陪她荡秋千。望着莫少西，我们相视而笑。

莫少雨的肉坨坨的小手一边牵着莫少西一边牵着我。和莫少西聊天的过程中，我知道了莫少西和我一样刚踏入社会，而小他那么多的妹妹与他同母异父。因为跟在母亲的身边，所以他跟妹妹的感情比较好。望着夕阳渐渐留下的残影，似乎有一种老夫老妻夕阳西下的散步的感觉。

"安姐姐，明天还会见到你吗?"莫少雨那可爱的大眼一眨一眨地望着我，"会的，以后姐姐有空常陪小雨玩。"看着小雨那可爱的样子，我一直都希望自己能有个可爱又懂事的妹妹。莫少西在那一句话都没有说，只是走出公园门口的时候，要了我的电话号码。

2. 再见

很长的一段时间，我都沉浸在找工作的事情里。几乎都快忘了有莫少西那个人的时候，我接到莫少西的电话，约我到公园，说是小雨想要我陪她玩。我赶忙就去了，路上有点胆怯和紧张，或多或少。这个男孩，给了我异样的感觉，于是，我便越来越好奇他，想要了解他。到公园的秋千那的时候，我看见莫少西背对着我坐在上次我坐的位子上看着妹妹荡着秋千，而莫少雨看见我过来了，便一溜烟地跑了过来，拉着我的手说："安姐姐，你来啦？好长时间都没有见安姐姐了，来陪小雨玩。"我拉着小雨的手边走边说："嗯。姐姐这不就来了吗。"起身的莫少西望向我俩，说道："安柔，你来了。"我微微笑了笑，点头说道："是啊，来陪小雨玩。"

渐渐地我和莫少西熟络了起来，或许，因为小雨的关系，我和莫少西才能这么快熟悉起来。我和小雨总是联合起来欺负莫少西，莫少西总是笑而不做声，偶尔逗逗小雨，而我也因为认识了他们，对小雨更加的像妹妹般地疼爱了。

在那以后，我们几乎天天出来玩，有时候带着小雨，有时候就我和莫少西。我们之间不再如初见尴尬的样子，偶尔吃个饭、聊天、散步，好像是情侣一般，却又比情侣少了那么一些什么。

夜晚的星空真的很美，知了声声地叫唤着，公园的人已不再是白天那样

暖雪落尽处，相会且无声

人来人往，我和莫少西肩并着肩走着，享受着寂寞夜空的一切，让我觉得不再害怕。莫少西突然停了下来，"安柔，做我女朋友好吗？"看着莫少西闪亮有神的眼睛，这是我第一次敢这么仔仔细细地看他，有点心动却又害怕这段感情来得太快，失去的时候会更快。只是，在爱情面前，既然来了，既然心动了，那就答应吧，无论后果是什么。看着莫少西渐渐失望的眼神，我立刻点头答应了他。

我知道自己是如此渴望做他女朋友，从见面的第一次，我就相信了一见钟情。只是在感情面前，我永远都显得那么被动，寂寞的夜空似乎都不再寂寞了，原先那些难过委屈的夜晚似乎都不在了，只剩下我和莫少西相拥幸福的笑容。

3. 了解

曾经，听谁说过，"我们因为不了解而走到一起，因为了解而分开。"我想大概我和莫少西就是这样。莫少西从来不和我讲家里甚至是介绍他的朋友同学，在我看来，对他来说，我或多或少不那么重要。我发现我越来越不了解他了，更多来说，我遗憾没有更早地出现在他以前的世界里，认识他的朋友同学甚至是家人，与他共同感受。

晚上，我和莫少西在吃饭的时候不小心打翻了水杯，弄湿了莫少西的裤子，莫少西便去了洗手间。我还在为刚刚的不小心而自责，感到内疚。突然，莫少西放在桌上的手机震动了，一看是叫"沈微"的发来的，因为很好奇，我刚准备打开便被身后来的莫少西给拿去了。"对不起，不是故意的。"看着莫少西那不开心的样子，我忍不住地又开始自责。"没事，吃饭吧。"淡淡的语气，似乎掩饰不了他的不开心。

后来，我忍不住问莫少西，沈微是谁？而莫少西只是回答我说，朋友，便不再多说了。只是，女人的感觉向来都是很敏感的，我不能得知他们的事，便没再多想了。

吃过晚饭路过公园时，我拉着莫少西去荡秋千，莫少西却笑我像个小朋友，让我小心一点。我荡得很高很高，我也不知道为什么会这么喜欢荡秋千，或许，努力使自己荡得最高，有放飞梦想的感觉，更加接近梦想的天堂。

莫少西和我就像相交的平行线，渐渐地，越走越远。如果，我未发现这一切，该有多好。

5

偶然登录了莫少西的邮箱，我发现都是他与沈微的信件。一一点击，一封封地看完，发现我和他发的邮件却全不见了，这是多么可笑，泪止不住地往下流。

4. 沈微

莫少西与沈微认识并不用多想，仅仅是同学，便把他们拴在一起。在当学生的时候，他们就慢慢相恋，向她告白，向她诉说他有多么爱她。年少的莫少西带着点轻狂和倔强，想要给沈微更好的生活，便想要离开这里，到外地工作。沈微明白这样做，是为自己好，便离开了莫少西。但是，往往事实却是那么不尽如人意，莫少西因为家里的原因，没有离开。

沈微知道，但是，不想拖累莫少西，便没有和莫少西重新在一起，只是想等，希望莫少西能好好努力，实现梦想，再在一起。

于是，莫少西很伤心，自己没有离开，却没有在一起。他很后悔当初的决定，一遍遍地懊恼着自己。

一个人吃饭、看书、逛街，与自己谈心，寂寞萦绕心头。总在恍然间看见一个熟悉的影子，走近才发现，看错了……

之后，俩人似乎不再芥蒂，没事聊聊天，聊着各自的生活，伤心、开心、委屈，一封封的邮件，炙热燃烧。

记得，那时小雨跟我说过，小雨和莫少西之前就看见过我荡着秋千。那个时候因为刚搬来，公园又离家近，一个人很无聊时会去公园玩，荡着秋千。那时候，我不以为然，没放在心上。如今，却明白了，那时候正好是莫少西一个人的时候，一个人吃饭、看书、逛街的时候。

那时候，莫少西与沈微思念着爱着对方，却从不肯再走进对方的心里，只是默默地关心着对方。

那么这一切，到底是我的错，我的介入，还是寂寞的错？

5. 离别

整整三天，我都没有出门，我不敢相信这一切。莫少西打电话给我，找过我，我却不愿见他，不愿面对这原本就不属于我们的爱情。

突然间，我好想好想逃离这里，好想忘记初见莫少西那阳光射入人心的笑容，好想忘记公园里那荡得很高很高的秋千，好想忘记星空下的我们肩并

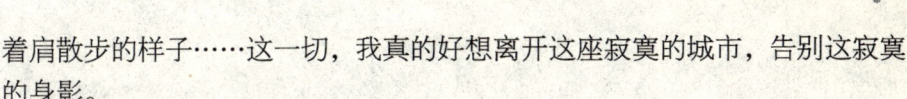

着肩散步的样子……这一切,我真的好想离开这座寂寞的城市,告别这寂寞的身影。

一个星期后,我买好了火车票,收拾好了行囊,约好了莫少西公园秋千旁见。

其实在我没有出门的那三天后,我便告诉了莫少西,我知道了一切,电话那头,只有无声而长久的沉默。

望着我们走过笑过的街角,忍不住想要流泪,为何短短几个月,这一切都已不再属于我。我该愤怒还是该怪上天的不公平?我不知道。到了公园秋千那,看到莫少西早已站在那里。记得那时,我便是荡着秋千,认识了初见的他,相遇的镜头一遍遍地回放。莫少西回头看见我站立在那,走了过来。只是,我突然觉得好陌生,就如我初见他的时候那般尴尬和胆怯。

"安柔,你要走了?"莫少西蹙着眉头,我好想好想伸手去抚平,转而发现自己已经没那个资格了。

"嗯,想和你说声再见了。"简简单单的,一个词,两个字,一切结束。"再见",转身泪已止不住地流了下来。莫少西,再见,再也不见。

不回头,我知道莫少西在我身后看着,只可惜,我遇见他的时候他心里早已住了一个人。看着这寂寞的风景,告别这最最寂寞的回忆,我却发现空气中布满了寂寞的气息。远处不知是谁在放《寂寞在唱什么歌》,"谁能告诉我,寂寞在唱什么歌,看你忧伤的姿婆,看我凄凉的冷落。谁能告诉我,是不是我的过错,为谁流泪的眼眸,为谁流血的伤口……"

很久以后,我才聪明过来:"在寂寞的年华,会遇见很多很多人,或许会契合,或许最后离开了。但是,谁肯遗忘那个曾在他们心里早已根深蒂固的人,并且深深地爱着的人。"

谁把青春锁进牙杯

■ 晓晓

当她重拾那些记忆的碎片,并将它们完整拼凑成整个过去时,她有些怀疑那些是否是自己的亲身经历了……

在美女们千方百计地想得到某人青睐之时,除了职责之外,她低调得对什么事都不闻不问,毫不知情的情况下被他设了一个圈套让她死死地钻了进去。那个全班举手投票赞成的班长,就是所谓的圈套。其实她从来就不想当班长的,如果想,她早就当了。傻傻地她傻傻地努力学习和做好她的本职工作,身兼了班上的几个要职,学校里还要负责学习部的一些工作。

暑假留校进行新生接待工作,外加学校整体搬迁,每天都忙得焦头烂额不说,而她轻信于人、毫无心机、毫无自保能力的傻帽样,却不知自己竟成了那个校园里的众矢之的。身心疲惫的她只好提前离校回家。回到家又黑又瘦的样子让家人看了很是心疼。她什么事也没跟爸妈说,只是轻轻地说了句:我累了,就提早回来了。

回到家她一直在想下学期转学好了,她不想再回那破学校去听别人的流言蜚语,看别人那异样的眼光。她回了趟奶奶家,那个安静而平和、有着她美好童年的地方。尽量地调整好自己的心态,最终她决定从容地面对回校将可能发生的一切。临近开学了,学校打来了一个电话,告诉她他们班换新班主任了,也告诉她要她开学时联络同学。她觉得莫名其妙,这跟她有什么关系。猛然想起自己竟是班长。换新班主任了,是不是回去就没那些压力了?她安慰着自己……

开学了她如往常一样早早地来到了学校。起初异常的平静,渐渐地就有一些话传进了她的耳朵。尤其是那些喜欢他的女生,话语更尖刻。更有班上的同学跑来质问她,问他的离开是不是因为她……刚开学,班上很多事情是需要她处理的,仅仅五十几个人的班级她都有些无力去管理了。她最希望的是新老师赶紧选下一批班干部,因为她霸占着几个位置:班长、团支书、学习部副部长。她很想从那些位置上退下来。

终于在一个晚自习的时候,重新竞选班干部了。作为班长的她认真地在

暖雪落尽处，相会且无声

黑板上写着……在一旁看着那些同学踊跃地上台竞选。大家一个个睁着疑惑的眼睛看着她，因为班长、团支书、学习委员……任何一个职位的竞选她都没有参加。她知道那一刻她于他们来说是陌生的。接着她帮着老师做着最后结果的公布。下晚自习后她的支持者全跑过来围着她，问她为什么什么也不当。她只是淡淡地笑着说：做平民多好呀！我以后就可以把更多的时间用来学习了……

她知道同学们和老师都对她失望了。而她又何尝不觉得失落呢？从上学起到那刻止，她都在做着老师的得力助手、班集体的骨干，而如今两手空空的她，不但不能被他们理解，也不能被自己理解了……

她说用更多的时间来学习，其实不然……她是在无意识地学坏了。她居然开始学会了恋爱，学会了逃课，学会了跟老师顶嘴，学会了说脏话……

她以为在众人眼里一向是品学兼优的"三好学生"那一刻便是走到了尽头，但周围的同学老师却一如既往地维护着她这个"好学生"。（她到现在为止也没弄明白，当时是他们糊涂还是自己伪装得好）

班主任老师一听说"国际观鸟节"主办方到他们学校征选志愿者，第一个就是力挺她去。主管校广播站的主任要她主持学校新迁后的第一次国旗下的讲话，还要她此后负责管理校广播站。校礼仪老师夸她是棵好苗子，在训练时要她在前面给大家做示范。

她走过某些地方会有校友礼貌地跟她打招呼，叫她淑女……每天早晨会准时在广播里出现她轻柔的声音，每周四会有她的专题栏目《心灵咖啡》，每次礼仪活动都能看到带队的那个穿着浅蓝色校服短裙和黑色高跟鞋、抹着淡妆的她。

她一直以为自己很低调，却不想自己已是那个并不大的校园里的风云人物。原本自信的她，在那里变得更加自信了，也就导致了现在的自恋……

我卖了个关子，相信聪明的你肯定也猜出一二来了吧！前面的那个他究竟是何人……

他是2006年刚退伍回来的一个帅帅的年轻教官，兼当她班上的班主任。那时他22岁，她16岁。她对他印象是很好的，他年轻又帅气，唱歌的声音很好听，他的字写得很漂亮……很多学姐都暗恋着他，好多同年级女生都想转到她们班上来。

渐渐地，她开始讨厌他，因为他很凶。虽然从没凶过她，但他动手打过她心爱的哥哥。她当时恶狠狠地瞪着他，管他什么班主任不班主任的……她想她必须保护好爱闯祸的哥哥不被任何人欺负，而且她是绝对有能力做

9

到的。

时间平静地走着,很快就到了军训一周的时间。他真的好严格,就像魔鬼一样地对待大家。但她可不怕,因为她一直都觉得自己是不会犯错的天使。只要她不出任何错,他能奈她如何?柔柔弱弱的她很坚强,即便是再辛苦再难忍受的训练她都始终坚持着。想必他是都已经看在眼里了。

在训练休息时一次玩老鹰捉小鸡的游戏中,柔弱的她被同学重重地甩倒在地,可怜的PP摔得好疼。旁边的同学把她扶起来时,他却笑着对大家说:刚刚摔倒的姿势好优美。委屈的她又朝他正笑得如月亮般的眼睛恶狠狠地瞪去,管他什么教官不教官的。

军训结束那天,要选出三个"优秀标兵",她以二十四票的最高票数拿到了那本红色的证书。

她不曾发觉他总是微笑着看着她。

军训结束的那天傍晚,她从外面回宿舍时,看见他醉醺醺地拿着教鞭站在楼梯口,对着上下的同学大喊:立正、稍息、敬礼、礼毕之类的,听同学说有时他还随手抓个人就说要罚站什么的。好多人都说他是个疯子。她还是从容地从他身边走过,不想像别人一样用那样的眼光去看他。听别人叫他疯子,她心里有些难受,自己也不知道是何种情愫。而突然从脑海闪过他笑时呈月亮状的眼睛和皱眉时呈三角形的眉间,让她有些不安了。

新的一周开始,一切恢复正常。

一天,班长因为身体状况不好,突然决定辞去班长的职务。前段时间莫名地由学习委员被调整到团支书的她,又被大家一致投票成功兼任班长了。她并不怎么情愿,心想不是还有两副班长吗?干吗偏要她兼职呢?可是同学们的一致支持,老师的极力要求,她也便只好答应把这些担子扛下了。

当了班长之后,因为有很多班上的情况要向班主任汇报,所以接触就比之前多了很多。过了几天他把他的手机塞到她手里,告诉她以后就用这手机跟他联系和汇报工作。其实他第一部手机还很新,可他重新换了部手机。那时的她并不知道这有什么特殊的意思,但多年以后的她明白了。

他和她的两个好姐妹关系很好,常会叫她们帮他打扫卫生什么的。他是不会让她干那些的,因为她是班长。她是不会帮他干那些的,因为她很懒。

他跟她们的距离越来越近,毕竟只相差6岁,而且她们都那么贪玩。渐渐地,周末的时候他会像个大哥哥一样带着她们、她哥哥和另一个男孩儿出去外面吃喝玩乐的。那座城市好吃的好玩的地方都闪过他们青春的身影。那时候他们真的都很开心。

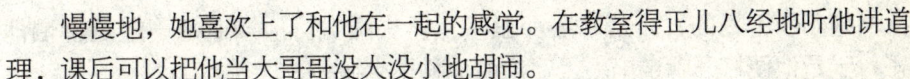

慢慢地，她喜欢上了和他在一起的感觉。在教室得正儿八经地听他讲道理，课后可以把他当大哥哥没大没小地胡闹。

一切都很正常，只是傻傻的她不知道他在她心里的变化。大家一起出去吃东西，他会像照顾小孩子一样给她夹菜、盛汤。一起出去玩，他会在过马路时小心地拉着她的小手。

她并未发觉这都是师生恋的前兆。

一次周末的晚上她跟她的一个好朋友在宿舍待着无聊，就跑去他的办公室看电视。时间过得还真够快的，居然到了关宿舍门的时间都不知道。她们没法回宿舍了，这时候要是跑去叫门，肯定会被骂死。他们一直在想办法，可是办法却都行不通。最后只好决定在他办公室待一夜，明早再回宿舍了。

他们继续看着电视，很快她朋友就有了睡意，可是他办公室里仅有一张不是很大的床，她叫她好朋友先睡。快两点的时候她也想睡，便也睡下了。他躺在了她旁边。瘦瘦的她尽量地让自己少占点儿位置，好让他们能睡得舒服些。躺下好久她都睡不着，一左一右的他们都是熟睡着。

她回想起以前听别人说：女孩子和男孩子在一起睡觉会很不安全的。她又想可是从小到大她跟表哥表姐睡一起，也是男孩子女孩子啊！也没见有什么不安全的嘛！她的小脑袋瓜子琢磨来琢磨去，然后看了看沉睡中的两人，最后得出的结论是：都睡觉了，一定安全啦！她赶紧闭上眼睛，开始安心地睡觉。

那时候的她还只是个 16 岁的孩子，什么都不懂，单纯得如一张白纸。

迷迷糊糊中她惊醒了，他正在亲她。她睁大着眼睛推开他，她真的没办法相信这一切。她哭着走到了窗前，久久地回不过神来。那可是自己的初吻，保留了 16 年、只想给自己将来的王子的初吻就这么没了？她真的不敢相信。他走到她身边，不停地说着对不起，然后他递给她一个抹了牙膏的牙刷和一个杯子。她接过就开始刷牙漱口，她居然傻傻地以为刷牙漱口完了就可以当什么都没发生过一样。

他除了说对不起，还告诉她他很喜欢她，之前那样是因为一时冲动。

她一时间没法原谅他，毕竟对她来说自己莫名地就丢了那么宝贵的东西。

她心里有一肚子的委屈想发泄出来，可是好朋友还在熟睡，她不能吵醒了她，不能让她知道这一切。尽管他对她做了本不该有的举动，可她还是要维护他的，因为他是班主任，而且一直都对自己很好很好。这事要是被第三个人知道了，他一定会被学校开除。

她不吵不闹的，只是站在那里不肯再去睡觉。他知道她一定是害怕他了，于是他便打开门走出去了，他说他睡男生宿舍去。

她等他走后，赶紧把门反锁了，才回到床上躺下。那半晚，从来不会失眠的她失眠了。

第二天，他把她叫到办公室，给她看了写给她的信。

她原谅了他，毕竟自己也是喜欢他的。

她没有跟任何人提起过这件事，这是她不能说的秘密。

他们开始了很单纯很单纯的交往。

他牵着她的手逛街，他带她出席朋友的聚会，小心地呵护着她。

经过一家婚纱馆的时候，他拉着她看，问她他还要等多久？她严肃地说：最少5年，或许6年吧！

实际上他们没有继续走下去。

冒失的她把他写的信和手机随便丢在了床头，被那群仰慕他且对她虎视眈眈的室友（事实上她们不是她的室友，只是留校期间暂时住在一起的那群旅游班的女孩子）。她们把信里的内容和短信的内容告诉了学校的领导。她赶紧打电话告诉了他，她不停地埋怨自己太不小心了。他却安慰着她说，没事，我不会让他们伤害到你的，大不了我离开，你就坚持说什么都不知道就好了。

他离开了，学校的领导也没人来找她问什么。她知道他一定做了什么、说了什么，否则怎么会这么风平浪静？

很快她回家了。

接着就是前面的那些琐碎的情节。

现在回想起来，她不知道那么一段日子是怎么熬过来的。她只记得她在人前装着若无其事，而一个人的时候不知无助地哭过多少次。

他始终在她心里占有一个位置，没人能代替。

她其实是对他心存感激的，因为他除了那次冲动地亲了她，并未对她做出什么过分的事情，最后还用自己的离开来保护她。

她说，如果可以回到从前，她还是情愿做那个16岁的小女孩儿，拥有他那不一般的宠爱。

她之所以在多年以后的今天写下这些，是因为她不想等哪天自己老了，什么都忘记了，无奈地对着自己的空白记忆库……

这是她对那个学校和他完整的记忆，她想将它们统统保存下来。

桃花依旧笑春风

■ 杜痕远

一

他曾经以为，他跟她在一起的那些日子是上天恩赐的一段时光，他甚至抱着跟她相伴一生的信仰，却终于未曾料到，一切都只是刹那芳华。

而后来，那些时光再回忆起来，不过都是一场幻觉罢了。

二

后来的苏阳终是信了那样的话，夏槿从来未曾出现在他的生命中，她一直在告别。

苏阳第一次遇见顾婉，是在恩阳镇的芙蓉桥上，时间是1999年。那些场景再回忆起来，苏阳依然记得的是，芙蓉桥上的灿烂的桃花，它们纷纷扬扬地坠落在风里的样子凛冽而忧伤。

烟花三月，苏阳跟随夏槿来到恩阳镇的那日，他们在芙蓉桥上看到一个卖风筝的女孩。很多年以后，苏阳仍记得，与顾婉的初见，便是在那个时候。

最初夏槿根本没认出那个女孩儿，在走近的时候，夏槿才突然尖叫起来，她大声地叫顾婉的名字，她说："顾婉，顾婉，好久不见啊。"

苏阳懂得，那一日之于夏槿和顾婉，是事隔多年的重逢。苏阳曾经在夏槿的口中得知那个叫顾婉的女孩儿，她是她的好朋友。她们曾经在四年前分别，然后在后来琐碎繁忙的时日里渐渐断了联系。

人往往要在长大以后才会发现，生命里最真挚的感情似乎永远都停留在年少，而成人以后，即使在后来的生活中遇见再多的人和事，却也都像是变了质一般，那么不真实。所以，苏阳亦能体会到，那一次的再见，于彼时的夏槿和顾婉来说，都是多么无限欣喜的事情。

苏阳在那时看见顾婉，她的身后是灿烂的桃花，一朵一朵地飘零在空气里。顾婉的笑容与桃花相映红。让苏阳想起那样的诗句：去年今日此门中，人面桃花相映红，人面不知何处去，桃花依旧笑春风。

苏阳失了神，然后听见夏槿的声音。夏槿说："顾婉，他是我的男朋友苏阳，我们一起在成都上学。"夏槿牵着顾婉的手，无限亲密的样子。而那时的苏阳不是没有看见，顾婉低头浅笑的样子，她的脸颊盛开小小的梨涡，纤细的手一直摩挲着胸前的银锁，弄得声声作响。

一阵寒暄之后，顾婉抬起头，逆着余晖看见苏阳轮廓清晰的脸。她侧过脸小声对夏槿说："夏槿，苏阳真是个英俊的男孩子啊。"苏阳听见了顾婉的话，淡淡地笑开，而这样便是算作认识了，因为年轻的缘故，大家也并无更多的隔阂，很快就聊到了兴头上。

苏阳看见顾婉裸露在空气里的脚踝，后来他想起来，许就是那一日吧，他的心里对这个叫顾婉的女孩儿产生了某种特殊的情愫，说不清道不明。

三

已经接近傍晚，他们帮顾婉收好了风筝小摊，把风筝和做风筝的工具小心翼翼地装在三轮车里，然后沿着河边走。一抬头，就可以看见恩阳镇满天空的风筝。

"顾婉，我跟苏阳打算在明年毕业的时候结婚，这次是专程回家来看看的。恩阳镇的风筝还是当年那么多啊。"夏槿说。

许是因为激动，夏槿的声音有一丝颤抖。

一阵沉默之后，顾婉兀自笑了，微微张开口，却又满是忧伤。空气仿佛结了冰，尖锐得戳瞎了她的眸子。

她说："那么夏槿，你终于可以原谅我了。"

时间静止了三秒钟，顾婉说话的尾音，如同恩阳镇薄凉的风，直抵夏槿心底最柔软的地方，让夏槿又看到了那一年的许良。

许良穿着白色的上衣，站在芙蓉桥上，一脸阳光明媚。他额头上的刘海很好看，他的笑容是她青春里最温暖的阳光。隔着人潮，许良挥手叫她的名字，他说："夏槿，夏槿，你知道吗，即使是再过一百年，我亦记得你现在的样子。"

夏槿站在芙蓉桥的另一头，拽着裙摆，脸上一片潮红。

彼时的夏槿穿白色的百褶裙，一脸稚嫩与骄傲，她喜欢这个叫许良的男孩子，因为他会唱好听的歌谣，他会做精巧的风筝，而她最喜欢的是许良微笑的侧脸，他嘴角上扬的弧度暧昧而忧伤。于是年少的夏槿喜欢在傍晚的时候牵着许良的手，一蹦一跳地走过芙蓉桥，把流年都甩在了身后。

夏槿终于发现，那些年少时最美好的记忆，都是跟许良有关。

夏槿想，又有什么原谅不原谅呢，年少时的爱情都是平等的。只是因为太年轻，爱得鲁莽，爱得激烈，才会两败俱伤。可是许良，再过一个月，就是我24岁的生日，而你却已然离开。

夏槿回过神来，那些画面像潮水退却一般，瞬间消散。许良的脸隐没在潮水里，不见踪迹。

她试着在说话的时候表现得波澜不惊，却又难以掩盖自己内心的暗涌。

"顾婉，这几年，你过得好吗？王师傅呢？身体还好不好？还有许良呢，他对你好吗？"

夕阳的余晖下，他们三个人的身影被拉得长长的，然后被揉碎在风里，风中写满了那些轻狂的年少，只是他们从此以后都不再记得了。

初春的傍晚，回忆都微凉。

"王师傅去世4年了，风筝店因为没有钱经营下去，早已卖给了人家，我现在靠摆小摊挣钱。而许良……"像是一枚针猛地刺入心脏，疼得喘不过气来。然后顾婉接着说："夏槿，许良已经死了两年了。"

顾婉的思维像是有一阵空白，短暂的沉默之后，顾婉接着说："是车祸，夏槿，一直没有告诉你，只是不想让你难过，但是我没有想到，你会回到恩阳镇。我也无法再隐瞒你。"

"对不起，是我没有照顾好许良。"

声音很轻，却又像是有着巨大的重量，一直压得彼此喘不过气来。

是一片漫无边际的沉默，只有风声。夏槿像是遭遇了一场诅咒，突然那些关于许良的记忆全部铺天盖地涌来，那都是许良微笑着叫她夏槿的样子，他站在芙蓉桥上一脸明媚。

夏槿蹲在地上哭到没有声音。

四

夏槿曾经告诉过苏阳，关于她们的故事。她在20岁那一年跟顾婉爱上的同一个男子，他的侧脸很好看，他叫许良。

那是4年前的恩阳镇。初春时节，芙蓉桥上开满了桃花。

有些时候，夏槿会想，在这场感情里面，其实她自己本应该是主角，而

顾婉，只不过是在他们20岁那一年飘落进他们生命里的一朵桃花。

很多年以后，她一直想告诉许良那么一句话，原来那些所谓的誓言和承诺都一样轻得像是尘埃。而当4年后她终于再一次回到恩阳镇的时候，却再也没有机会说出这样的话了。

良人不归，旧梦难回。

故事是怎样延展开的，夏槿似乎是很难再记得了。后来的日子，夏槿总是在夜深的时候，在某一个抬头低头的间隙，不断地看到那一场遇见。

4年前的许良牵着夏槿的手，许良说："夏槿，我送你一个风筝吧。"许良的脸上有干净的笑容，让夏槿沉迷。

许良带着夏槿来到了芙蓉桥边卖风筝的女孩儿面前。那是新开的一家风筝店，只有一个老人和一个小女孩儿。曾经在恩阳镇的大人口中听到过他们的故事，那个女孩儿是一个孤儿，被做风筝的姓王的老师傅收养。女孩儿的父母死于一场矿难。

许良说："这风筝多少钱？"许良指着一张蝴蝶风筝，那是紫色的，透着万劫不复的美丽。

20岁的女孩儿穿着绣花的衣服，抬起头来的时候，脸上的笑容像是桃花一样灿烂。许多年以后，夏槿都依然忘不掉那一日，那是她第一次看见顾婉，顾婉的眼角有大颗的泪痣，带着一点邪气。

从那日以后，风筝坏了的时候，他们便会拿到店里让女孩儿补，女孩儿的年纪虽小，却技艺成熟。手指一来二去之间，风筝便又焕然一新了。

时间长了，也便做了朋友。闲暇的时候，他们会叫上女孩儿一起放风筝。女孩儿显得很特别，她的胸前一直挂着一枚银色的锁，阳光下，她眼角的泪痣显得特别的大。

女孩儿站在芙蓉桥上，桃花在她背后飘零。女孩儿说："我叫顾婉，我眼角的泪痣是在三岁的时候突然长出来的，我曾经去寺庙求签，解签人说，因为我太寂寞，所以只有流干眼泪而死。"

女孩儿说这话的时候把手放在阳光下，有花瓣落到手心。她嘴角轻扬，是毫无杂质的笑。

那是20岁的夏槿听过的最特别的一句话。他们逐渐熟络起来，成了很好的朋友。三个人经常在一起玩，牵着彼此的手，年少的快乐在恩阳镇肆无忌惮地绽放。

有的时候，顾婉会在本子上一遍一遍地画画，画的都是桃花，她用彩色笔反复地画桃花，一朵一朵地，直到最后盛开满纸。顾婉仰起头对着夏槿和许良笑，露出满口白瓷般的牙齿。

那个时候的夏槿坚定地认为，顾婉是个奇怪的女孩儿。比如她脸上的大颗的泪痣，比如她总是一脸薄凉的表情，比如她胸前从不取下来的银锁，再比如，她那样固执地喜欢桃花。

后来，夏槿无意间看到顾婉写在本子上的古诗：桃花帘外开仍旧，帘中人比桃花瘦。

摘抄的是《红楼梦》中的句子，其中深意并不为顾婉所知。夏槿觉得顾婉真是有诗意的女孩儿，只是夏槿并不知道，那句诗是顾婉抄给许良的。那些日子里，顾婉一闭上眼睛，都是许良的影子。

年少时的爱情总是那么执拗和骄傲。顾婉跟夏槿一样，从她们遇见的那一日开始，她的心里便住了一个人，他叫许良。

那都是些稚嫩的少年事了，如今故人已乘黄鹤去，而事隔多年以后，她们终于重归于好。

五

夏槿不知道，在许良离开的日子里，顾婉一个人是怎么过来的。

他们跟在顾婉的身后走在逼仄的楼道，鞋跟在与木楼板的碰撞中发出清脆的响声。像是心跳，沉闷而有节奏。

那是顾婉和许良的家。夏槿牵着苏阳的手，她在上楼的时候仿佛又看见许良的影子。他穿着白衬衣，微笑如花。夏槿忽然觉得整栋楼仿佛都带有许良的气息，都是他 20 岁时候的样子。他在芙蓉桥上温柔地喊她的名字，他的身后开满了桃花。阳光透过树叶的缝隙照在许良的脸上，他的脸便像是盛开的桃花。

木板楼，楼下尽头的那间屋子是顾婉住的，而夏槿和苏阳住二楼，门口有支离破碎的春联。阳光被树影阻隔，所以屋子里狭小潮湿，甚至墙角阴暗处生长了绿色青苔。

房间显得凌乱，随意堆砌的便当盒子、书籍、旧歌碟、画报，还有挂满墙壁上的风筝。角落里摆着白色的花朵、绿色的叶子、陶瓷的玻璃花瓶，屋子里有着淡淡的清香。在闲暇的时候，苏阳抬头看了看墙壁上的风筝，尽数都是蝴蝶，展翅欲飞的样子。

他们开始在恩阳街住下来，白天的时候，随着顾婉去人多的地方卖风筝，晚上便跟着她学做风筝。

此后的很多个暗夜里,苏阳都会在半梦半醒之间听到楼下房间里,顾婉唱歌的声音。她的声音细微而慵懒,某种兽类一般。苏阳听到她唱:在哪里,在哪里见过你,你的笑容那样熟悉,我一时想不起……反复地,一直延续到凌晨。

有的时候,苏阳可以听见顾婉细碎的脚步声,他猜想她一定是在跳舞。她穿粉色舞鞋,转动身子,迈着轻盈的舞步。

苏阳开始习惯顾婉的怪异举动,每夜枕着她的歌声入眠。

而夏槿,又在每一个暗夜里看到了4年前的恩阳镇,顾婉在那一年嫁给了许良。彼时的夏槿终于知道,许良爱着的女孩儿是顾婉。顾婉以一种后来者的姿态抢走了她的许良。那个穿白衬衣的男孩儿,自此以后,再不属于自己。

她在这场爱情里输得兵卒无一。

于是夏槿在那个时候离开了,开始浪迹异乡的生活,她的年少却永远停留在了那一年的恩阳镇。

苏阳叫她名字的时候,夏槿才回过神来。那个时候已经是凌晨一点,恩阳镇早已一片黑暗。

六

那一日,顾婉带苏阳和夏槿去山上放风筝。

他们在早上6点天蒙蒙亮的时候出发,沿着崎岖的山路一直往上走,路边有许多不知名的花草,叶子上有露水,空气里都是芳香。

顾婉的手里拿着头一天晚上刚做好的蝴蝶风筝,那也是苏阳见过的顾婉做过的最大的一只。顾婉做完风筝的时候曾跟苏阳说过,风筝做大一点才会飞得更高。

顾婉上山的时候走得很快,把苏阳和夏槿远远地甩在了身后。

"再往上走就是一个平坦的场地。"顾婉说,"那上面是放风筝的最佳位置。"她的脸上有一丝欣喜,她说:"快啊快啊,我们上去。"

而夏槿却已经跑不动了,她蹲坐在地上,悄悄跟苏阳说:"苏阳,干脆你陪顾婉上去,我太累了要歇息一会儿。你照顾好顾婉。"

"那你等会一个人慢慢上来哦。"苏阳说。然后提起风筝便跟着顾婉再往上走。山下,是美好的恩阳镇,而那些拔地而起的楼房,都像是从时光里衍生出来的忧伤。

苏阳陪着顾婉在山顶放风筝。他看着顾婉扯着线，手一晃一晃地风筝就飞上了天。他们哈哈地笑起来，脸上是孩子才有的天真烂漫。他在看她的时候，她胸前的银锁反射的光，刺进了他的眼睛。

顾婉把风筝递给苏阳，然后跑到远处的一块大石头上。她站在上面远远地朝他笑，于她身后是万丈的悬崖。

顾婉展开双手，迎着风，闭上眼睛。她感觉到自己在飞翔，有凛冽的风抚过她的脸，清澈而有力。

苏阳急忙跑过来，拉住顾婉的手使劲往下面拽。他骂顾婉："你疯了吗？你就不怕万一摔下去？"

顾婉在那一刻笑了，她的脸上带着邪气。张开口，终于还是没有告诉苏阳，这些都是她在许良离开以后养成的奇异举动。

而在那一瞬间，苏阳看见顾婉的脸，他突然有一丝心疼。

他听见顾婉的声音，顾婉说："苏阳，这些风筝知道我的心事吗？"

"知道。"

"那么，它们知道我想念许良吗？"

夏槿走了上来，三个人开始比赛谁放的风筝最高，可是无论夏槿和苏阳怎么努力，始终无法超越顾婉的蝴蝶风筝。于是他们最终放弃了。

是在那一瞬间，一阵疾风吹过来，三根风筝线全部绞成一团。

像是一场暧昧不清的纠缠。

七

夏槿24岁生日那天，他们三个人去看电影，是陈可辛导演的电影——《甜蜜蜜》，电影院的重映。顾婉在影片开幕的时候说，这个电影我已经看了10遍，我的歌便是在电影里学来的。

黎小军与李翘事隔多年后，在香港的楼盘上相遇时，问及互相的现状，却彼此相顾无言。曾是多么坚定地带着理想去生活，可岁月将人们变得面目全非，生活完全背离了当时的初衷。一切纯洁的、美好的梦想，都消磨在物欲与现实之中。

每一次音乐响起来的时候，顾婉都会和着拍子唱起来。她的声音比张曼玉的要凉，却有着特别的味道。

甜蜜蜜，你笑得甜蜜蜜，好像花儿开在春风里，开在春风里。

顾婉笑得很甜。而一旁的苏阳突然想看她穿着旗袍的样子，一定倾国

倾城。

回家的时候，苏阳在路边的便利店买了酒、一些食物和生日蛋糕。

他们在晚上喝到酩酊大醉，喝到最后，顾婉开始不停地流眼泪和唱歌。她一直抱着夏槿，她说是她没有照顾好许良。

凌晨3点的时候，夏槿已经睡得香甜。苏阳突然失眠，便起身走到阳台上去。凉风习习，在迈动步子的时候，木楼板发出吱呀的声音。苏阳关上房间的门，坐在阳台上抽烟。

他听见顾婉唱歌的声音，她的声音细细的、尖尖的、绵长的、凛冽的，略显沙哑，却又甚是好听。依然是那样的歌，甜蜜蜜，你笑得甜蜜蜜，好像花儿开在春风里，开在春风里。

在楼下的房间里，苏阳看见了顾婉。顾婉穿着睡裙，苏阳走过去想跟她说话，他看见她清瘦的样子，指骨十分突兀。她叫他许良，而他突然想亲吻她。

顾婉说，许良，你终于回来了。

那个时候的苏阳不知道，彼时的顾婉已经开始出现了幻听和幻觉。她会在夜深人静的时候，一遍遍地唱着歌，然后不断地看到许良的脸。

苏阳掐灭了手中的烟，而顾婉口中的曲子却戛然而止了。在微凉的风中，她的头发有一丝凌乱，在月光下，恩阳镇的夜色美得像是一幅画。

后来，她终于开了口，她说许良，该怎么告诉你，我破茧而出，只不过是为了这一场遇见。

这样的句子，让苏阳突然想起那日在恩阳镇第一次遇见顾婉的样子，她穿着绣花的上衣，低眉浅笑。

是因为醉了酒，他们在夜色里拥抱在一起。苏阳温热的唇落在顾婉的脸颊上，他说顾婉，顾婉，让我怎么遇见你。

他们在月光下肆无忌惮地亲吻和拥抱，让她又想起了那些满纸盛开的桃花，他是她所等待的那一场春风。

八

可是，如果时间可以倒回去，苏阳一定不会原谅自己。

他在跟顾婉亲吻的时候，看见了夏槿，夏槿安静地倚在门外，看不清楚表情。于是那时的苏阳突然酒醒了一大半，他猛地推开同样意识模糊的顾婉。

暖雪落尽处，相会且无声

而夏槿却已经跑开了。

苏阳沿着河边一路往上游走，他看见夏槿一直往芙蓉桥的方向跑，他追上她，他拉住她的衣服。

夏槿流了满脸的眼泪，她用手打苏阳的脸，她骂他禽兽。她扯烂了他的衣服。苏阳不停地叫夏槿清醒一点。他解释说："夏槿，刚才只是因为自己醉了酒。"

苏阳还不知道，那个时候的夏槿已经有了好几个月的身孕，夏槿打算结婚以后再告诉苏阳，让他惊喜。只是，她从此以后都再也没有机会了。

在慌乱中，夏槿摔倒在了地上。苏阳拉她起来，却发现夏槿渐渐失去了知觉似的。是在月光再次透过云层洒下来的时候，苏阳看见了夏槿身体上淌出的鲜红的血。他感觉到手心的黏稠。

苏阳终于完全清醒过来。他慌了神，抱着夏槿在月光下一路奔跑。那些时光从他们身旁一路往后退，像是曾经绚烂过的年华。

只是，在那个时候，彼此的心里却仍是藏着一份隐忍的想念的。苏阳不知道，夏槿在朦胧的意识里似乎又看到了年轻的许良，而许良亦在某个瞬间把夏槿想成了顾婉。

如果，再多给一点时间，后来苏阳想，他一定会坦白地告诉夏槿自己对于顾婉的爱，他原本就不曾想过伤害她，因为要不是她带他来到恩阳镇，他便不会遇见顾婉。

而那一晚，要不是喝多了酒，苏阳也不会真正地发现，自己深爱的女子，不是夏槿，而是顾婉。

可是，苏阳从来没想到，那日的夏槿会那么生气而绝望，然后决然地跟他告别。

是漫长一生的告别。

那一晚，苏阳在医院走廊看见天空中有流星划过静谧的夜晚。他像个小孩子蹲在地上大声哭了起来。

那是凌晨四点一刻，夏槿因流产失血过多而匆忙离开。

顾婉赶到医院的时候惊呆了。她始终无法相信夏槿会以这样的方式离开她。她趴在夏槿的身体上，然后把自己的银锁取下来往夏槿身上戴。只是，她没有想到，因为太过紧张，带了二十多年的链子居然在那个时候断开了。银锁掉在了地上，发出清脆的声响。

她甚至没有来得及跟她说一句话，她甚至没能赶上跟她告别。

"可是，夏槿，你知道吗？从此以后，悔恨会占据我的一生。"顾婉仰着脸，对着夜空说，她哭到没有眼泪。

九

顾婉开始无限自责，整夜整夜地把自己关在屋子里。半夜的时候，她会光着脚走到阳台上唱歌，声音沙哑而伤感。

凌晨3点的时候，苏阳在那间阴暗潮湿的屋子里听见顾婉的声音，细微而慵懒的。她在唱歌，音节停顿的间隙，他听见她跳舞时发出的细碎脚步声。他打开屋子里的灯，坐在劣质发了霉的木地板上，细细地听她口中的曲子，他的思念有一点绵长。

窗外有风，树叶被吹动的声音，细碎清脆。房间是空旷的，有轻微的白光。墙上是挂满的蝴蝶风筝，那都是顾婉在白天的时候做的。

苏阳在下楼的时候鞋跟和木板碰触，发出清脆的响声，于寂静的夜色中显得突兀而寂寞。就像是顾婉唱歌的样子。

于是苏阳突然想起那一日，他和顾婉在山上放风筝的时候，他把她从大石头上拉下来，他责怪她。而她却突然问他，她说："苏阳，你能不能帮我做一秒钟的许良。"他答应了。于是，她在风里踮起脚尖亲吻了他的脸。

苏阳下了楼，他隔着房门轻轻地叫她的名字："顾婉，你睡了吗？"像是起了风，他听见屋子里有风铃清脆的声音。在转过头去的时候，看见窗外夜色朦胧，唯有一点星光。

她依旧不开门，只是自顾自地唱歌，在暗夜里像是连绵不断的潮水，一浪一浪地从他心底打过。他蹲在门外，聆听她口中循环往复的歌词，一直清唱到黎明。

五月的时候，他们终于离开。

十

即使是物是人非，过往的片段依然会在流年里不断播放，像是泛黄的旧照片，虽然边角起了皱褶，却依旧遗落在墙角。所以，当30岁的苏阳站在恩阳镇13号的时候，他又闻到了芙蓉桥上散发出来的淡淡桃花香。

时光漫过恩阳街，天空有大朵大朵的浮云，以及夏日午后刺眼的阳光。

苏阳回到恩阳街的时候，已经是傍晚时分。提着行李，径直上了二楼，走到阳台尽头的那扇门前，吱呀一声推开。他的心里一阵触动。他看见了墙壁上挂满的蝴蝶风筝。

他又想起了夏槿还有顾婉。

6年前，苏阳和顾婉在夏槿出事以后离开。许是想忘记，从此以后他们再也没有联系过。

而他在6年之后再一次回到恩阳街13号，墙壁上的蝴蝶风筝已经蒙了厚厚的灰尘。是在一阵风吹过来的时候，他终于看到了那些画，画满了每一个风筝的背面，都是桃花。上面有他们每一个人的名字，许良、夏槿、苏阳，还有那样的诗句，人面不知何处去，桃花依旧笑春风。

她的字体其实很娟秀。看得出来，她写的时候很用力，甚至戳烂了一些风筝纸。而他亦终于知道，她在6年里曾经回来过。

十一

而有些故事一直被隐匿在事情的表象下，所有人都不得而知，当然也包括顾婉和苏阳。

顾婉不知道，夏槿在生日那天晚上醒了酒后，不小心看到了她放在二楼屋子里的日记，都是她从20岁到24岁的生命里，所有关于她和夏槿和许良有关的记忆。

夏槿在那些句子里知道了所有的故事，而这些事顾婉一直没有告诉任何人。她一直隐瞒了真相。

许良不是因为什么车祸而死的，而是因为病入膏肓。早在他18岁那一年，就发现罹患了严重的家族遗传病。

顾婉早已知道，但是因为自己深爱许良，也因为怕耽搁了夏槿的幸福，她才嫁给了许良，逼着夏槿离开。

顾婉曾经怀孕过几次，但是都打掉了，因为怕传染，他们不能有孩子。顾婉一直没有告诉夏槿，其实许良后来一直对夏槿怀有感情。

她知道夏槿在恨她，但是她相信，时光能让人忘却很多东西，包括让夏槿忘记许良。所以当4年后，她再一次看到夏槿和苏阳在一起，她是真心为他们感到高兴。

那一晚，夏槿知道真相以后想下楼跟顾婉说一句对不起，她终于知道自

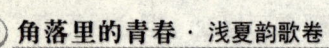

已错怪了顾婉4年。只是,她没有想到,会看见顾婉跟苏阳亲吻在一起。

她又忽然想起那日在山上绞成一团的风筝线,他们的关系像是风筝线那般暧昧,难以清晰分明,所以,始终敌不过命运的翻云覆雨。

十二

那么后来,这所有的一切,那些有关于他们彼此的秘密和忧伤,所有给予对方的美好和怀恋,都再也无法倾诉了。

恩阳镇的旧事,像放电影一般,光影不断交替变更。那些影像一直在重播,都是她在流年里对他扬起的脸。

永远清晰,又无处告白。

愿望树上的开心果

■ 苏棋

1. 充满好奇的人生让我遇见了你

迎着微风，春天的气息已经有了土地复苏的泥味。春天到了，我的青春也在愿望树上发了芽，但是这是一棵小树苗……

我是一个幼稚的男孩，幼稚的心灵让我对人生充满了好奇，对世界充满了情趣，对朋友有了一定的向往，特别对女孩。

望着苍穹感觉好高，离我们好远好远，谁能够无动于衷如那世世不变的苍穹呀！我一个孤独的高才生，感觉地球上没有自己的立足之地，自己总是不想和任何人诉说。下面先让我介绍一下自己：

我叫苏棋，今年20岁，个子不算矮，一米七五左右，人长得不算难看，但是也不太帅，自我感觉良好，性格很开朗、很善良、很乐观，对朋友很好的一个男孩。

上课铃响了，我也不多介绍自己了，我该冲向监狱似的教室上课了。坐在自己的桌位上，仰头望着黑板，有时还东望望，西看看，早就身在曹营心在汉了。唉，学生真难，学习难，不学更难！

猛一斜眼睛，我看到了一双水灵灵的大眼睛向我扑来。我被击中了，像中电似的全身抖了起来，心也迅速地跳蹦了起来，难道这就是所说的眼睛能杀人的原理吗？从此我的脑里每时每刻都有那双眼睛浮现，时时刻刻都在缠绕着我，我离不开了那双迷人的大眼睛！我在沉思着！

"苏棋！"谁在喊我的名字，我的眼睛随着声音的方向望去，一直追向了黑板的方向，心里想这下完了，老师知道我走神了，我死定了，但是老师挺给我面子的，狠狠瞪了我一下，我想我对你的眼睛是没有感觉的，我又想起了刚才的那双眼睛！时间过得真快，马上就下课了，我感觉这节课很短，从来没有过的感觉，难道我真的迷上了那双大眼睛？我的心里不知道是什么滋味？可能有种甜甜的感觉吧！

18 岁的青春充满了好奇，充满了幻想。彼岸没有灯塔，我依然张望着愿望！于是我就去打听那个击中我的女孩的名字，原来她是我们班的优良生，学习很棒的木目。简单介绍一下这位女孩，她的名字叫木目，个子不高不低，中等身材，她活泼、可爱、天真、朴素大方，是个性格特别好的女孩！

在高一的时候我是班上的班干部，学习一般，但是美术还可以，所以班主任让我做了个文艺委员。也不知道班主任怎么想的，其实我也挺乐意的。第一次排座位开始了，"苏棋"，你坐第一排吧。什么？我不敢相信自己的耳朵，难道班主任发神经了，像我这么高这么帅的男孩居然让我坐第一排，真的出乎人的意料！当时我还在抱怨，因为我成了老师眼皮下的小虫，没有什么自由了。老天爷呀！我郁闷了，但是也没有办法，只好从命。塞翁失马，焉知非福。木目居然也在第一排，和我只相隔两个同学！我暗自高兴起来。

孤独而又寂寞的我，真的找不到自己的充实，但是我每次看黑板的时候，眼睛总会向木目瞟两眼。木目的那双眼睛有时也瞟我两眼。我好幸运，因为我离那双眼睛近了一步，但是我还有些失落，我成了老鹰下的小虫！

时间过得真快，不知不觉从陌生的眼睛成为了熟悉的脸庞，我和她的关系慢慢地非同一般了。木目是一个天真、可爱、大方的女孩，我也被她感染了，我的性格也有了变化。我们开始交往特别密切，我对她产生了好感，我的愿望树终于发芽了。

一年的交往有甜蜜的回忆，有痛苦的记忆，就这样我的愿望树也慢慢地枯萎了，但是这段往事让我永远地留念，让我学会了珍惜，让我知道了后悔，于是我就写了下来，希望我的开心果永远开心。

2. 遇见你，我很幸福

木目和我的天地主要在班上，我们每天坐在一起聊天、学习，有时可能还在操场游荡，这样的生活简直是一家人，但是我们毕竟是学生。

记得有一次，我们上地理课，她和我坐在一起，那是一个寒冷的冬天，在班里虽然不冷，但是我的手还是凉凉的。我们一边听老师讲课，一边聊我们的事，我那时也不知道哪里来的勇气，握住她的小手说："你的手好凉呀！"我的脸虽有点微红，但是我的心里却很幸福，她的小手很柔嫩，我真的好想一直握到现在，可是我现在只能回忆那种感觉，其实我已经好久没有见过她的样子了，我那时真的不知道去珍惜。

说到这里我又想起了一件让我记忆犹新的事。

那是一个春天，我们还坐在一起玩，突然她拿起我的左手，不知不觉地在我的左手上面画了一只小乌龟，我那时假装生气地说："小妮子，你太可恶了，居然给我画乌龟，看我怎么收拾你。"于是我们小打小闹了一阵，我在她的手上也画了一个东西，知道是什么吗？一颗心。那时的我心里真的很甜，每次洗手的时候，都舍不得洗掉它，我有时还在朋友面前故意露一露，但是一星期之后，小乌龟还是消失了。于是我又让她为我画了一个，但是这次她没有给我画乌龟，而是在我的左手上画了一颗大大的心。当时我很感动，但是我也不知道用什么方式表达，只记得那一星期我特别开心，经常面带笑容，像吃了蜜一样。那颗心一直在我手上待了一个月，木目有时还拿我的手看来看去，我那时真的感觉自己很快乐、很幸福。

木目的一切语言和动作都在我的记忆里回荡，我现在只有在微微的春风中慢慢地回忆这段刻骨铭心的经历。我的愿望树又发芽了，但是开心果永远地消失了。

空虚的岁月，无聊的日子，我只有一天又一天地熬过，木目现在也不知道怎么样了？我有时真的很想不通，我和木目的结果居然是这样。木目的所作所为让我好痛好痛，有时我真的被她气得喘不过气来，但是静下心来想一想，都怪我自己不会珍惜。唉！世界上真的有卖后悔药的吗？没有真心怎能换来真爱呀?！

3. 开心果真的弃我而去了吗

有些事真的很难想通，做错的事应该继续错下去，因为我们只知道后悔，不知道珍惜未来。爱其实就是这样，是你的永远属于你，不是你的，怎么强求也是没有结果的。木目的所为真的让我有些想不到。知道吗？自从我和她分开，我每天都会沉浸在幻想的世界里面，那里充满了恐怖，充满了邪恶。我经常想她，她的倩影在我的每个细胞中出现，一直到现在！

我感觉人对人应该用一个"忠"字来修饰，对朋友应该忠，对爱人应该忠，所以我是一个用情专一的人，在我心中真的容不下第二个女生，但是随着时间的变化，我感觉自己错了。人总是会变的，因为我彻底地看清楚了木目的现在，她变了，而我有时还对她抱有一丝幻想，但是现在的我，已经学会了无所谓，我敢拿我就敢放，我真的无法再去拥有她，她不再是以前的木目了。她现在就是个疯子，我真的不应该这样去评价她，但是我无法压抑自己的想法。她真的很麻木，什么海誓山盟，什么天长地久，什么只爱你一个人，通通都是哄三岁小孩的，现在的木目让我感觉好怕，好怕！

记得有一次晚上，我去找我的哥们，她正和她的男友一块散步，我一直跟在他们的后面，我真的不知道她发现我没有，还是故意让我看他们的行为。那时我不知道心里的滋味，当时好乱，好乱。她以为和男生在一块一定会很幸福，我实话告诉她吧，她现在的男友一定会把她的前程吞没的。我的朋友，知道我为什么离开你吗？因为我想让你好好学习！

听我的朋友说，她学会了上网，每星期她都去网吧，关于她的流言蜚语我知道了好多好多，我只是放在心里，自己承受。

高中的生活真的很丰富多彩，我感到了人总是那么的脆弱，抓不住的东西永远是垃圾，我们只追求美好。我决定我一定会拥有属于自己的一切，我要在新的战斗中取胜。只有一个人独自奋斗才能感到成功的甜蜜。

知道我为什么要写我的小说吗？我想告诉自己，失去的东西是找不回来的。晚上去操场上走走，我就会发现那些情侣们心里的空虚，没有一点意思。可能有的人会说，"我选择，我喜欢。"告诉你们一句话，"无知的人永远是只考虑眼前的美好的。"

说实话我现在真的很希望有个女友，如果有的话，我一定会让她知道什么是幸福，什么是快乐，但是我只有等待，等待……

人活着是为了自己的事业，那些都是小事，事业是自己的命根子，没有事业一切等于零。吃一堑，长一智，在一条路上是不可能绊倒两次的。我应该放弃，因为她不会明白我的心。我应该感谢她，是她让我知道了人的自私，让我学会了放弃。我喜欢以前的木目，更喜欢她的那双眼睛，那段时光会永远停留在我的记忆中。

美好的传奇需要许多人来构思，奇迹的出现就是传奇的一道灵光。放弃自己的想象空间，你会感觉到大自然的美、人情的美。

一段故事的结局往往都能被人想象出来，但是在情感的方面，总是有些痴情人不能终成眷属，梁山伯和祝英台是个好例子，所以有些故事需要改变。

首先是爱情使人忘记了时间，然后是时间使人忘记了爱情。当一切随时间而变得黯淡时，你会发现，原来感情也可以变得如此风轻云淡……

让时间往前滚蛋

■ 逆江鲤

"让时间往前滚蛋",我喜欢这句简洁近乎白痴的话语,一直觉得它是岁月真实的写照。时间若有形,也当像个圆球,紧慢不紊地往前滚爬,从不轮回。

想想,一切都还未曾来得及拥有,却早已成为过去;才懵然知道去珍惜,却只能在脑海深处苦涩的记忆中寻觅。我曾经一度悲观甚至绝望地认为,人生只是一场荒诞的可笑闹剧,我只是迈着无聊的步子寄托于无涯的时光里,等待着前世已注定的宿命终结。

暑假即将过去的最后几天时光里,我又回到了那个曾苦苦挣扎、受尽煎熬的囚牢——高中的校园,那是我激情澎湃的理想和单薄瘦削的青春被埋葬的地方。我曾经不回头地逃逸而去,暗暗发誓以后再也不回那里。花开花落才短短的一季,我又情不自禁地有点想念那里。态度阴晴不定地变化,誓言轻而易举地被粉碎,犯贱地自己都觉得可耻不已。

那个学校我很讨厌,却又在那里无聊发呆了三年,也算得上是个奇迹。那个学校坐落在三分城市七分农村的县城,虚荣心无限地膨胀,锈迹斑斑残损不堪的荣誉牌悬挂在大门口醒目处。很多同学的头像粘在门口的宣传板上,听说是优秀学生的代表,但我同学夫子一度觉得那是死人的遗像,我也觉得那上面的只是一群无头无脑的傻子。

迈步走在校园地面铺着的青石板上,神情有点恍惚,仿佛又回到2007年刚入校时的情景。我记得当时和我一块报到的是一个女生,那女生身宽体胖却小肚鸡肠,外表清高内心肮脏不已,是个典型的拜分数为爷的女子,其实在我看来她只是一堆没有骨头支撑的烂肉的集合体罢了。她一路上总在问我考的分数,我以为是同学间的相互关爱,哪知我说出的那一刻,她闪烁的眼光充满自豪以及对我鄙夷不齿,谈话间还不忘打压我几句,只是因为比我多那么几分,其实我当时早已不再看重分数了。她总是见缝插针,处处不放过我,我也不想和她纠缠。在那个社会风气开化但没有今日此般思想解放的年代,和她传出绯闻是多么傻的行为。至今我也觉得猪价继续上涨,她的身价也会陡然倍增。

那时和我一块入校的还有余豪、焦秉文。

余豪并未如他的名字一样带着豪迈之风，中等身材，黝黑发光的体肤显得十分健壮，狂放不羁的外表，内心却异常的脆弱，只是羊质虎皮而已。

焦秉文真正地人如其名、名副其实、博古通今、精通百家，当然这只是他喝醉酒之后的胡扯，但笔墨确实了得，作文每每被语文老师爱不释手，臭味相投一度引为知己，其实只是左脚袜子与右脚袜子的关系，一个臭另一个自然也臭而已。我们总喊他"姓焦的"，后来却总是喊走了味——"性交的"。

当时的我面对考试早已成了一个废人，老师讲的课也晕晕乎乎不知所云。余豪凭借其强健的体魄，踊跃地参加了校体育队，发奋努力要报考中央体校。焦秉文是最无辜被拖着受罪有苦不能言的，因为每次逃课都不是他本意，只是我们硬拽着他而已。

余豪在操场上练他的体育，绕着操场跑了一圈又一圈，有点驴拉磨的味道。据体育队骨干分子说，他绕着操场跑的距离合起来差不多可以走地球一周了，我们表示惊奇不已，纷纷投去鄙视的目光。

我和焦秉文常坐在鲜艳的五星红旗的大旗杆下，白天沐浴和谐的阳光，晚上享受皎洁的月光，每每还能听到墙角旮旯的阴深黑暗处时常传来鬼哭狼嚎的呻吟声。后来我们都明白了，白天的操场那叫操场，夜晚的操场那叫"操场"。也是在此时我们认识杨瑞龙的。

刚开始时我们都一致不同意带他玩，觉得他长得猥琐，内心特虚伪，但我们发现他每次拿出来的烟总比我们高一个档次，考的分总比我们还少那么一截，我们就决定吸纳他成为我们的会员。

我们总是溜出课堂，呼吸自由新鲜的空气，我们觉得白衣飘飘的年代总浪费在课堂上是一种奢侈，每天对着老师那狰狞面孔是一种煎熬。

我们坐在乒乓球台子上，不是因为我们喜欢打乒乓球，而是因为这里是美女的必经之地。我们一起对着路过的美女吹口哨，大声说脏话，只为引起她们的回眸一笑，但换来的总是鄙视的目光。

我们四个一同约定有水一起喝、有饭一起吃、有妞一块泡，但焦秉文最先毁约，因为他暗恋上邻班英语课代表那个经常在我们班窗口过的傻妹，我们三个一起商量最后宰了他一顿。

爱情的力量是无尽的，自从焦秉文暗恋上了那傻妹，便主动让出好位置提出换位置到窗户边上，赢得班主任连连称赞。每当那傻妹从窗前经过时，焦秉文就摆正坐姿大声朗诵英语课文。等她过去时，焦秉文便站起身来望着

暖雪落尽处，相会且无声

她远去的背影行注目礼，知道内情的女生感动得痛哭流涕，纷纷表示：要嫁就嫁焦秉文。他一时间成为新闻的焦点人物。

单相思是一种苦难，暗恋是一种煎熬，初中恋爱成风，高中恋爱让人变疯，从此焦秉文变得夜不能寐，天天望着窗外发呆，逃课也变得毫无兴趣，我们都鼓动他给那傻妹写情书。

送了第一封情书，傻妹没回。不知为什么，第二封时，那女的一口就答应了，下晚自习时投怀送抱，同样也不知为什么。

晚上回到寝室，焦秉文向我们炫耀，当晚就拿下了她的初吻，高兴得半夜没睡着。但后来我们知道，亲吻过那个傻妹的男生至少能组成一个加强连，焦秉文那天刷牙不下百次。很多人都觉得自己的爱人是纯洁的，其实都是别人玩剩下的。

第二天，那傻妹再向我们班窗口路过时，我们再也不观望了，男生一恋爱身价倍增，女生一恋爱一文不值。

后来他们还是散了，同样也不知道为什么。

那天阳光明媚，天气大好，我们大课间跑完操已大汗淋漓，回到教室骂了校长十八代，正要骂十九代时，杨瑞龙匆匆地跑了过来，高兴得像哥伦布发现新大陆。

"你慌着去投胎呀！"余豪大声地说。

杨瑞龙喘着气说："同志们，同志们，我有个大秘密告诉你们，我发现了个绝世美人！"

我们一听立刻来了精神，此时恰好上课铃响了。杨瑞龙说，下学见，就跑着回去了。

下课后，我们拿着球拍直奔乒乓球台，杨瑞龙已在那等着。我们装着打乒乓球，休息身心，杨瑞龙在旁边放着哨。

"快看，快看，来了，来了！"杨瑞龙突然大叫。

穿着旧旧的牛仔裤，梳着一个马尾辫，上身穿着有白色花的衬衫，朴素而很有游子涵养，她出现在我们的视野。

"是她，王荨。"我暗暗吃了一惊。

曾经有那么一段时间，我作为班主任眼中的混乱分子，常被叫到办公室单独修理，每天回去得很晚。

那天我回去时已经很晚，路上只剩下一些成双结对的在欣赏夜空。走过操场时，看到一女生，右手抱着一摞书，左手提着满装开水的暖壶，走一段就要停下来休息一会，显得很吃力的样子。最后宿舍闭门的铃声又响了，她神情慌张，差点绊倒。

"来，我帮你提吧。"我走上前说了声。

她回过头看了看我，眼神里透着惊奇，把暖壶递给了我，却没说谢谢。我很纳闷，但望着她的眼眸，却像好久不见的故人。

一路上我们并排走着，话语不多，她告诉我她的名字和所在班级，却没有问关于我的任何信息，后来才知道，她原来知道我。

第二天晚自习刚下课，同学就告诉我有人找我，我出去看到她时，她还气喘吁吁，想必一下课就跑了过来。

我当时愣了一会儿，因为我确实没想到她会跑过来，然后我们也就未能免俗地朝操场上走去。

我们在操场上一边走一边聊天，聊天的内容已记不清了，只记得当她说："你为什么就不能好好学习，一直在混日度月？"我冲她吼道："上学只是要父母高兴，成绩只为证明老师的能力，有什么用？"

那天晚上我突然觉得自己的过去作为很可耻。无聊不是孤单一个人，而是内心价值体系的崩溃，皎洁的月光洒在我脸上，顿觉一阵寒冷。

再次在人海中看到她时，我表现得很镇静，是唯一一次投入身心地打乒乓球。可后来的一次冲动，致使我很多的朋友永远地离开了这个校园。

那天天色无光，日光暗淡，早晨的时候，余豪告诉我，杨瑞龙要追王葶，我没有太大反应，只是"哦"了一声。

傍晚的时候，彩霞布满西天，我从食堂回来，余豪告诉我，王葶已在门口站了很久。我走到她身边，彼此没有说话，她把杨瑞龙的信甩给了我，我拿着信笑了笑，她晶莹的泪花滴在我手上，骂了一声："罗小辉，你混蛋！"哭着跑走了。

我不知道谁放出话说我要打杨瑞龙。那晚回宿舍时，胖子带了好多人，把五层楼全堵了，我到杨瑞龙宿舍时，胖子已在那，我没说话，直上去才一抬手，还没打着，已经有好多人的手把他遮住了。他被打成什么样，我都没看到。

第二天同学说我打得太狠了，杨瑞龙脸上挂彩了。我没说话，因为我知道他不会善罢甘休，他是初中部升过来的。

晚上的时候，铃声刚响，我一出教室，就被围住了。我侧身看了一下，整个楼道都被挤得水泄不通，我和余豪镇定地在那站着，过了一会儿，胖子带着十几个人也挤了过来，双方都在僵持着，各个楼层都挤满了看热闹的人。

双方还没来得及动手，校长就带着一帮子人煞有介事地兴师问罪而来。人群纷纷逃散，速度之快，我当场震惊，我让朋友也都撤了去，而我没逃，其实也逃不了，但我一点也不害怕，因为我知道我不会被开除，哪怕捅破了天。

第二天，学校特别召开全校师生大会，因为这次群架影响恶劣，波及甚广，算得上建校以来参与人数最多的一次，也是学校有史以来开除人数最多的一次。杨瑞龙从此永远地从学校消失了，我没被开除因我当时已小有名气，被给了个留校察看的处分。

此事以后，我走到哪里，都感觉有千万双眼睛盯着我看。

高考过后，焦秉文选择了在本校复读，余豪不再上学，把自己的青春献给了祖国的建筑事业，我躲在南方一座小城的一所大学里，白天辛苦地上课，晚上熬夜写稿，挣稿费艰难而快乐地生活着。

王荸去了北京的一所大学，至今也没有再联系过。

桑梓黛眉

莫失莫忘

■ 七微

楔子

我认识唐诺 10 年，从 15 岁到 25 岁。人生中最好的 10 年，我都用来爱她。

一

1999 年，世纪末。中国考察队闯入南极冰盖之巅，成为第一支闯入这一"禁区"的考察队；举国欢庆新中国成立 50 周年，天安门广场举行了空前绝后的盛大阅兵仪式；澳门回归；世界末日的传说……那一年值得浓墨重彩去记录的大事还有许多许多，可于我来讲，这所有的传奇都不及一抹清瘦的身影在我心中的分量。当时光褪色，关于世纪末的记忆，只残留初次见到唐诺时的画面。

那其实是一个并不太美好的黄昏。9 月初，炎夏迟迟不肯远去，炽烈的太阳像猛兽，我恹恹地踩在课桌上擦玻璃。那面窗朝西，虽已是傍晚，可阳光照样晒得人发晕，我很想摔了小水桶走人，可又不敢，顶多在心里偷偷将罚我搞卫生的老班的祖宗十八代问候个遍。

可这样热的天，有人却在球场上打排球。起初并没太在意，可当我擦到最后一扇窗时，那个女孩依旧在与排球战斗着。说是战斗一点也不夸张，哪怕隔着一段距离，我也看得出来她是个新手，完全没有章法技巧可言，把球抛到空中跳起来试图去接，十回有九回必是接不到，球跌落，滚出去好远……

空荡荡的操场上只她一人，她不知疲倦地练习着传球、垫球、发球以及扣球，如此循环往复。最后，烈日一点点西沉，夕阳将女孩的身影拉得细长细长。她本就极瘦，不太高，留一头俏丽潇洒的短发，我们教室在三楼，隔着一段距离我看不清她的长相。

后来明媚说我那样子义无反顾也是贪恋唐诺的美色，与学校里那些喜欢她的男生们并无不同。我一笑置之，世间所有人误解都没所谓。我没有义务并且拒绝向他们陈述关于初次见到唐诺时我就喜欢她，但我连她的模样都没看清楚，唯一印象深刻的是那瘦削小身板里蕴藏的固执且不服输的叫嚣劲儿。这是后话。

当时的情况是，看着夕阳下依旧与排球战斗不息的女孩，我很着急，恨不得从三楼窗台跳下去教她传球，事实是行动与思想相当一致，我一脚踩空，人从课桌上重重跌落下来，陪伴我的还有那桶洗过抹布的脏水。当我再爬上课桌往外望，操场上已空无一人。

后来与唐诺熟悉了，我故作无意与她提及这个傍晚，问她是否很热爱排球？她要偏头想好一会儿才想起这一出，而后云淡风轻地笑，不，当初我只是听说加入排球队可以领取一套免费的运动服。

我哑然，就为了一套运动服，竟冒着中暑的危险去练习。可这就是唐诺，她想要的，从来都只靠自己拼尽全力得来。她身上可爱的地方还有很多，可我最爱她这一点。

二

第二次见到唐诺，是在半个月之后。学校不大，可偶遇一个人的概率却很小，要找一个不知姓名不知长相不知班级的人也有点难度，更何况我并未动过刻意去找她的心思。15岁，生活中还有更多新鲜好玩的事情，甚过对一个女孩子的好奇与朦胧欢喜。

那年母亲将家里一楼房间腾出来卖起了早点。杨柳镇的早餐店只有两三家，大概因为位置优越加上母亲待人温和有礼，店里的生意极其红火。父亲早出晚归跑摩的出租，早餐店的活计便都落在母亲一人身上。看她天蒙蒙亮起床忙活，有很多回我跟着起床试图帮她，可每次都被她板着脸骂回去继续睡觉。她说你现在升高中了，学习更加繁重，你好好念书将来离开这闭塞小镇才是最重要的。如这天下所有的母亲一般，她对我的期望很高，她最大的心愿便是我与两个妹妹都能飞出杨柳镇。

我虽心疼母亲劳累可到底也不忍拂她心意，那之后，便再也没有早起说要帮她。再次遇到唐诺那天，是因为早起背英语单词。我站在二楼走廊上瞥见楼下一个清瘦的身影正蹲在水池旁刷碗筷。她背对着我，但我认得那抹身影与那头俏丽潇洒的短发。揉了揉眼，依旧是她。我飞速跑下楼去，却在临

暖雪落尽处，相会且无声

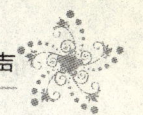

近她时又忽地顿住脚步，不知我跑得这么急意欲何为。就那么怔怔地站着，她依旧埋首在那堆碗碟里，专注而卖力。

是母亲的声音将我的思绪拉回来。"阿喆起来了呀，吃包子还是面条？"说完又走近唐诺身边说："小诺别刷了，跟阿喆一起吃早餐吧，吃完你们一道去学校，正好阿喆可以载你。"

她回头，对母亲嫣然一笑，点头说好。我不记得见到她面孔那一刻是否忘了呼吸。瓜子脸，大眼睛，雪白皮肤，才15岁的唐诺确实可以称之为美人。后来我见过许多生得美的女孩子，却无人能比唐诺。

她起身时才发觉我的存在。第一次见面，她坦然自若地打招呼，"你好，我叫唐诺，你呢？"她嘴角扬着清浅笑容，短发衬得一双大眼亮如漆黑夜空里的星辰，就那么专注异常地看着我，等一个回答。

"莫良喆。"我讷讷地答。

她笑笑，往桌子边走去。母亲很快端来早餐，我要的是稀饭加烧卖，她要的是一碗雪菜肉丝面。她先深深呼吸一口，而后便埋头大口吃起来，一边大声对母亲喊，阿姨，你煮的雪菜肉丝面天下第一，我最爱。母亲回过头温和地笑，那就多吃点。她吃得真的很多，母亲给她的碗是最大号，她埋头吃得专注，连汤都不剩一滴，吃完还意犹未尽地咂巴咂巴嘴巴。我从未见过哪个女孩子像她那么能吃又贪吃的。

我的单车从未载过女孩子，唐诺跳上后座抓住我的衣摆时，我心里一紧，心跳仿佛加速许多，倒是她，很坦然地大手一挥，出发咯！那天她穿了一条洗得有点泛旧的海蓝色连身裙，我微微偏头，眼光余角瞥见她的裙裾在晨风中轻轻飞舞，仿似有清香袭来，我有刹那走神，单车一个趔趄便磕在一块石头上……

"嘣"的一声，我们双双摔倒在地，顾不得手肘传来的酥麻刺痛，我慌乱去看唐诺，她的手掌有血迹渗出，可她硬是没有痛呼一声，爬起来将单车扶起，仔细检查后松了口气，"还好，没有掉链子。"

"你的手……还有你的裙子。"她的裙子在慌乱中大概被什么东西刮了一下，裙摆裂开一道长口子。

她低头去看，然后笑笑，"没事，用针缝一下就好。"她说得云淡风轻，虽才第一次相处，可我发觉她真喜欢笑。她大概不知道，她笑起来的时候，最好看。

那天我们赶到学校时，刚好踩准早自习的铃声，唐诺跳下单车一溜烟跑得飞快，跑了很远她又忽地回头，冲我大声喊："谢谢你啊，莫良喆。"

39

清晨的柔和阳光细细碎碎地洒下来，打在她眼角眉梢，她的脸颊仿似氤氲成一团金色光芒，隔了好一段距离，我不禁看呆。

三

晚上吃饭时，我装作不经意地问母亲，"那个女生是你请的帮工吗？"

母亲愣了下才意会到我是在说唐诺，她摇了摇头，"不是。"

几天前她在店里吃完一碗雪菜肉丝面后，跟母亲说她没钱付，然后指了指水池旁堆得高高的碗说，但是我可以把这些都刷了。母亲说没有关系。可唐诺却十分倔强，她振振有词说天下没有免费的午餐，我也并非乞丐。争执了许久，母亲无奈，也只得随她去。接下来几天，她早早便赶来早餐店，以自己的劳动换取每天的早餐。

"那孩子真懂事呀，就是命不太好。"末了母亲无限感慨。在她细细碎碎的念叨中，对于唐诺，我有个粗略了解。

两个月前，她随母亲嫁入杨柳镇，据说这是她母亲第二次改嫁。她现任继父谎称在杨柳镇开了个大型煤矿，一开始时确实对她们母女俩大方豪气，可跟他回到小镇领了结婚证后，才蓦然发觉，这个男人不过是那家大型煤矿里的一个小管事。没钱也就罢了，还爱好麻将，每天坐在街头的茶馆里不知归家。赢了欢喜，输了便拿她们母女俩出气，唐诺的日子自是不好过。

后来我曾问过唐诺，既然他这样对你们，为什么不离开这里？那时我们已经算是朋友了，她依旧每天很早来店里刷盘子，我特意早起帮她，然后一道吃早餐，再载她一起去学校。

"她是为了我，想给我一个健全的家庭以及更好的照顾。"我记得唐诺回答我时的表情，那时已是寒冬，浓厚雾霭包裹着她冻得通红的脸颊，我们推着单车并肩而行，偏头，便见她神色幽暗，一点也不似她平日里的言笑晏晏。

"他每次输钱喝醉酒就往死里打她，身上新疤遮不住旧疤，可她不许我声张也阻止报警。所有的委屈都独自默默承受。"她的语调很低，还带了颤音，我心里十分难过，对她的感情中又加入了一丝心疼。

其实在清楚对唐诺的感情后，我曾写过一封情书给她。那封信写了很长，反复措辞，花了五天才完成。我打算在1999年最后一天拿给她，全世界的人都在宣言，世纪末的最后一天，应该干一件轰轰烈烈的事情，才不枉此生。我不知道别人在干着多么壮烈多么值得书写的大事件，于我来讲，向唐诺告白这件事比之任何都更要轰轰烈烈。

只可惜，我的初恋也失败得轰轰烈烈。

唐诺拿着我写给她的情书来教室找我，那天学校有跨年文艺晚会，整个校园都是喧闹一片，她穿过打闹的人群，走到我的课桌旁，我的座位靠窗，彼时我正趴在窗台上看楼下操场上的一场篮球比赛，她从后面拍我肩膀。

唐诺连拒绝都说得那么漂亮，她扬起手中的信笺，依旧清浅地笑着，"从不知道，你的字这么漂亮，啊，还有文采，真棒！"若换作别人，或许你会听成这是讽刺，可从唐诺嘴里说出，沾了她的语调，那便是真心实意的夸赞。

可我知道，她已经拒绝了我。她从来都是坦荡磊落的女孩子，所有的事情，她都求一个明白清楚，于别人，她亦是这样做。

说不难过那肯定是自欺，我接信笺的手臂很无力，她却在我的伤口上再撒了把盐。她将我拉到窗边，指着在夕阳下的球场奔跑传球的那个叫顾桥的男生对我轻言："怎么办呢，莫良喆，我好像喜欢上他了。"

后来我们一直趴在窗台上，彼此都很沉默，直至夜幕降临，直至文艺晚会的喧闹退去，直至倒计时的钟声敲响，绚丽烟花铺满夜空……

那是我短暂人生中最漫长的一晚，仿似一个世纪。

四

其实在唐诺袒露心声之前，我与顾桥有过交集，我们在篮球场上实力相当，偶尔凑一起打比赛。顾桥高我们一届，在学校里算是光环笼罩的那一类男生，学习好偏偏性格不羁，呼朋唤友爱玩乐。

唐诺追顾桥追得辛苦，且闹得满城风雨，学校里每一个人都在兴奋地讨论这件事。讨论的并非她不顾矜持追着一个男生跑，用现在一个时髦的词语来说便是，唐诺是人见人打的小三。顾桥的女朋友明媚，与他同班，据说他们青梅竹马。

虽然耗时久了点，但唐诺的墙角挖得异常成功，一个长得好看又孜孜不倦倒追的女生，我想没有人能够拒绝吧！

后来她对我说，我终于懂得张爱玲那句"见了他，她变得很低很低，低到尘埃里，但她心里是欢喜的，从尘埃里开出花来"，原来真爱一个人，是愿意为了他而委屈自己的。

那时我们已经很久没有一起吃早餐，我将头埋在碗里，努力不泄露情绪，她不知道我其实有点难过，还很心疼她。她追顾桥的这一路，点滴我都看在心头，而我与她之间，关系变得仿似好朋友、兄弟姐妹，什么都可以谈，除了爱情。那种关系很微妙，我心里的感受说不清道不明，但我无能为力，做不到从她身边走开。

"你开心就好。"其实我有很多话想对她说，比如说顾桥可以抛弃前女友与你在一起，那是否下一次也能为别的女生再抛弃你。但说出口终究也只有一句她开心就好。那个时候，我不见得多么睿智，懂得对一段无奈的感情最好的选择是放手，但彼时心愿真的很单纯，我比谁都希望唐诺好。

唐诺16岁生日时，顾桥在镇上最好的酒家订了一个小包厢帮她庆祝，我原本并不太想去，可又不忍看唐诺失望的神情。她说去的都是顾桥的朋友，她与他们都不太说得上话。

那天我跑到很远的郊外花圃找花农买了一盆仙人掌给她当礼物，在书上曾看过，仙人掌的花语是坚强。我觉得与唐诺很相称。

唐诺很喜欢我的礼物，她微微噘嘴说他们送的不是发夹就是娃娃，一点新意都没有，完了忽又将左手伸到我面前，脸微微红了，顾桥送的银戒指，好看吗？包厢里只有我与她，顾桥与他的朋友都出去买啤酒了，我强迫自己将视线从那枚刺眼的戒指上移开，心里却一阵酸意翻涌。

后来我想，那天事件的导火线便是唐诺手指上那枚戒指，否则依我的个性不至于情绪失控到拿啤酒瓶将顾桥的脑袋砸开花。酒瓶事件后果之一是我被抓进派出所关了一夜，第二是将明媚带入我往后的生命中。

一开始我并未多留意过明媚，她跟在顾桥与他几个朋友身后进来，也没有人介绍，我只瞥见唐诺在看到她时神色忽地一变但很快又恢复过来，因为那女孩递过来礼物还对唐诺说生日快乐。

冲突发生在饭局的尾声，大家都有点喝高了，唐诺起身去洗手间，有人盯着她的背影冲顾桥说了句，"你小子真有福呀，这么清纯的妞都被你把到了。"调侃与痞味十足。我来不及出声，便听顾桥嗤一声笑了，"再清纯还不是一样犯贱地倒追男生……"

他的话被我扬起的酒瓶截断，刹那间血流如注，他应声落地。尖叫声与咒骂声交织成一片，我怔怔地捏着一块碎裂的玻璃，手上有痛意传来。恍惚中，我听到有人在外面打电话，110吗？

五

那一夜真漫长。

我蹲在角落里双手抱膝，窗口有寒风吹进来，刺骨的冷。被关在里面的我并不知道父母为了我奔走在医院与派出所之间，母亲甚至跪在顾桥父母面前声泪俱下代我道歉，恳求他们原谅。可顾桥一直昏迷未醒，他们始终都不肯撤销对我的起诉。

这些，都是后来明媚告诉我的。

第二天下午，我被民警叫出来，他让我在一份文件上签字后便说你可以走了。出乎意料，在派出所门口没有看到父母，反而是一个略感面熟的女生向我走过来。

"我叫明媚。"她笑着向我伸出手，我迟迟没有伸手握住她的，微微蹙眉，明媚？要想好一会儿，才想起这女生是顾桥的前女友。只是她为什么会出现在这里？

"你爸妈昨晚守在医院里整宿没睡，我叫他们先回家休息了，我来接你。"看出我的疑虑，她收回手，也不觉尴尬，耸耸肩然后对我粗略解释了如今的状况。

顾桥在清晨已经醒过来，所以事情才算告一段落。

"你为什么要帮我？"我与她并无交集，更谈不上朋友。我想过无数种可能的答案，独独没有想到会是那一种。

她忽然笑了，然后仿似对全天下宣言一般双手握在嘴边大声对我说："因为我对你一见钟情啊！"

我被她吓到了，真的。一个才见过一次的姑娘站在派出所的门口大声对你说她对你一见钟情了，这真令人彷徨。我怔怔地看着她，不知该如何接口。

"真的，莫良喆，我还从没见过哪个男生像你一样有气魄的！"明媚不理我的目瞪口呆，她很有气概地重重拍了下我的肩膀，"当你扬起酒瓶砸向顾桥那一刻，简直帅呆了！我的一颗小心脏哟，怦怦怦地直跳，那一刻我就知道，我爱上了你。"

听到最后，我完全石化，一个姑娘家竟可以将告白说得如此气魄，如此铿锵有力，实在令人刮目相看，从呆愣中回神，然后了然地拍了拍她的肩膀，"我知道你处于失恋的阴影中……"

她粗暴打断我,"你才处于失恋的阴影中呢。"她忽然意识到什么,慌忙捂住嘴巴,有点小心翼翼地朝我望,见我神色如旧才又说:"我与顾桥那是比豆腐脑还要白的清白,"她顿了顿,"咳,若不是本姑娘看上了你,我才懒得向你解释。"

传闻终究只是传闻,向来做不得准。明媚与顾桥青梅竹马倒是事实,只是落花无情流水亦无意。

"你以为我那么大气度,被人挖了墙角还带着礼物去参加狐狸精的生日聚会?"明媚说话语速快,字字句句都仿佛落地有声。比之唐诺,明媚实在算不得好看的女生,但她身上有一股爽朗的侠气,让人很难不喜欢。但也仅仅止于喜欢,不会更多,我心里十分明了。

可她不管,在学校里碰见了,老远便大声打招呼,将我的名字叫得惊天动地的。每天早上等在我家楼下早餐店里,非扯着我陪她一起吃早餐,我看着对面而坐的她,不自禁便想起唐诺,她已经很长一段时间没有来找过我了。

"你为什么要打顾桥?"那是我从派出所出来的当晚,唐诺死死地望着我问,好似要看穿我的灵魂一般。

我沉默良久,终是一句话也没有说。我宁肯被她误会也不忍破坏顾桥在她心目中的形象,她有多喜欢他大概连她都不自知,我却看得分明。

"莫良喆,是我把你看错了吗?我一直以为你是个磊落的人,可你这算什么呢,因为嫉妒,你就可以随便打人吗?"

在我的沉默中,她失望离去。我望着她的背影在暗夜里一点点隐匿,忽然觉得我与她之间,仿佛自此便要越离越远了。

六

我未曾料到明媚会做出那样的决定,她在高三最后一个学期,主动要求降级,与我同班。

"你疯了吗?"我是真的生气了。

"没有,"她依旧笑嘻嘻,"我成绩原本就很烂,我爸求了我好多回我都死活不肯降,这次他算如愿以偿了,他得感激你。"

她总有冠冕堂皇的理由,我说不过她,亦拿她半点办法都没有,气得扭头就走,不想再理她。

我与唐诺再次走近是在顾桥去上大学的一个月后,他提出与她分手。

暖雪落尽处，相会且无声

国庆假期的最后一天，我在街口撞见唐诺紧紧揪住欲上车的顾桥不让他走，没有声嘶力竭也没有争执，她只是微微仰着头死盯着他，满脸倔强。顾桥不耐烦，用力一甩，加上车子正缓缓移动的力量，唐诺被狠狠地摔倒在地，她爬起来疯狂地追着车子奔跑。我回过神来也慌忙追了过去，我跟在她身后一路追了很远，直至车子一个拐弯一溜烟消失。唐诺跌坐于地，我跑过去蹲在她身旁，想开口却不知该说些什么。或许此刻她什么都不想听。

"我刚才的姿势是不是很难看。"我们并肩往回走，这种并肩而行的感觉已经很久很久不曾有过。

"没有。"我说。我望了望她，她太平静了，不哭、不闹、不抱怨、不愤怒，我却隐隐担心。

"真累。"在岔路口分别时，她忽地又幽幽吐出这两个字。我心头一颤，猛地拉住她的胳膊，声音微微颤抖，"你不要做傻事。"

她先是一愣，继而笑了，"莫良喆，你是不是电视剧看太多了？被人甩了而已，天还没有塌下来。"

她是安慰我，我看得分明她的笑容有多惨白与勉强。后来明媚说，她陪唐诺一起睡的那些晚上，经常半夜里被她的抽泣声惊醒。她并非表面那样无所谓，顾桥是她生命中第一个喜欢的男生。

因为这件事，明媚与唐诺开始走近。我第一次主动去找明媚，我见她眼里盛满笑意，可在听我说明来意之后，她的脸立即拉了下来。

"莫良喆，你真是自私你还残忍，你怎么可以叫我去陪伴开解唐诺，你只担心她想不开做蠢事，可你有没有想过我的感受？你让我待在我的情敌身边，我情何以堪！"她机关枪一样对我怒吼。我自知理亏没有做声，她发泄完了又叹气，"可我能不去么，谁叫我就是个犯贱的主呢。"

唐诺终究是过不了自己那一关。我说过，她凡事求个清楚明白，这一次，她想求得的是一个谁也没法回答的关于"爱不再"的答案。

若不是顾桥与明媚联系，我都不会知道唐诺出事的消息。我们赶到市中心医院时，唐诺已经醒了过来，脸色苍白，嘴唇发青。她见到我与明媚，微微偏过头去，死一般沉寂。

医院走廊上，顾桥愤然地冲明媚抱怨，他的神色里既愤怒还有一丝后怕，他顾不得这是医院，声音老大，"她简直是疯子，硬将我拉到桥上，这么冷的天，拽住我就往河里跳。当初我怎么会看上她……"

我靠在离他几米之遥的墙壁上，要极力抑制住心里升腾而上的怒火，才没有冲过去向他挥拳。

45

那个冬天仿佛过得异常缓慢，铺天盖地的寒流来袭，风凛冽而干燥，第一场雪却迟迟不肯降临。唐诺在冰寒刺骨的河水里泡过一次之后，那一整个冬天她的身体都不太好，隔三岔五地感冒发烧。

春天来的时候，唐诺终于从无休无止的感冒中解脱，似乎也慢慢从那场失恋的伤痛中走出，只是在她脸上很少能看到从前那般明媚清浅的笑容，两条眉毛不经意间便会微微蹙起。

她又像从前一样每天来我家早餐店吃早餐，然后帮母亲刷碗，与她一道来的，还有明媚。不知何时开始，她们两个的感情忽然变得很好，动不动便头碰头靠在一起说悄悄话。这让我对明媚所说对我一见钟情的话更加持有怀疑态度，据常理推测，她应该讨厌唐诺才对。可女孩子的心思又怎么猜得准呢。

后来有一次下了晚自习，我们三个一起走，在明媚的嬉笑打闹中唐诺忽然说，其实，当日我并非想拉着他一起死。我只是想不明白，当初口口声声说深爱你的人，何以变得那么快。

夜色忽然变得异常寂静，只剩唐诺轻飘飘的疑问在空中打转，我与明媚都没有答话，因为我们都给不了她答案。

七

2002年我们填高考志愿，唐诺眼里只有 A 大，那是省城最好的大学，商务英语专业更是闻名全国，而唐诺英语向来就好，她势在必得。最后那个学期，她把所有心思都放在复习冲刺上。

明媚也闹着要考 A 大，我毫不留情地打击她说以你的烂成绩再留两次级也未必考得上。她恶狠狠地扑过来作势打我，狗眼看人低，你就等着瞧好吧！说完拿鼻腔哼我一声。

至于我，毫无疑问是 A 大。我自知以我的成绩，要进 A 大是有相当大难度的，可再难我都要拼尽全力去试一试。也是从那一刻开始，我蓦然发觉，唐诺在我心中的分量，已深入心肺，再也抹不去。

我落榜 A 大在意料之中，可令所有人意外的是，明媚竟以超出一分的擦边成绩被 A 大录取。至于唐诺，结果如她所愿。

学校放榜那天，我拿着 C 大的录取通知书第一次感受到人生的无奈，第一次懂得并非你付出全部努力便会相应得到你想要的回报。唐诺特意跑到我们教室来安慰我，说 C 大其实也不错呀，二本中口碑相当好的呢。我闷闷地

暖雪落尽处，相会且无声

没做声，她哪里知道，我在乎的并非重点大学与二本的区别，我在乎的，从来都只是能否继续与她在一起，哪怕只是以好朋友的身份。

那天明媚来得比较晚，她拿着录取通知书反反复复来回地看了又看，直至确定她没有眼花才兴奋地在教室里又笑又跳仿似一个疯子，她在欣喜之余不忘找我报当日嘲笑她之仇，跳到我课桌面前仰头挺胸，"哼，这就叫做一切皆有可能！"

"恭喜你。"我是真心诚意为她高兴，其实明媚很聪明，只是对学习缺乏了点热忱。她大概听出我声音里的不对劲来，狐疑地望了望我，然后眼明手快地从我课桌里掏出那张通知书。

"怎么会……"她喃喃，脸色欣喜之情瞬间遁去，双眼揉了一次又一次。

"好啦，再揉也不会变成A大。"我被她的动作逗乐，心情变得好一点。

"那我也不去了，我跟你一起去C大。"她的眼神忽又变得明亮，仿似刚从一个困扰她的难题中解脱出来。她声音很大，一句话丢得掷地有声，令原本闹哄哄的教室立时静了下来，同学们纷纷张大嘴巴望向我们。

我猛地站起来，瞪着她仿似看怪物，"你又发什么疯！"她平时任性倒也罢了，可她怎么能如此儿戏般对待升学这种事，她从来都不想一想我的感受，为我降级为我放弃重点大学，她从来不想一下我心中是否会有压力与愧疚。

那天的最后，教室里的人都走光了，我与明媚还在对峙中，她说莫良喆我没日没夜地复习不过是想要跟你一起考进A大，虽然你从没说过你的目的是A大，可唐诺是你百分百就是，而如今没有你的A大对我来讲没有任何意义，你为什么一定要强迫我去呢。

我沉默良久，终是咬咬牙，随你便，如果你执意要放弃，我们就当从没认识过。

那是我第一次看到明媚的眼泪，原来爽朗侠气的明媚也会哭。那一刻我几乎要心软对她说好了好了我收回刚才的话。可心里有个声音不停告诫自己，不可以，绝不可以。

我只得转身，仓皇地逃离教室。

那整个暑假，明媚都没有再来找过我。我以为她此后再也不会理我。唐诺安慰我说，没事的，明媚的个性你还不了解吗，等她想通你是为她好就会主动出现了。我叹口气，也只能如此了。

那两个月又从以前的三人行变成我与唐诺的独处时光，她未雨绸缪买了许多英语专业书籍每天窝在我家啃。她说我一定要好好利用大学这四年的时

47

间，这是我唯一的出路，等我能够自立我一定带着我妈远走高飞，不再受那个男人的欺负。

那种凝重悲伤的表情出现在还未满18岁的唐诺脸上，一点点吞噬了她往日的纯真，这令我心里一阵阵难过，可却无能为力。

明媚最终还是去了A大，我们三个一起去报到，搭同一辆客车，我们坐在最后一排，我左边唐诺中间明媚右边，她自上车连看也不看我一眼，只偶尔偏头与唐诺说两句话。我很多次试图与她搭话，可她一个冰冷的眼神便将我杀了回去。

是在下车后要分别之时，明媚忽然在身后开口叫住已走出几步的我，"喂，莫良喆。"她追上来，我回头，看见不远处的唐诺正跟我比手势，我明白，她是叫我与明媚好好说清楚。

"唉，"她往我身上狠狠擂了一拳头，"太别扭，我们讲和吧。"然后如当日在派出所门口那般她朝我伸出手，我握住她的手，轻轻摇了摇。

在离开时我忽又转身叫住她，"明媚，唐诺第一次离开家，你照顾点她。"

"莫良喆，你过分！"她又跳起来开始吼，"我也是初次离家你怎么不叫唐诺多照顾点我！"

我抚额叹气，"我的意思是，你们互相照顾。"

"虚伪！"直到我走了好远，还听到明媚隔着人流大声冲我骂。

八

我觉得这个世界上没有谁比明媚更有资格狠狠骂我，虚伪、自私、卑鄙、残忍，我统统都甘之如饴地接受。多年之后细数我们的青春过往，我始终都亏欠她。

没有与唐诺在一起的时光，在我看来，既快速又是缓慢的，A大与C大的距离一个城南一个城北，公交车整整一个半小时。那时我们都没有手机，宿舍未装电话，网络也不如现今普及，唯一的联络方式便是书信，可我写三封信唐诺顶多回一次，寥寥几句，说的无非是学习之类。明媚成了我得知唐诺生活点滴的唯一窗口：她参加了学生会主席竞选；她拿了最高奖学金；有学长写情书送花给她被她婉拒；她所有的空闲时间与假期都用来兼职打工赚取生活费；她开始辗转各个画室做人像模特……

在拜托明媚事无巨细告诉我唐诺的生活点滴时，她当场拍桌子瞪着我吼，"莫良喆，你是不是变态呀，这是什么行为你知道吗？侵犯隐私！变相偷窥！你一直说我疯了，你才是真正的疯子。"她停下喝口水继续骂："这种出卖朋友的事情我明媚不干！"她起身抓起包便打算离开餐馆，却在我低低说了一句话后忽又坐了下来。

我说，你不明白那种发疯般地想知道一个人过得好不好是怎样的感受。

很久之后明媚与我提及当日，我们一起对坐喝酒，她喝得有点高了，大着舌头将桌子拍得咚咚作响，她说我怎么可能不明白那种感受呢，我比谁都要明白。只是当初有我心疼你，却没有人来心疼我。

重新坐下来的明媚微微低垂着眼睑，然后自嘲般地笑了，"我们都犯贱。"

唐诺的第二场恋爱，明媚用云淡风轻的口吻向我叙述，她说，报告长官，你的女神爱上了比她大12岁的某个画室的美术老师。

她用的是爱上，而非喜欢。我的脑袋嗡一声巨响，差一点便要站不稳。分明是阳光明媚的暮春，我却宛如置身寒冷的北极，透彻心肺的冷。

在思索了整整一天一夜后，我决定去找唐诺，而其实我去找她要说什么要做什么我并不太明确。我只知道心里越来越不安，仿佛可以预见她奔赴的是一场灾难而非爱情。

可没想到她会先来找我。四月底的天气还很凉，唐诺却只穿了一件薄薄的白色七分袖，她站在我宿舍楼下的花坛边，背后是一片怒放的红蔷薇，衬着她的白衣，她周身笼罩在夕阳淡金色光芒下，我隔一段距离看她，下楼的脚步变得迟缓。

"好久不见。"她转身对我笑。是有很久没见，上次见面是我们一同回家，距今35天，我记得很清楚。她的头发又长了一点，已经过肩。她比从前更瘦，都可以看到脸颊微微凸出的颧骨。

坐在学校外的小餐馆里，其实我有很多话想问她，可却不知如何开口。上菜时唐诺要服务员拿白酒，我慌忙阻止，"啤酒吧。"我何尝看不出她心情糟糕，连笑容都太勉强。她却固执地不肯让步，拿眼睛斜睨我，"莫良喆，你爷们儿一点好不好！"又转头去对服务员高喊，"两瓶二锅头。"她一心求醉，任何人都劝不了，我默默去取了两只酒杯。

那顿饭一直吃到晚上九点，我从不知她的酒量竟然这么好，越喝眼睛越明亮，在饭馆昏黄灯光下闪闪发光。我们很少交谈，她是不想说，而我，不知从何问起。气氛变得死一般沉寂，只余酒的液体汩汩灌进喉咙时发出的细微声响。

"走吧。"宿舍都是十点关门,唐诺回她学校已来不及,只得找班上女生借宿一晚。可她却拉着我往学校相反的方向走,她说,很闷,我们去吹吹风。

我们学校附近是汽车站,那一带鱼龙混杂,大多是饭馆与廉价旅馆,刺眼的霓虹灯明明灭灭。我们走得很慢,我不停偷看手表担心回校太晚进不去宿舍。慌神的瞬间忽然被唐诺一把拽进一家店,她速度很快力气也很大,我被拽着走了好几步才发觉她竟将我带进了一家旅馆。

"唐诺……"我其实有点醉意,头昏昏的。可那一刻一个激灵人彻底清醒,心里惊诧莫名。"唐诺,你干什么!"可她不理会我,径直拽着我往二楼走,她死死抓住我的手,指甲几乎掐进我的肉里,我试图挣脱,可无用。

这是一场她事先便安排好的预谋。

她拽着我一直走到二楼走廊尽头的那间房,她迅速打开房门,在门再次阖上的瞬间,她侧身,嘴唇笨拙地压上我的。那一年她已经长得很高,齐我的耳边。我惊恐地睁大眼睛,隔着那么近的距离,我看到她紧紧闭上眼睛,装老练,可她身体剧烈的颤抖出卖了她心底的恐惧。

"唐诺!"我厉喝一声,狠狠将她推开。我的身体同样微微发颤,连带的,还有心脏,仿佛要跳出胸膛一般。

她却忽又走过来,整个人都贴在我身上,她的神情带着某种决然,慌乱地扯我的衣服。

"啪啪啪——"

三个耳光,拼尽了我全部力气。她跌坐在地,嘴角有血迹溢出,她愣了片刻,忽然笑了,那笑声却比哭更难听。她没有抬头,声音里分不出是绝望还是其他。"他说他不会爱一个小女生,他说我是一时头脑发热……那我让自己从小女生变成一个女人,他是不是就会爱我。"她忽然仰头,眼神里是浓厚的乞求,"你帮帮我,帮帮我好不好。莫良喆,你是我唯一相信的人……"

重重关门声淹没了她的话,我不记得我是怎么一路狂奔出那个旅馆,怎么走出那条令我觉得无比肮脏的街道,又如何跑回学校的。在我来不及将今晚带来的震撼好好消化,班主任的一句话再次将我打入深渊。

我回到宿舍时,班主任已在宿管室里等了很久,而在此之前,他已经派出一拨又一拨同学到学校周围去找我。

"莫良喆,你爸出了车祸,正在医院急救,情况很不乐观……"

周围暖黄的灯光刹那间全部遁去,我大脑嗡嗡作响,感觉自己的身体漂浮在无边无际阴冷潮湿的黑暗中,那么冷。

那天是2004年4月28号,我永远记得。

九

　　你是否亲历过至亲至爱的死亡，你是否还记得彼时彼刻的感受？我一辈子也忘不了那个瞬间。当白色的床单一点一点蒙住父亲被摔得面目全非的身体，我大脑仿似缺氧一般，周遭一切场景与声音都自动遁去，我的身体瑟瑟发抖，我想开口喊爸爸，可喉咙里如落满了灰尘，怎么都无法发出声音。

　　那是我第一次亲历死亡，当我连夜赶到镇医院时，已经来不及跟父亲说最后一句话。那间狭小的病房内，灯光惨白，母亲已经昏倒过去，年仅6岁的小妹抱着二妹的腿哭得呼天抢地，二妹单手紧紧地搂住小妹，一只手捂住她的眼睛。我怔怔地站在病房门口，房内亲友、医生、护士穿梭的身影在我眼里变得模糊而恍惚。

　　我知生命无常，可那一刻我始终想不明白甚至故意不想明白，只一遍一遍问自己，为何前一刻还好好的一个人，转眼便再也不能走、不能说话、不能笑了。

　　我还记得最后一次见父亲，是一个月前回家。返校的那天下午，在街口等车遇上刚跑了一趟摩的出租返来的父亲，他见我穿得单薄，便半调侃着教训我说，一个大男人还学人家姑娘爱漂亮，只要风度不要温度。他原本不是会戏谑的人，沉默不多言，在我们兄弟眼中是个严肃的人，可那天却反常地与我说了那句话。我一下子觉得父亲与我亲近了许多。却没有料到，那会是我们父子俩最后的交流。

　　父亲一脉单传，他的身后事只得由堂叔们负责。至于母亲，她一直陷入昏昏沉沉中，发起了低烧，人偶尔清醒过来，也只是睁开双眼迷惘地盯着天花板，她悲恸欲绝可没有流一滴泪，嘴里喃喃。我凑过去，听到她说，摩托车从那么高的地方摔下去，你该有多痛啊……

　　在她反复陈述的这句话里，我的心一阵阵地抽搐颤抖。

　　父亲出殡那日，天阴沉，仿似暴雨即将来临，可总也下不来。明媚大概听到她父亲提及，竟然翘课急匆匆赶了回来。她蹲在我身边轻轻说，节哀顺变。我偏头看到她脸上神情悲戚，仿佛承继了我身上所有的悲痛。第一次，我主动握了握她的手。

　　我在家待了半个月，母亲的身体渐渐好转，只是脸色依旧很差，时常陷入沉思发呆中，精神有点恍惚。家里的早餐店自是开不下去，整个家的经济来源在一夕之间统统被切断。看着刚升高中与刚入小学的两个妹妹，在返校的前一晚，我对母亲说，我想休学。埋头给我整理行李的母亲猛地转身，眼睛睁得老大，嘴巴蠕动了几下，终是没有发出声音，眼角有泪纷纷落下。

我的心思，她懂，而她所有未说出口的话，我也懂。

十

我不知道明媚怎么会知道我休学的事，她怒气冲冲找到我们学校，顾不得众目睽睽拽住我就大吼："你脑袋抽风了吗？再怎么困难你也犯不着休学啊！不是还可以申请特困奖学金吗，要不，咱去贷款！"

"手续都办好了。"我平静地挣脱她的手，"我明天就要去苏州，你来得正好，免得我还要去找你告别。"

"莫良喆！"

我很怕她又发飙跟我大道小理，好在她只是死死地盯着我看了很久，然后默不做声转身跑了。

可我真是低估了明媚的执着与痴傻。第二天一大早，她竟然拖着一个巨大的箱子站在我宿舍楼下大声喊我的名字。她兴高采烈地宣布给全世界听，莫良喆，这学我也不上了，我厌倦透了我的会计专业，我陪你去苏州，我们一起闯世界！

我趴在宿舍窗台上望着她，哭笑不得。

不可否认，我拿明媚头疼却毫无办法，她好似长不大的小孩，类似的伎俩已不是第一次使，可她乐此不疲。我不知道你们的生命中有没有遇见一个明媚，她磊落、她侠气、她待你好，可她又不是那种讨人厌的死缠烂打，你或许不爱她，可你禁不住深深喜欢她，不想失去这样一个朋友。其实这样子很自私，真的。

我心里很矛盾，一刻钟后，我才从宿舍走下来站在明媚面前。这一次哪怕伤害她我也要阻止她发疯，我说你这样容易对人一见钟情，你走呀，你放过我，你再去对别的男生一见钟情呀。

我板着脸，神色异常认真，我看到明媚脸上欣喜的神色一点点褪去，她被刺激到了，将箱子狠狠摔在地上，大声喊："莫良喆，你是木头人你没心没肺的吗？你真以为我是那样肤浅的女生吗？什么狗屁一见钟情，如果不是我早有耳闻你对唐诺一往情深，如果不是那晚你不要命般为了唐诺扬起酒瓶砸顾桥，我又怎么会被震撼被感动……你知不知道，我有多么羡慕唐诺！"说到最后，她的语调带了哽咽。

暖雪落尽处，相会且无声

"我不爱你。"第一次如此明确如此直接地拒绝她，我心里其实并不太好受。

"我知道。"她笑得凄凉，"可是我爱你就够了。"这亦是她第一次认认真真地表露心迹。

我偏头，不忍看她，可说出的话却字字要碎了她的心。

"若你真的爱我，就留在这里，"我心一横，"帮我好好照顾唐诺。"我知道明媚不会拒绝，其实这些年来，我们才是最了解彼此的人，她知道若她执意跟我走，我的答案依旧如高考那年一般，与她绝交。

多年后明媚对我说，在你面前我怎么能够不输，你太了解我。比之再也见不到你的惶惑与痛苦，向你报告唐诺的生活点滴并照顾她这种不情愿的小忧愁又算得了什么。而唐诺，是维系你我之间唯一的那根线。

明媚是我见过的最通透的女生，可她到底也不能参透我当年那么说的另一层含义，我心系唐诺，可我同样不忍心她为了我自毁前程。

离开前的那个下午，我偷偷去看唐诺。几经辗转才找到她做模特的那家画室。画室不大，隐匿在她学校外的一条小巷内。隔着玻璃窗户，我看到她以慵懒的姿势斜倚在椅子上，神色异常安静，目光专注地望向房间一角，柔情而缱绻，那是只有看心爱之人才有的目光。我微微偏头，便看到角落里站在学生之外的那个男人的侧面，他专注于画板，偶尔抬头望向台子上的唐诺，神色自若。

她爱他，他不爱她。不用问，自眼神交汇便可以窥视出。我没有惊动他们，转身下楼。

没料到唐诺还是发现了我，她追出来，"莫良喆。"

我们不约而同对那晚的事都选择缄默来粉饰太平。

"我听明媚说了你家里的事，我去找过你，可惜你还没回学校。"

我没做声，她又说："感觉现在你与明媚走得更近，你的消息我都要从她那里听来。"她语气里竟有淡淡酸意，嘴巴嘟了嘟，像个被抢了糖果的小女孩。

"回去吧，他们在等你。"

其实我有很多话想跟她说，想告诉她我坐晚上的火车离开这里；想告诉她自此一别不知何时能够再见；想告诉她不要那么傻，爱一个人不能付出全部，要懂得给自己留条退路；想告诉她，我会很想她。可到头来，却统统化作一句不相干的话，真正应了从书上看来的一段话——

如此情深，却难以启齿。原来你若真爱一个人，内心酸涩，反而会说不出话来，甜言蜜语，多数说给不相干的人听。

十一

在苏州的日子仿似手中流沙，转眼飞逝。明媚以每星期两个长途电话的频率与我联络，她对我的新生活充满了好奇，事无巨细，不放过任何能够谈及的话题，完全忽略掉她的 IC 卡上不停在减少的金额，直至我说很晚了有点累了她才恋恋不舍地挂掉电话。而其实，我的生活真的乏善可陈。

所待之处是一大片高高低低厂房云集的工业区小镇，街道虽簇新却冷冰冰的，走几步便会遇见扎成堆用方言大声交谈的穿着各个工厂制服的人，再晴朗的日子天空总是有点灰蒙蒙。在这里看不到江南的婉约秀气，那闻名全国的大小园林也离得好远。而每天的生活更是单调乏味，宿舍、办公室、食堂三点一线，很多时候我恍惚以为回到了校园生活，可再也不会有走在学校里那种轻松感与单纯心思。

幸好在公司有堂姐的照拂，令我不至于那么孤单。当初若没有她的介绍，以我的条件是进不了这家资金雄厚的台资外贸企业的。虽然大学英语专业才念了不到一年，可因为底子不错，依旧可以胜任外贸跟单与接洽这方面的工作。那段时间，我特别努力，生怕出差错而丢失这份工作。为了母亲与妹妹，再辛苦，都得熬下去。

有很长一段时间，我与唐诺没有联系。那时她们宿舍已经装了电话，我拨过好几次，电话那端的声音换了一拨又一拨，可始终没有她。她室友的回答永远都是，唐诺上晚班还没有回来。每一次我都有托她室友转达，叫她与我联系，可直至 2004 年快要过完，她都没有拨过一次我宿舍的电话。我知道，她依旧在生我的气。

我还记得最后一次与她通话，是在我到苏州安顿好之后，将电话打到她们宿管室里，打了很久才接通，我们还来不及好好说几句话，就闹得不欢而散。她在电话里恶狠狠地骂我不够义气，离开都不说一声，明媚知道、全世界知道，唯独我一人蒙在鼓里，莫良喆你压根就不把我当朋友！然后啪嚓一声决绝地切断了电话。我试图再拨过去，却一直占线。

我了解唐诺，她爱认死理、固执，一根筋到底，只能等她自己慢慢将那些坏情绪消化掉。我愿意等，这么多年来，仿佛从来都是在等，可到底在等什么，渐渐地连我自己都不清楚。

明媚在电话里说要不要我去找唐诺解释一下，她最近看起来心情特别好。我说不用。明媚在那端有一瞬的沉默，终是说了出来，唐诺终于守得云开见月明。

　　我握着话筒怔怔地发愣，脑海里掠过的却是那年她辛苦倒追顾桥的点滴片段，她依旧固执痴傻如初，但凡她认定的方向，便不管不顾地往前冲，不达目的誓不罢休。可到最后，伤的依旧是她自己。

　　唐诺再与我联络时，已是2005年暮春，但那个电话我并没有接到，当时我不在，同住的室友后来忘记转达。是在那个电话之后的第五天，我接到明媚的电话，她一反常态没有在电话里嘻嘻哈哈与我讲些有的没的，她的语调很低，声音沙哑，她说对不起，我没有照顾好她。

　　唐诺出事了。

　　其实在听说她与那个大她12岁的男人在一起后，我便有预感，也早已做好心理准备，预想过各种各样的后果，可从未想过结果会是那样严重。

　　这段爱情原本就是由她开头，她爱得多，爱得那样深，从一开始她便输了。她傻傻地以为一个孩子便能留住一个男人的心，能令他安定下来。他哀求过她，也警告过她，可唐诺却一意孤行，直至怀孕第四个月，那个男人宁愿放弃身边现有一切也要离开她，他在一夜之间消失无踪。

　　她发疯般地找他，恨不得将那座城市掘地三尺，可一个人存心躲你，你怎么找都无用。到此时，孩子已成了她的心头恨，之前她有多爱他此刻她便有多么恨他。

　　因为钱不够，她找了一家没有医疗许可证的不合格小诊所，却因手术不当，她失去了一个孩子，也永远失去了做母亲的资格。

　　而原本，如果她的那个电话我没有错失，这样的悲剧就不会发生。明媚说，她是想找你借钱，在她心里，你依旧是她最信任的朋友。

　　我每天都心存希祈，希望电话响起的时候，那一端是她清浅的声音。我等了那么那么久，她唯一的一个电话，却被我错过。

　　我顾不得明媚还在那端与我说话，咔嚓一声切断电话，摔门而出。一路疯跑了好久好久，站在一片荒芜的钢筋水泥丛林中，找不到一个可以号啕大哭的地方。

十二

　　我攒了两个月的钱，买了两部手机，一部给自己，另一部寄给了唐诺，作为她21岁的生日礼物。我将我的电话号码存在那部手机里，从2005年到至今，手机丢过好几部，那个号码却从未更改过。我怕她找不到我。

她收到礼物后拨过来，说谢谢，很喜欢。可从她声音里听不出欣喜，我忽然怀念她16岁生日收到我的仙人掌时脸上欢喜的表情与语调。

自那件事之后，明媚说唐诺好似变了一个人般，分明是对着你笑，可那笑容却很虚无缥缈，瞧不出悲喜。对什么都怯怯的，淡淡的，除了兼职打工，所有的时间都待在学校里，偶尔也会找明媚一起吃饭。

或许这就是成长吧。我一直都希望，她能够变成一个从容不迫的女孩，少一些尖锐与棱角，那些只会像玻璃一样刺伤她自己。

春节前夕，母亲依旧劝我回家过年。我心里很挣扎，其实很想回家，可路途遥远车费昂贵，终是又一次以公司假期短为由向母亲说抱歉。母亲在挂电话之前忽然闲闲提了一句，她问我是否还记得当年在家里早餐店刷碗的那个姑娘，她妈妈在年关头竟然因病去世了。母亲说完后一声长长的叹息。我的心却猛地一颤，想起高考后那个暑假，唐诺窝在我房间里拼命啃那些艰涩的英语书时说的话，她说等我能够自立，一定带着我妈远走高飞，不再受那个男人的欺负。

"妈，我还是回家过年吧。"趁母亲挂电话的前一刻，我急忙说道，母亲高兴得一连说了三个好字。

我又见到唐诺，在时隔近两年之后。

她着素衣，又恢复了当年初识她时那般俏丽的短发，依旧极瘦，在我的记忆中，她似乎总是单薄瘦削的。大概是熬夜的关系，眼袋与黑眼圈浓重。我如当年明媚蹲在我身边那般蹲在唐诺身边，对她说节哀顺变。

她偏了偏头，努力扯出一抹微笑，她说，你回来了。

依旧是清浅的语调，我记忆中唐诺独特的语调，波澜不惊，仿佛我们隔着的漫漫时光只是昨天到今天的距离，而不是两年未见。

真奇怪，我与唐诺一路走来，似乎从来都不曾有过陌生感。我们闹过别扭，她对我生气，与我冷战，长时间不曾联系，可最后，在时光流逝中，自然而然地又恢复如初。

年初一那天，我、唐诺、明媚都没有出去拜年，三个人约好一起去母校。那天破天荒地出了太阳，虽然天气依旧寒冷刺骨，阳光也是淡薄的模样，可我们的心情都因久违的阳光而变得特别好。

母校这些年变化很大，扩展了地方，新的教学楼在阳光下特别漂亮，运动场比当年要大了整整一倍。所幸我们班级所在的那栋旧楼依旧在，教室门没有上锁，我们像做贼一般轻巧地推门而入，桌椅换了新的一批，明媚站在讲台上无比惆怅地说，想当年……惹得我与唐诺骂她装老成。

趴在窗台上聊天，我指着修葺一新的运动场取笑唐诺，"喏，你这个排球白痴当年就是在那个位置与一只球死磕的！"

"你诬蔑！我什么时候喜欢过排球！"

"忘记过去意味着背叛。"对着黑板写写画画的明媚头也不回地大声喊，唐诺便回头去呸她，你啥都不知道瞎嚷嚷什么呢！

这个轻松愉快又有点小惆怅的金色午后，后来很多次入我梦来，梦里有唐诺消失很久我无比想念的清浅笑容，梦里有明媚爽朗的声音，梦里还有一段短暂却无比美好的小时光。

十三

从家里过完春节后回公司，竟然被老总亲自找去谈话，我心里充满了忐忑与不安，我猜测过无数种谈话内容的可能性，却没想到老总开口第一句话竟然问我，公司将在台湾成立办事处，你愿意去那边发展吗？

他开出的条件真的很诱人，薪资与发展空间都比我如今的职位好上许多。可我对那个城市异常陌生，连一个相熟的人都没有，生活习俗也大不相同，离家更是万水千山的距离。

我把心里的顾虑说与明媚听，不知为何，这些年她渐渐成了我的"问题顾问"，面临选择时的犹豫与心里的事都可以无所顾忌地讲给她听，征询她的意见。她听到台湾两字就在电话那端哇哇大叫，哎呀呀，那可是我一直心存向往想要去旅行的地方呀，莫良喆你赶紧去问你们 boss，可以携带家属一名吗！

我不禁失笑。彼时她与唐诺都即将毕业，所有人都忙得焦头烂额，升研的升研，找工作的在四处投递简历，唯有明媚，仿似永远不着急。她说这或许是我人生中最后一段学生时光，怎么可以辜负，用来为生计奔波，我得好好享受这最后的自由时光。

唐诺却是截然相反的心态。她没有升研打算，早已在一家商贸公司开始了实习生涯，每天忙得连吃饭的时间都没有，可她却很快乐，偶尔偷闲给我发一条短信，她说原来工作真的能令人忘却很多烦扰。

母亲也劝我去，她说你放心去吧，不用挂念家里，好男儿志在四方。

22 岁，或许真的该好好筹划自己未来的路。

我走的那天，明媚特意飞到上海机场为我送行，她眼眶微微泛红，死死盯住我看，那目光仿似要将我刺穿一般。

我内心酸楚却不得不伪装轻松打趣她，"干吗一副生离死别的模样，又不是一去不回。"她连连骂我乌鸦嘴不吉利，而后将一串珠子戴在我的右手腕，"这是我特意去寺庙为你求的，找老师父开过光了。"她顺势拥抱住我，在我耳畔轻说："你一定要好好的。还有，你放心吧，我会帮你照顾好唐诺。"

忽然间我内心惶惶得想要落泪，为这个傻傻的女孩。她渐渐把照顾唐诺当成她的责任，当成她与我之间的约定。而其实，在这些年的磕磕绊绊里，唐诺早已成长为一个坚强、自立并且知道自己要什么，懂得自己在做什么的女孩。反而是她自己，永远像个长不大的小孩，依旧保持着十几岁时的心性，耿直、大大咧咧、没心机、说话铿锵有力，一股子侠气。

在飞机上坐定我才拆开唐诺托明媚转交给我的信，里面只一张小卡片，短短一行娟秀的字迹：莫良喆，一路平安，我们一起努力吧！

因心无牵绊，才可以说得如此潇洒而利落。我闭上眼，此后，我与她真正是隔着万水千山，可我知道，再遥远的距离也冲不散那份深入骨髓的牵念。

在台湾的日子除了工作还是工作，忙碌却充实，或许只有这样才能驱散心里浓浓的如影随形的乡愁。

春去秋来又一春，转眼又是一年。

若不是明媚的一个电话，我想或许直到现在我依旧会在台湾。

她打电话过来时我正在主持一个会议，她坚持让接线员找我听。我提起话筒正要开口责怪她怎么又挂长途电话不是上周末才通过话吗。我心疼她的电话费。可这次她却没有如往常那般与我顶嘴，电话那端是长长的沉默，我喂了好几声，她才缓缓开口，声音异常干涩，"莫良喆，你要做好心理准备……"

直至坐上回老家的飞机，我都以为那是一个梦，只要我睁开眼，我所听见的都不曾发生，都是虚空，不真实。可我掐自己的脸颊、手臂、大腿都会痛，明媚那句"唐诺被查出艾滋"在我耳畔久久不散，来回撞击着我身体里每一根神经。

在医院见到唐诺时，我几乎不敢叫她。记忆中那个好看、有着明亮眼神的女孩不复存在，取而代之的是一个了无生气、眼神苍白空洞的木偶娃娃。

她努力扯出微笑，一句轻飘飘的你回来了说得我心里发酸。

我陪她在医院外的街心花园散步晒太阳，有小贩推着车叫卖冰激凌，她跑过去买，宽松的病号服在她日渐消瘦的身子上晃荡来去，我扭过头，不忍再看。

是在吃完那支冰激凌后，唐诺忽然开口对我说："你可以陪我去旅行吗？好多地方都想去呢。"她偏头看着我，"不过需要一段比较长的时间。"

我点头，哪怕是余生所有时间，我都愿意。

十四

唐诺出院后我们都辞了职。

我们只带了很少的行李，出发那天明媚特意请了假来为我们送行。在月台上，她抱着唐诺很久很久。离开时对我说，照顾好她。

明媚是我见过的最善良的女孩。

第一站是从 A 城到北京，路途遥远，可唐诺执意要买硬座票。她将头倚在窗户上，指着车厢连接处轻声说："那天我就蹲在那个位置，我痛经得很厉害，额头上大颗的汗珠往下淌，人几乎快要晕过去。一拨又一拨的人从我身边经过，可没有谁停下来问我一声。只有他。

"我还记得当时他的脚步已从我身边跨过去又缓缓退回，蹲下身来，问我，你要不要紧？声音如温暖春风，掠过我心头。

"后来他将我带回他的座位，又去倒来开水给我喝。"

入夜行驶的列车上，灯光惨白，周身喧嚣的声音此刻都变得不真切，唯有唐诺似呓语般的话在我心中起起伏伏。

这个故事我听明媚简单提及过，唐诺某次出差到北京，回程火车只买到无座票，恰逢生理期，然后遇见了她生命中第三份爱情。他是一名自由摄影师，家在 A 城，可每年大半时间都在旅途上。

这一次唐诺不再是先爱上的那一方，他们彼此相爱。与他在一起的一年里，唐诺曾对明媚说，这是我最幸福的一段时光，未来大概不会有更好的了。

只可惜上天似乎从来都见不得人太好，他被查出感染艾滋病毒，绝望之下，以最愚蠢的方式来寻求永远的解脱。

在大半年时间里，我陪唐诺去了许多地方，大江南北、走过沙漠、走过大海，看过无数场日出日落。每到一处，她都在轻声呢喃着那个已经不在的人的点点滴滴。她说，当日我们约定要来这里的，他答应过我要给我拍照，贴满家里的墙壁……

我知道，这是唐诺的一场回忆之旅，她与他曾约定要去的地方，他失约，她却义无反顾地奔赴，跋山涉水而去，她以这样的方式来深深想念他。而自他走后，她便将自己的时间停止了，她只愿活在他还在的那个时光匣子里，不愿出来。

这场旅途，与我无关，但我甘愿陪她。

我们的最后一站，是苏州。时间已悄悄滑到2008年的初冬。唐诺说，他最喜欢的城市就是苏州了，沧浪亭、昆曲、评弹、姑苏城外寒山寺，一切都令人着迷。

大凡她想去的，我都陪伴左右。我们去沧浪亭，找一间小亭子闲闲坐了整个下午，什么也不做，就那样傻傻地发呆。入夜便去山塘古街沿河散步，远远地总会听见商铺里传出评弹的调子，咿咿呀呀的琴声落在人心上无端便生了惆怅。

唐诺在苏州的最后一天，我们去寒山寺烧香，她跪在佛前无比虔诚的模样，她将心愿轻声说出来，她说，愿我最好的两个朋友，莫良喆、明媚，往后的日子喜乐平安。

我心头一颤，她仿似在说遗言。

唐诺是偷偷离开苏州的，她不告而别，只留了一张便笺纸放在旅馆前台，她写：谢谢。

我看着那两个字，忽然间落下泪来。

十五

之后很长一段时间，我与唐诺失去了联系，就连明媚也不知她的踪迹。直至2009年春天我的生日，竟然收到她的包裹。拆开，是十只信封。每一只信封上都有字，最上面那封写着：给莫良喆2009年生日。其余九封，依次是2010年生日、2011年生日……

我拆开第一封，是一张音乐生日卡以及一张信纸，信纸上有长长一段话：

我记得你曾抱怨过我记不住你生日，这可不怪我，我记性不太好嘛，老弄不清楚你究竟是4月5号还是5月4号，真痛苦。这次我回老家碰见你妈妈，我特意问了她三遍，才记住。可是你也知道呀，我健忘，索性未来10年的生日卡都写给你。不过你可不能一次性全部拆掉噢！

最后她写，莫良喆，对不起。

她懂得这些年来我所有的情意，她懂，所以，她说对不起。

暖雪落尽处，相会且无声

那天晚上，我做了一个梦。梦里的唐诺有着俏丽的短发、明亮的大眼睛、清浅的笑容，在夕阳西下的操场上与一只排球死磕，毫无章法地抛球，球跌落好远，她捡回来再抛，如此往复，不知疲倦。

半夜梦醒，一头一脸的汗，我心里忽然间升腾起一股不可名状的恐惧，再也无法入睡。

那种恐惧带来的心神不宁并未随着天亮而消失，直至几天后明媚找到我的公司来。

那是我第二次见明媚落泪，她蹲在我面前，双手抱肩，仿佛一只受伤的小动物，发出悲怆的呜咽声。

唐诺最终还是放不下，选择同样的方式追随那个男人而去。我早该预料到，她的爱从来都是这么激烈，像一块尖锐的玻璃，刺穿别人也刺穿自己。

她最后一条短信发给了明媚，她说，不要为我伤心，我已经没有什么好失去的了，这未尝不是一种解脱。

一连两天，我窝在出租屋里不吃、不喝、也不睡，就那么傻傻地躺在床上望着天花板，脑袋空空。

明媚蹲在我身边，饭菜换了好几次，她哄我求我，直至最后她再也忍不住，一边将我拽起来一边怒吼，莫良喆，你难过你悲伤你可以放声痛哭没有人会笑话你，你不要一副天塌下来的样子，这世间没有谁离了谁就活不下去的。

她说得很对，没了唐诺我依旧能活下去，只是，胸腔里最重要的那个位置，空了。

骂完后她将饭菜推到我面前，我只看了一眼，便跑到洗手间狠狠地吐了起来。胃里空空如也，除了胆汁水什么都吐不出来。此时此刻，我忽然想起一桩无关紧要的事，某次看娱乐八卦，讲孙红雷不按脚本演戏，该痛哭时他竟然跑去呕吐，导演跳脚责怪他擅自篡改剧本，他却反驳得有理且刻薄，他说你一定没有真正悲伤到绝望过，那个时候人是没有眼泪的，只会想吐。

时至今日，我深有同感。真正难过悲伤到绝望时，只会觉得这个世界，真恶心。

这么多年来，我第一次怨恨唐诺，她真自私，她带走的不仅仅是她自己的生命，她带走的，还有我整个青春年华里那些情深意长到无法言说的爱恋，长长岁月里那些美好记忆，以及，那个年少的我。

十六

2009 年初秋，明媚过了她 26 岁生日，我送她的生日礼物是一枚简单的白金指环，并向她求婚。她陪我走了 9 年，而一个女孩又有多少个 9 年可以虚掷。她的 17 岁到 26 岁，同样是她人生里最美好的年华。

这是我第三次看到明媚的眼泪，大颗大颗地砸在我的手背，滚烫炽烈，仿佛那些流失的岁月的回声。

她泣不成声，紧紧拥抱住我，良久良久。

我们回老家领证，民政局在县城，堂哥开车送我们去，他陈旧的小面的上有许多如今几乎难以找到的音乐卡带，他顺手塞进去一盘，女歌手低沉缥缈的声音响起，是一支很老的粤语歌：

>　　莫失莫忘，愿你偶尔想起我
>　　期望你谨记吧，昨天许多
>　　莫失莫忘，愿你会记得起我
>　　来日再相爱吧，可以吗
>　　……

车窗外初秋的天空湛蓝高远，清晨的阳光细碎洒在挡风玻璃上，金色光芒刺痛了我的眼睛，我偏头，目光恍惚地落在车上一本翻开的老式日历上，2009 年 9 月 9 号，距我初次见到唐诺，整整 10 年。

暗恋，是一个人的独舞

■ 茉莉

一

"慕儿，九月份的时候好像就要考普通话了，我找了朋友教我练习普通话，你一起吗？"徐冉和苏慕是师范生，普通话过关才给教师资格证。

"哈，你还是别和我一起了，你可以让祉昂教你啊。"听到徐冉这个提议，苏慕的脸一下红了，她心里何尝没有这种小算盘，但是，他会同意吗？

祉昂是文学院播音系的佼佼者，他和苏慕在文学院广播台里一同做一档文学类节目。苏慕组稿，祉昂播音，配合得很是融洽。苏慕在心里有点喜欢霍祉昂，但又不敢喜欢。祉昂家境好，长得帅，苏慕家在农村，脸上还有很多痘痘。苏慕觉得自己就是一只丑小鸭，祉昂却是一只大白象，她配不上祉昂。

"你试一试，说不定真的可以呢！"徐冉鼓励道。

苏慕和祉昂播完节目，已经是6点了，正是苏慕最喜欢的黄昏。

"黄昏真美，五月的黄昏尤甚。"苏慕站在窗前不禁赞叹道。"中文系大才女，又感慨了啊！"苏慕以为祉昂早就走了呢。

"呵呵，什么才女啊，只会写字不会读字。"苏慕把头略微地低下来，夕阳的余晖正好倾洒在她的侧脸。

"这话怎么说？"祉昂有些疑惑。

"我们快要普通话考试了，但我的普通话肯定不过关，也没有老师教。"苏慕道。"哦，这样啊。我正在准备参加黑龙江卫视的一个主持人大赛，也得好好练习普通话呢！"祉昂说。

"真的啊？那，那我们一起，你带带我，好吗？"苏慕说完，有些后悔自己的冲动。祉昂看了看苏慕，又看了看窗外，说道："好啊，我也闲着没事儿。"

祉昂如此爽快的应允，令苏慕既意外又高兴。这意味着，她这只丑小鸭终于可以和大白象有交集，有故事了。

二

向来素颜的苏慕开始化妆了。

"每到黄昏／我便画好淡妆／静坐在青石上／等你"苏慕准备了一个小本本，用短诗的方式写下和他的故事。

"啊，一声的时候声音是最响亮的，跟我一起念，啊——"

"啊——"

"再高一点。"

"啊——"

"好，记住读它时的感觉。二声的时候呢，就可以是问的形式，啊？大声的啊？"

"啊？"

苏慕没想到，平日里吊儿郎当的祉昂还有如此认真的一面。在祉昂的教导下，苏慕第一次感受到了声调的魔力。

"你看，压抑，读起来是不是就很沉，很压抑啊。但是你再读高昂，是不是心情又感觉很开阔。你要用心感受每一个声调，抑扬顿挫，平平仄仄，很有趣的。"祉昂说这话的时候，苏慕觉得自己是活在了一个满是音乐的世界里。

"师父，每个声调、每个字，都和每个人一样，是独特的，我们要尽力去诠释出它们各自的意义的，是吗？"苏慕眼睛忽闪着，虽然不大。

"嗯，对，每个字换了不同的读法，意义就不一样了，我们要做的就是努力诠释。"

这样的情景，单纯而温馨，令苏慕的心中升腾起一阵又一阵的幸福感。

三

六月的天，孩子的脸，说变就变。苏慕一口气跑进食堂时，快被浇透了。但仓皇中，她一眼就看见正站在窗口打饭的祉昂。

白色的T恤衫，黑色的裤子，长长的红色的雨伞。苏慕站在门口，一动不动地看着，看着他取走饭，看着他拐弯，打开红色的雨伞，走进雨中的黄昏，走进绿色的垂柳。

苏慕觉得好美，美得像一幅水墨画，朦胧清浅。

暖雪落尽处，相会且无声

"红色的伞啊/我能躲进你的怀里吗/和你的主人一起/将你分享/也和你的主人一起/在你的庇佑下/看雨/听雨/细数流年……"

这一刻，苏慕再也不想闪躲，不想欺骗自己了，她喜欢上他了。她要表达她的爱，她要让他知道，她的爱多么的炽烈。

这以后，苏慕很努力地练习普通话，每日清晨都会到操场，大声地朗读。逢上放假回家，她也会在车上默念那些易错字的读音。每晚她都早早地找好空教室，准备好粉笔，并把买给祉昂的饮料放在讲桌上，每天一瓶，从不间断。

她还偷偷攒钱，买了一本周杰伦的精装书籍送给祉昂，祉昂是杰迷嘛。当祉昂收到这礼物，并在空间状态上写道："珍贵的礼物，值得收藏"时，苏慕高兴得简直要飞起来。她觉得她和他又近了一步。

只是，这幸福并未长久。

"别总买饮料了，我也不是特别喜欢喝。"祉昂突然如此说道。"呵呵，你教我辛苦嘛！"苏慕尽量掩饰自己内心的失落和疑惑。

"苏慕，我不能继续教你了。你自己练习吧，我觉得你肯定能考一乙的。"

苏慕不再争辩。

从教室出来，外面是突然的雨。淅淅沥沥，下进了苏慕的心里。

四

不能继续和祉昂一起练习普通话，苏慕的心里翻腾着痛楚。她整天站在宿舍楼、教学楼的阳台，往外看。她想看见祉昂，背影也好，侧影也罢，她好想念祉昂。

她偷偷地把祉昂空间里上传的照片下载下来，存在一个文件夹里，又把这些照片做成了一个 ppt，在这些照片下面配上文字。而后又买了一个大大的本子。如果不能继续相爱，就好好把爱他的心，写在这个魔法日记本上吧，她想。

"苏慕！说，广播台里给霍祉昂点歌的，是不是你？"徐冉气冲冲地问苏慕。苏慕说："是啊！都是他喜欢的歌呢。"

"苏慕，你就傻吧，你这不是公开向他示爱嘛！你俩练习普通话的时候，我就听到过别人的议论，他也很可能是因为别人的议论而不再教你了呢！你现在却公开对他表白。你以为你是袁湘琴，他是江直树吗？你会受伤的。"

65

"我不管，我就是想让全世界的人都知道我喜欢他！"嘴硬的苏慕把头一扬，把嘴一噘，眼泪却止不住哗哗地落下来。

第二天，苏慕接到了祉昂的电话。"苏慕，你出来一下，我有话和你说。"苏慕知道祉昂肯定是想让她别再点歌。挂断祉昂的电话，苏慕去超市买了一大袋阿尔卑斯棒棒糖。

理科楼的楼道很黑，她远远就看见了祉昂，站在那里，望向窗外。

"苏慕……"没等祉昂说完，苏慕开口了："师父，你喜欢吃棒棒糖吗？你可以和我一起吃阿尔卑斯棒棒糖吗？"

"这……苏慕，怎么说呢，对不起……我只把你当朋友。我曾经喜欢过一个女孩，后来分手了。那段时间，我整天整天在海边走……那以后，我觉得我不会再爱上别人了。我不想伤害你，你是个好女孩。"

祉昂有些哽咽，夜很黑，他们看不清彼此的脸、彼此的表情、彼此的心伤。

苏慕愣了愣，没有说话，却一下把棒棒糖放在他手里，说道："不管你吃掉还是扔掉，我都要给你。阿尔卑斯棒棒糖的意思是：爱你一生一世。"说完转身就跑。

回到宿舍，苏慕躲在徐冉的怀里，号啕大哭。

五

半年后，苏慕的普通话果然考了一乙，中文系最好的成绩。她和同学一起创办的院刊也终于出刊。院刊出刊后，苏慕第一个想到的就是祉昂，她要和他一起分享这一刻的喜悦。

"喂？"苏慕怯怯地说道。

"你好，你是？"祉昂说道。

半年里，苏慕没有一刻忘记过祉昂。但半年不联系，祉昂已删掉了她的号码。苏慕强忍着被忘记的心伤，约祉昂出来，祉昂说他在食堂，让苏慕找他。

晚上的食堂是一个聚会场地，人声嘈杂，玩游戏的、吃小吃的、看电视的，好不热闹。苏慕拿着那个精致的收录了几十首小诗的小本子和院刊，战战兢兢地在人群中寻找祉昂的身影。

祉昂正在和一大群同学吃东西，他的同学看见苏慕，大声地一边笑一边让祉昂快去快回。那样的笑令苏慕想跑出去，或者上前给他们一耳光。但苏

暖雪落尽处，相会且无声

慕却安静地坐在角落里，看着祉昂一步步走来。

"这个小本子写着我们之间的故事，现在给你吧。这是我创办的院刊，给你一份留个纪念吧。师父，我的普通话真的考了一乙，谢谢你。"苏慕不敢抬头。

"好，加油！那我回去了。"祉昂接过本子就走，苏慕猛地抬头想叫住他，但是，祉昂已经走远了。他怎么能这样呢，是我不够好，还是他真的爱不上别人了？苏慕忍不住落下泪来。

几天后，苏慕和同学从KTV唱歌出来，正好撞见祉昂和一个女生过马路，祉昂竟然还搂着那个女生的腰。

"他骗我，他说他不会再爱上别人的。他可以不喜欢我，但他怎么可以欺骗我……"苏慕不顾徐冉的阻拦，用尽全力跑回宿舍，把那盆开得正好的紫罗兰，摔进了垃圾箱。

这是苏慕喜欢上祉昂后买的，她想，如果她能养活这盆紫罗兰，祉昂就会爱上她。

紫罗兰的花语：永恒的爱。

六

那年暑假，祉昂去黑龙江参加了比赛。他表现得很不错，但没能进入决赛。苏慕为他难过，却又什么都做不了。祉昂不接她的电话。

苏慕便在家里，一边看祉昂比赛的视频，一边截图，一做就是三天三夜。做好后，暗自发送到祉昂的邮箱里。无声无息。祉昂也无声无息，没有任何回复。

开学后，苏慕再没见到祉昂。祉昂已决定考研，并去北京的中国传媒大学进修学习。再也不会在校园里有什么所谓的偶遇了，没有期待的苏慕只好收拾好心情，为未来打拼，去了学校附近的一家杂志社实习。

大四下学期，毕业季来临的时候，他们回到学校，还是那样的天、那样的温度、那样的气味，但物是人非。祉昂没有考上研究生，苏慕决定去北京的一家杂志社发展，并已联系妥当。

临近毕业的那几天，苏慕各种聚会，各种应酬，各种照相。许是离别的感伤，苏慕的心中再度波澜层起。她好想找到祉昂，和他合一张影，吃一顿饭，聊聊曾经，也聊聊未来。聊聊他怎么看她，聊聊当初他拒绝她的理由。

但没有机会。

两年，他们没有合过一张影，没有吃过一顿饭，没有认认真真地聊过一次天。他们之间仿佛什么都没有发生过一样，无迹可寻。

离校前的最后一天，下着小雨，学校对面大街两旁的树，绿得葱荣。

苏慕送完徐冉，内心空落落。

就在这时，一把红色的伞映入苏慕的眼帘。夏雨缠绵，祉昂就走在她的前面。蓝色的T恤，黑色的裤子，平底鞋，红色的伞，透明的雨，绿色的街。

"师父！"她真想追上去喊一声。她甚至觉得她这一喊，就能喊回初见，喊回过往，喊回那仿佛还没来得及开始，就匆匆远去了的青春。

但她还是止住了，止住了脚步，也止住了声音。那一刻她似乎突然明白，错过的必将永远错过。紧紧地抓住不放，不如留给彼此一份海阔天空，自由翱翔。

不经意掉眼泪的女人，会被很多的男人爱慕

■ 斐舟

一

20岁的时候，我有了自己的房子，是一幢别墅。很多的人都不相信那是我自己买的房子。因为我的生活很容易地就陷入了拮据中。很多的时候，我就只喝水吃苹果。

20岁的时候，我想过我的青春。那尚留指尖的可怜的一点点的青春。我想过出卖，那么多的梦想不能实现，可是我的青春就快要走完。我想要卖掉它，以证明它曾经存在过。哪怕只是以一张标价签的方式。

20岁的时候我不停地听《First Love》，一首很老的歌。可是我一直没有告诉很帅，其实我听不懂它的歌词，我听，只是因为很帅你喜欢。

20岁的时候，我听到一个人对我说：不经意掉眼泪的女人，会被很多的男人爱慕。于是在他的坚持下，我用我买苹果剩下的一块钱买下了这幢房子。

二

20岁的时候我卖了我的别墅，卖给了一个不经意掉眼泪的女人，我告诉她不经意掉眼泪的女人会被男人喜欢，可是我没告诉她我也很喜欢她。

我一块钱卖了我的房子，因为那天我看到拉拉的眼泪。我一直不相信一个人的眼泪可以蓝到和天空的颜色一样，可是拉拉的眼泪比天空还蓝。

20岁的时候，我听着《夕颜》想着你的笑，才发现我已经很久没笑了。有时候笑不笑真的由不得自己，也由不得别人。

20岁的时候，我每天在寝室孤单地嚼着葡萄干，我很讨厌那味道。只是，在不吃饭的时候，只有这么甜的东西才能让我的胃有充实的感觉。我不知道怎么让自己的心充实起来，拉拉说我们会一直在一起，我说会的。

20 岁的时候，我卖了我的别墅，得到了我平生第一笔做买卖得来的钱，我小心翼翼地把那一块钱埋在别墅的院子中心。我知道有一天这一块钱会长成一棵叫快乐的树，我没告诉拉拉，我也喜欢她，我没告诉拉拉，我会用我的眼泪浇灌这树。

三

我想我是不爱哭的。因为有很长的一段时间我不知道眼泪为何物。我记得很帅和我说过泪海的话。他说：泪海，那是代表一个人的心很痛很痛。那么干涸呢？我问他，声音固执。

我不是爱哭的人，也不是群居的人。我喜欢一个人存在，写我喜欢的文字，看我喜欢的书，喜欢不停地喝水、吃苹果。有段时间我很想很想搬出宿舍，搬出那个硬凑在一起的四人群体。我想要呼吸。可是那时候，我所有的财产，就只有我可怜的青春和口袋里的可以供我吃一个月苹果的零钱。

我记得那时候，我 20 岁。

20 岁的时候，很多人还喜欢把自己叫做女孩，但我知道那不是。她们对岁月的不甘心，让她们自以为是的认为可以勉强留住时间。我说我是女人，从 20 岁生日那天开始。

但他却依旧叫我女孩。

四

那年我 20 岁，我用最后的钱买了一个苹果给一个叫拉拉的女孩。我告诉她如果你看到用泪水凝成的海洋，那就表示我心很痛很痛。我一直以为她看不到那一天，因为我不会让她知道我心有多痛。

可是那天她噘着固执的小嘴问我干涸呢？我知道她看到了。

她的心比棉花糖还要细腻。

时间离开的时候，很轻很轻，就像在梦里流过我耳边的水声。我以前一直希望这水可以带走树上的烦恼和忧伤，可以让悲伤的吸血鬼都快乐起来。

可是我不知道，我真的不知道，这水原来是拉拉的悲伤。

五

很多人说女人天生的母性情怀会吸引男人脆弱地倒在她们的怀里。女人只有在男人脆弱的时候才显示出她不可摧毁的坚忍。我不知道这样的话是对还是不对,就像我不知道自己会不会成为那样的女人,可以那么勇敢地给一个男人擦干眼泪。

他叫我女孩。他说你是那么小,小的我不得不总告诉自己你和我的儿子一样大。也许很多人会怀疑地看我和他,他们也许还会说我堕落。我不强辩。因为曾经我确实想过要这样地标价我自己。

青春,青春是可以换来物质的羞耻。

每个人都会有,只是很多人很会利用。所以我也想要用它换来很多很多的钱,那样我就可以不用担心我还能不能有苹果可以吃,我还可以很轻松地去做我的梦。

没有和很帅说这个,因为我知道他会难过。

可是我和很帅说了我用一块钱买了一幢别墅。很帅说,那很好。我知道很帅在笑,笑得那么小心翼翼。

六

我曾经把一块钱埋在了我的别墅下,我没有告诉任何人,包括拉拉。可是我知道有一个叫很帅的人知道。

有时候我觉得他和拉拉一样,我没有看到过他哭泣,可是我知道他的眼泪一定也是蓝色的悲伤,也许比拉拉的还要悲伤。

那天他告诉我这钱会长成一棵叫快乐的树,我很高兴。

不是因为他会长大,而是因为很帅说的时候在倔强的笑,就像拉拉的笑一样。

我叫她女孩,其实不是因为她没有长大,真的不是。

我叫她女孩是因为我想给她快乐。

一个女人可以怀抱天下最伟大的男人,却抱不起拉拉看到很帅时的眼泪。

很帅每次笑的时候都那么张扬,只有在面对拉拉的时候才会小心翼翼,我一直不知道他到底在谨慎什么。

直到拉拉那天告诉我她觉得青春很羞耻的时候我才知道。

原来我们的青春都已经埋藏在我们的笑容后面，最纯粹的眼泪，往往在笑过之后。

那年，拉拉20岁，我叫她女孩，我轻轻为她擦去眼角的泪水。

她说有一天，她要为我擦泪水。

七

但我依旧生活得拮据。虽然我有那么大那么好的一幢房子。

我知道只要我点头，他就会给我很多很多的钱，让我穿得姹紫嫣红，让我不再用宝宝霜，让我不再总是吃苹果。可是我的头是那么沉，沉得抬不起来，于是也就点不下去。

他找不到一块钱的理由让我接受他来养我。

于是我还得像个灰姑娘一样的装扮，还是会在宝宝霜打折的时候欢喜，还是会咬苹果来充饥。

我记得妈妈说过的话：让男人养的女人永远不会快乐。是的，快乐，我明白快乐对我有多重要。

很多的时候，我总是一个人在房子里。这里很安静，安静得会听见空气的声音。那么轻，那么轻的漂浮。我很感激那一次我没有花完所有的钱去买苹果。我给了自己一次逃离，也给了他一个疼我的理由。

一箭双雕，我想那支箭就算是金子做的也不见得比我的一个镍币值钱。

有时候，甘愿让人疼，也是一种幸福。我是这样和很帅说的。

八

我曾经告诉过拉拉，丘比特有两种箭，一种是金箭，一种是银箭。

被金箭射中的人会拥有最美好的爱情，而被银箭射中的人的爱情却只会让她伤心欲绝。

那天拉拉哭着一定要让自己被金箭射中。可是我不是丘比特，所以我很怕告诉拉拉的是我想我已经被银箭射中。

有时候我会一个人去那别墅外，看到拉拉在窗口吃着苹果。很远我就能听到那清脆的声音，很轻，但是我知道那时候的拉拉的心很宁静。

那天我看到一个人把一块钱埋在这别墅的院子里，那时候我就知道他要种一棵叫做快乐的树。

我告诉他这一块钱会长成一棵叫快乐的树,我看到他笑了。可是我没有告诉他,当那棵树长大的时候,拉拉会快乐,可是他会悲伤。

我看着他的眼睛,很黑很黑,就像拉拉的眼睛一样。

看到这眼睛的时候我很想哭,可是我还是倔强地笑着。

拉拉那天对我说:有时候,甘愿让人疼,也是一种幸福。

我笑了笑,小心翼翼。

我想告诉她你会幸福,可是我没有说。

因为我甘愿疼的人不甘愿让我疼。

九

他很少来。

但我和他很谈得来。有人说这是忘年交,我觉得不是,我确定那是缘分。妈妈曾经和我说过人和人之间是有缘分的,就像我和很帅,我们那么相亲相爱,可是又那么纯洁。

我确定的是他想疼我,我也不忌讳这点的承认。我和很多人说起过他,很坦白。可是在很多人的眼睛里我知道我竟是一丝不挂的。

我一直都明白人的思想是可以那么龌龊的,连坦白的纯真也可以因为嫉妒而变成卖身的招牌。我知道有些人就是靠这样的污蔑来获得快乐。快乐,我知道快乐对他们也是很重要的,不管用的是什么方式。

我相信我和他之间有缘分。我也曾经让他看过我一丝不挂的身体。我说我只是想让你看看20岁的女人的身体是什么样的,但他却按住了我解纽扣的手。他说:你还是女孩,你和我的儿子一样大。可是我还是脱下了我宽大的衬衣。

我说我只是想让你看看,帮我留个记忆。

十

我宁愿不相信这是缘分,那么我第一次看到拉拉的时候也许就不会看到她的眼睛,那么也许我也不会看到她那么蓝的眼泪。

很多人说蓝色是一种忧郁的颜色,可是我知道拉拉只是悲伤,不是忧郁。

拉拉说过有一天看到她的眼泪汇集成大海的时候不要问她有多悲伤。我不会问，我只是会难过。我只是会告诉她：一个不经意落泪的女人总是惹男人疼。

有个叫很帅的人总是会来这别墅外对着我埋那一块钱的地方发呆。我没问过他为什么。

有一天他告诉我这钱会长成一棵叫快乐的树，我相信了。比对缘分还相信，那么相信。

那天拉拉脱下了她的衬衣，当她一丝不挂站在我面前的时候，她说：我只是想让你帮我留个记忆。

我静静地看着，拉拉的眼睛那么黑那么黑，我一直想看到里面哪怕一点快乐，可是我一直看不到。

那天，我的瞳孔里留下了拉拉最纯粹的一面，而拉拉的毛孔里留下了我的呼吸。

那天，她20岁。

十一

最近的天气很糟糕。我的很帅又生病了。42度的高烧，让我相信他比我坚强。

请原谅我总在有意无意的时候说到很帅。我和很多人说起过很帅，和他也说起。我知道这已经成了一种习惯，习惯得像呼吸那么不经意的延续。有人问我是不是和很帅有爱情。我说不是，我仔细想过，那是超越爱情的一种感情。我这样告诉很帅，很帅说我觉得我们之间是一种超越感情的超然，这就是所谓的相知吧。

我只是很不懂，到底什么是爱情呢，为什么人们总喜欢把一些简单的关系归结到爱情这件事上呢，又有多少人懂得爱情是什么呢？

十二

有段时间我真的以为自己要死了，42度的高烧让我的脑子停止思考了一段日子。

那一段日子我每天都躺在床上，拥抱着炎热和寒冷，感觉连皮肤都不属于自己。

拉拉说我的生命比她坚强，其实不是，其实只是因为我不想死。

有时候死了的确可以忘记很多很多东西，我也再不用为一个女人而悲伤。可是死了也会失去很多东西。

我不怕失去任何东西，只怕失去思念她的权利。

我不明白什么是爱情，就像很多人以为我和拉拉是爱情一样。可是我们明明白白不是。

我一直相信那是一种超越感情的东西。

就像那天看到拉拉嚼着苹果时她嘴角勾起的那一道弧线。

也只有在那个时候，我才看到拉拉最童稚的一面。

20岁那年，我每天咳嗽，似乎每一次咳嗽，都会让自己的生病随之减少。爱情是一个很奇妙的东西，可是——

20岁那年，我和拉拉没有爱情。

十三

其实生活就是一场以死亡结束的电视剧。只是没有人知道它是喜剧还是悲剧。

我已经很久没有见过那些同学了，也包括我曾经的室友。我开始觉得我在忘记，或者我已经在忘记。在静静的房子里，我用书本和写字来打发那一大把一大把的时间。现在我好像明白了大学是个什么东西。

电话总是处在无人问津的状态。除了偶尔有很帅和百合的信息，当然还有他的信息。

我告诉他，我像是被世界抽离了。他笑，笑得那么沧海桑田。他说，你从来就游离在生活里。——一个人，塞着耳塞，边走边唱。我看着他，他笑，笑得那么沧海桑田。那一刻，我那么安宁。

十四

我已经很久没有听音乐了，我的生活其实一直没有色彩。偶尔看到红绿灯在那闪烁，就像我偶尔会给拉拉发短信一样，我才知道我还活着，那颜色告诉我该走还是该停，尽管我每次都走错。

拉拉说她已经开始在忘记，或者已经忘记。可是我知道她没有。

如果一个人老是说自己已经忘记，就说明她还没有忘记。

如果真正忘记又怎么会惦记自己是不是真的忘记？

那天看到他像一个小孩一样在笑，我知道他一定是想到了拉拉。

我一直在想一个可以将一幢别墅只卖一块钱的人是一个怎么样的人，我想不明白。

但是我知道他的心一定不会很老，哪怕他笑起来会很沧桑。

那天我经过别墅的时候我看到拉拉一个人在哭泣，我知道那眼泪会在某个时候某个地方汇集成一汪海洋，可是我制止不了，就像制止不了老天的哭泣。

也许我们的生活就是一场电视，只是我不知道现在我演的角色是什么。也许我从头到尾都没有角色。

那天拉拉说我们要永远快乐是吗，我说是的。是的。是的。

那天她一边听着歌一边从我身边走过，我说你笑起来像个小孩。她笑了。

十五

那天，我穿了一件苏格兰裙跟他去吃饭。他说这是你第一次在我面前穿裙子。他笑，笑得那么沧海桑田。他说很好看，像你的性格一样，让人觉得静谧。

我告诉他这是很帅寄来稿费让我去买的。他点点头。我说很帅和我一样喜欢写字，只是很帅的文字有很多的人喜欢看，而我的文字只有很帅喜欢看。但是，你知道，我看着他的侧脸说，很帅和我一样很穷，我们有很多的梦想，我们有就快支取完的青春，但我们很穷。

还有很帅喜欢吃橘子。

他一直走在我的旁边，我看着他的侧脸。我记得有人说过：如果一个人的侧面看上去很美，那么他就是美的。我用眼睛勾画着他脸部的弧线，坚忍的，可是那么安宁。

我想这样的一个男人，一定会有很多很多的故事，而每个故事里都会有不寻常的女子。不一定是爱情，但一定丰富。我忽然很想知道，那样美的侧脸，对很多人来说就是劫难吧！

十六

　　那天是第一次看到拉拉穿裙子，一件苏格兰裙，就那么静静地穿在她身上。有时候我会以为她真的来自那个遥远的地方，因为她就像那里的风一样静谧。

　　我总是会在一个人的时候静静地走到别墅院子的中心，看着埋下那一块钱的地方。

　　拉拉一直不知道，在这个地方埋下了一种叫做快乐的树的种子。我不会告诉她，因为我想她在某一天早晨醒来的时候看到满树的快乐，比她口袋里可以买一个月苹果的零钱还要多的快乐。

　　拉拉总是会说到一个叫很帅的人，我知道就是那个告诉我会长出一棵快乐的树的人。

　　我不知道他到底是一个怎么样的人，可是我知道，一个喜欢吃橘子的人一定不会太坏。

　　有时候我会想起他，那个叫很帅的人，想起他的倔强的笑脸，和拉拉的一样。

　　拉拉总是一边说着很帅一边看着我的侧脸，其实她不知道，同时，我也在看着她，看着她微笑时嘴角略微上扬的弧线。

生命中流逝过的画面

■ 绯氏

一

霞美是我高中时代最要好的一个异性朋友。高一刚进来那会儿，班里的女生就她一个人主动找我说话，也正因如此，我俩在校园里常常走在一起。当然，别想歪了，我俩不是在恋爱，我和她之间的感情是很纯洁很纯洁的友情。与班里的同学所说的所谓爱情根本沾不上边。

她呢，虽然名字里有个"美"字，但本人却不是什么美女，也就是人群中随处可见的那种。之所以和她成为最要好的朋友是有原因的，她的性格和我一样，说话大大咧咧的，很张扬，思维也是很与众不同。我常常叫她"泼妇"，她也称我为"痞子"。

高一进来那天，我很随意地坐在一张无人的桌子上，把玩着手机，看着我最痴迷的电子书，在我看来这是一件惬意的事情。旁边的同学越来越多，他们三五成群地聚在一起聊个火热，我呢，两耳不闻旁边事，一心只看电子书。

不知什么时候，我旁边站着一个人，她没说话，就站在我旁边，在我不经意的情况下发现她，差点把我吓了一跳。我面无表情地看着她，她也面带微笑地看着我。她有一米五六的身高，戴着个黑色的眼镜，头上扎着两个小辫子，有点可爱，这是我对她的第一印象。

我们俩人都没说话，最后在我受不了这种氛围的情况下，先开口了："干啥？"

"呵呵！你哪来的？"

"新乡，你呢？"

"哦！新乡，没听说过。我叫霞美，临江来的，临江听说过吗？"

"我叫铭飞，座右铭的铭，飞机大炮的飞。临江，没听说过。"

"哼！看你文质彬彬的，应该很有知识的，怎么临江这种闻名古今中外的古城都没听说过,真是孤陋寡闻。怪不得来学音乐。学习一定很差。"

此时,我很郁闷。说到学习,我真的很差,但学识还是有点的,可临江我真没听说过,不应该啊,如果出名的话我应该知道的啊!看着她对我好似一副恨铁不成钢的样子,我更郁闷了,只能挠挠头问道:"临江很出名吗?"

"不出名吗?"谁知,她这样反问我。

我无语了,只能低下头,继续看我的电子书。

她拍了拍我的肩膀,很随意地对我说:"没关系,等我有时间带你去见见世面。没见识并不是你的错,是你初中语文老师的错。学习不好也不要害羞,不会的问我,我一定会教你的,谁叫我们是同学兼朋友呢。"

我再次抬头看着她,正要说不需要,可还没说出口呢,她就说道:"不用谢,应该的。下课了等我一会儿,我们一起去食堂吃饭,你请客哦!呵呵!拜!"

于是,在我的脑袋暂时停止运转的情况下,看着她华丽地转了个身,然后优雅地回到了座位上。

二

从那以后,我和霞美便成为了好朋友,以至我的第一个女朋友也是她给搭的红线。

起初,我告诉她我喜欢隔壁班的一个女生,但是我怕那个女生不喜欢我,没敢去追。她听了后就拉着我去隔壁班,要我指给她看那女生长什么样子。她说作为我的好朋友,她有权亲自审核我的女朋友,如果她不满意,就让我死了那条心。她说她不会让我把她不喜欢的女生给追到手的,如果我不听她的话,她说她会从中作梗。

哈哈!还好,那个女生她还是很满意的。她说她会不留余地地帮助我,把那女生追到手。我感动了整整两分钟。我问她:"你怎么帮我啊?"

她说:"哼!这还不简单,她是我的好朋友。嘿嘿!我帮你说好话,你放心,这事很快就成功了,你就等着请我吃德克士吧!哈哈!"

哦!原来她们是好朋友啊,嘿嘿!我很义气地拍着她的肩膀说道:"没问题,事成之后,别说德克士,米线我都请你吃!哈哈!"

"哼!我要吃德克士!"说完,她头也不回地走掉了。

我愣愣地站在原地,不明白她为什么生气,难道……她认为我不会请她吃德克士？怎么会呢，我又没说不请。真是的，书上说的没错，女人变脸比翻书还快。

两周后，在我不要脸皮的情况下，那女生最终被我追到手了。当然，中间是有霞美帮我说好话的。嘿嘿！我也没有食言，请霞美去德克士大吃了一顿，她吃得很high，完全没有考虑我的经济感受。我心里暗暗下决定，下次打死都不带她来了。

其实我并不是完全很确定霞美是否会安好心地帮我追那女生，每次我和那女生在一起的时候，她都会突然从旁边蹦出来，吓我们一跳。然后对那女生说一些关于我的坏话，有时候我真想掐死她。

一个月后，我和那女生分手了。我的初恋，就草草结束在这乏味的一个月里。和霞美是有点关系的，她说给我了好多关于那女生的坏话，说那女生有许多坏毛病，不适合我，希望我快点分手。我也不知道哪来的勇气相信她，昏昏沉沉地又回到了一个月前的光棍生活。我没恨她，因为我也听别的女生说了许多那女生的坏话，那女生好像也不是很喜欢我，于是我才下定决心分手的。

霞美每次看到我，心里好像有点愧疚。于是乎，被我狠狠地敲了好几次，哈哈！

三

可能是因为上了高中的缘故，人慢慢长大，也变得成熟了点，不像初中的时候那样孤立自己。和我们宿舍的同学玩得挺铁的，每两个星期，我们都要去外面high上一次。一个月的生活费被我一个星期就用完了，我宿舍的兄弟也是和我一样，都是过着吃了上顿没下顿的生活。我每天几乎都只吃早饭，晚饭时间就一个人在音乐楼练习钢琴，没办法，不好意思向别人借啊！

霞美在一次偶然情况下发现了我没去吃晚饭，便跑来问我："我说小痞子呀，怎么不去吃饭？要知道，人是铁饭是钢，一顿不吃饿得慌。没钱了？"

我尴尬地笑了笑说："这个月的生活费快被我用光了，所以就……嘿嘿！"

她不解地问："怎么就用光了？不是有八百的吗？"

"哦！上星期和我宿舍的兄弟去KTV high了一把，然后又去商业街买了几件衣服，就快没了。唉！可怜啊！"其实，我想过让霞美请我吃饭或借我点

钱的，可是最后还是拉不下这个面子啊。

霞美看着我那可怜样，不耐烦地说道："行了行了，不就想让我请你吃饭么，至于装得这么可怜么？走吧，我请你吃。"

"啊，哈哈！霞美啊，我发现你不仅外表美丽动人，心灵也是如此的美丽，真叫小人我羡慕啊！你知道吗？我对你的仰慕犹如滔滔江水……"

"Stop！谄媚的话就不用说了，请你吃饭是有条件的。你要唱歌给我听，怎么样？"

"噢！上帝保佑，阿弥陀佛！没问题！哈哈！"

"你什么信仰啊？又是上帝又是佛祖的。"

"嘿！我的信仰很多的。"

"行了，走吧！晚了就没饭吃了。"

……

自打那以后，只要我没钱吃饭了，霞美就会义无反顾地请我吃饭。我心里也暗暗想着，下个月也请她吃饭，礼尚往来嘛！我也没有吝惜我那动人的歌喉，每次都会唱歌给她听。

四

光阴就像马桶里的大便，水一冲就走了。高一上学期的期末考试如期而至，寒假也快来临了。

放假的那天，霞美对我说："小痞子，放假了记得给我打电话，或者给我发短信。如果不照办，等开学那天，我要做的第一件事就是收拾你。哼哼！"

我连连点头，生怕她现在就收拾我。呵呵！一个学期的相处，我们之间的感情日益增加，比那些恋爱的情侣都要好。有些男生曾给霞美递过情书，打过电话，发过短信。可是她理都不理人家，我问她为什么不谈恋爱，她很不屑地说："看不上好的呗，都是些歪货，本小姐才不稀罕呢！"

我打趣地问她："你不是喜欢我吧？"

她激动地对我说："你？就你？我眼光没那么差吧？真是的。"

"我怎么了，我很丑么？好歹我也是个帅哥吧！"

"那是在那些花痴的女生眼中，你是帅哥罢了。在我眼中，你可算不上。"

她怎么和我说话的时候不敢直视我的眼睛？难道在她眼中我真的很丑？

寒假期间，我给她发短信、打电话，或者我们俩在 QQ 上聊天，只是她好像从放假到现在都没给我打过电话，真是的。

大年三十那天晚上，她破天荒地给我发了条短信，叫我看联欢晚会。别的就没有了。

没有她在身边唠叨的日子，心里总是有些失落。我常常在想，我是不是喜欢上她了，我对身边的朋友说起这件事，他们都说：是的，你喜欢上她了。

可是我又总觉得好像不是那么回事。喜欢她不需要了，她又不喜欢我。

"算了！不想了，越想越郁闷。"

五

有时候光阴又像马桶里的大便，怎么冲都冲不走。没有她在身边，我的生活又回到了那个曾经的一个人的日子里。有点不同的是，曾经的一个人，无忧无虑，现在的一个人，有点忧愁。

终于熬到了开学那天，我的心情又激动又兴奋。这是我第一次期待收假的来临。突然很想看到她，不知道一个月不见，她变成什么样子了呢，还会像从前那样的可爱吗？呵呵！

我倒是变了点样子，我上理发店花了 180 元，专业地设计了一个帅气的发型，哈哈！我要让她知道，其实我是真的有点帅的。

她给我打电话，说她在学校门口等我。我飞快地朝着学校门口跑去，她站在学校门口的一个角落里。她还是老样子，并没有改变什么，双手里提着一个绿色的大袋子，不知道是什么。还是那两个小辫子，还是那副黑色的眼镜，但我感觉她有点变了，好像有点犹豫。难道是想我了？哈哈！

当我自信满满地走到她身边时，她面无表情地把手中的绿色大袋子递给我："给！"

我接过袋子问道："这是什么？那么重。"

"我家乡的特产，给你的。"

"哦！呵呵！谢谢！为了表示我对你的感谢，走，请你吃东西。"

"好啊。"她还是那样面无表情。

难道是出了什么事了？我问道："心情不好吗？"

她转过头看了我一眼，道："没有啊，你去理发店弄了个发型？"

"嗯！怎么样，帅吧？"

"好丑哦！没事干吗弄那么丑的发型？"

"呃！啊？很丑吗？"

"嗯！以后别弄那么丑的发型了。"

"哦！"

她看着我有点失落的样子，便安慰我："其实也不怎么丑，只是我觉得没以前顺眼了。好了，快把东西拿去宿舍装好，我们去操场逛逛。"

我笑着说："好的！"

其实我已经发觉了，她好像真的出了什么事，我问她，可她没说。

六

收假已经快两个星期了，我们俩还是那样的"铁"，比上学期都还"铁"。

一天下午，我们吃过晚饭后，各自在琴室练琴。她突然来到我的琴室要我给她唱歌。我让她坐在旁边的凳子上，问她："行！想听什么，你随便点。"她被我的幽默给逗笑了，她笑着道："先来首杰伦的《轨迹》吧！"

"OK！没问题！1、2、3，准备了啊，开始。怎么隐藏我的悲伤/失去你的地方/你的发香散得匆忙/我已经跟不上/闭上眼睛还能看见/你离去的痕迹/在月光下一直找寻/那想念的身影/如果说分手是苦痛的起点/那在终点之前我愿意再爱一遍/想要对你说的不敢说的爱/会不会有人可以明白/我会发着呆然后忘记你/接着紧紧闭上眼/想着那一天会有人代替/让我不再想念你/我会发着呆然后微微笑/接着紧紧闭上眼/又想了一遍你温柔的脸/在我忘记之前/"

"好啦！我切歌了，下一首。"

"呃！下一首是什么？"

"嗯……张震岳的那首《再见》吧！"

"哦！好的！1、2、3，准备了啊，开始。我怕我没有机会/跟你说一声再见/因为也许就再也见不到你/朋友我要离开/熟悉的地方和你/要分离/我眼泪就掉下去/我会牢牢记住你的脸/我会珍惜你给的思念/这些日子在我心中永远都不会抹去/我不能答应你/我是否会再回来/不回头/不回头地走下去/我怕我……你怎么哭了？"我没有继续唱下去了，因为我看到她的眼泪流了下来。

她快速地擦掉眼泪，微笑地看着我，说："没什么，只是心里有点不舒服。呵呵！现在好多了。"

"哦！呵呵！那就好，还想听吗？"

"不听了，现在心情好了。我告诉你件事吧，如果50年后，你还是没人要，那就到临江找我，本小姐勉强要你。"

"呃！不是吧！我这么帅，怎么会没人要呢。倒是你，眼光高，怕是没人要了。"她没有反驳我的话。如果是以前，按照她的性格，她一定会反驳我的。她从凳子上站起来，伸了伸腰说："你还有生活费吗？"

我疑惑着说："有啊！怎么，你没了。没事，我请你。"

"我还有的，只是我怕你又没有了。"

"怎么会呢，就算没有了，这还不有你么，嘿嘿！"

她笑了笑，没有说什么。我看了看手表，快七点半了，对她说："快上课了，我们走吧！"

她迟疑了一会儿，好像要对我说什么，可惜还是没有说什么，"嗯"了一声，我们便回教室了。

七

第二天早上，我没有看到霞美来上课，打电话给她，她关机。问她宿舍的同学，都说不知道。其实她挺可怜的，在学校里很少有朋友，也许是因为她的性格吧，她们宿舍的同学都很少和她玩。就只有我愿意陪着她。中午放学的时候，我到宿舍找过她，可惜还是找不到，就在我认为她出了什么意外的时候，我的手机响了，我看着来电显示，是霞美打来的。我毫不犹豫地接通了电话："喂！是小泼妇么？怎么不来上课，打你电话又不通。"

电话那头沉默了片刻，便传来沙哑的声音："铭飞，我现在在车站，我要回临江了。"

"什么？怎么了？家里出什么事了？"

"寒假的时候，我爸出了车祸，我忙着去照顾他，没时间给你打电话，我妈给我办了转学手续，我要回临江一中读书了，顺便照顾我爸。"

"你现在是在车站吗？我去送你？"

她连忙说道："不用了，我快上车了。铭飞，其实我是骗你的，你很帅的，追女孩子的时候要对自己有信心，知道吗？你呢，就是没有勇气，唉！

暖雪落尽处，相会且无声

要是你多点勇气该多好啊！呵呵！你知道吗？我走后，最放心不下你了，你不会省钱，最喜欢乱花钱，没钱了，又不敢去借，只能饿肚子。有我在的时候还可以请你吃饭，可我就要走了，以后还会有人请你吃饭么？你一定要知道节省，知道么？呵呵！你可以忘记我，也可以记住我。反正……反正我是不会忘记你的。呵呵！小痞子，再见！"

那头已经挂断了电话，我对着手机自言自语地说着：再见！

突然发觉天空暗淡了，为什么会是晴天呢？应该是乌云密布的天空下着雨啊！

樱花树下

■ 冉小七

还是那个老地方，还是那棵熟悉的樱花树。

莫小米再次经过那棵熟悉的樱花树，她不由得注视了树干上面的"情人结"几眼，因为那棵樱花树真的很漂亮，那棵树下可以成为情侣约会的地方。这棵樱花树据说又名为许愿树，许多情侣都把"情人结"挂在树干上，希望自己能够和自己的恋人百年好合。虽然莫小米也想在上面挂一个"情人结"，但是她觉得不可能，因为她觉得自己并没有倾国倾城的美貌，也没有出类拔萃的成绩，把她放在人群里，没有谁会再次认出她来。她是那种看了一眼就会忘掉的女生，因为她没有一点特别的地方，不容易让人记住。

然而沈季北却是一个集聚万千优点于一身的男生，他出类拔萃，人长得帅，还很温柔，而且成绩也很好。

开学第一天，莫小米才知道自己的同桌是沈季北。沈季北一直是莫小米喜欢的那种男生类型，于是，莫小米便喜欢上了沈季北。然而，莫小米知道自己配不上他，所以对他的喜欢只能默默地埋藏在心底，不敢说出来。

转眼之间，到了分文理科的时候，莫小米本来是想选文科的，但是从班主任那里知道了沈季北选的是理科，无奈之下，莫小米也只好选择了与沈季北一样的理科。谁知道，分文理科班出来的时候，莫小米选的是理科，而沈季北选的是文科，两人的缘分就到此了。莫小米知道了之后，就跑到那棵樱花树下默默地伤心哭泣，并埋怨着沈季北。莫小米走后，沈季北从树后面走出来，并在树上刻上了"18023MXM"，然而没有人知道这串数字与字母结合的符号代表的意思是什么。沈季北知道，自己与莫小米的缘分应该到此为止了，所以他只能在心里默默地祝她幸福。

沈季北拿着从莫小米的好朋友那里拿来的她的电话号码，每到下午十三点一十四分时，都会给莫小米发一条信息，而内容就是"18023MXM"。可莫小米并不知道内容的含义是什么，所以只有默默地接受。

转眼间，沈季北和莫小米都考上了大学。莫小米知道沈季北考上了北方的一所大学，而自己就在本地读一所大学，莫小米想远离沈季北，不想看见

沈季北时，就想起了当年的分文理科班。莫小米知道当年给自己发信息的就是沈季北，可自己与他的差距太大，于是就没有问其中的含义。5年后的同学会，莫小米给沈季北发一条短信"你同学会时回来吗？""我们这里没有火车票了，可能不行。"沈季北很快就回了短信，"哦，好吧，能来你就来吧。"莫小米发短信时心有一点颤抖，如果这次能来，自己就可以问清楚短信的含义是什么了。

同学会上，"咦，沈季北，你不是没有买到票吗？"莫小米有一点惊奇，"我连夜排队买的。"沈季北微笑着答道。沈季北难道就为了自己一句如果能来就来吧，而连夜排队买票赶来吗？"沈季北同学，你可以解释一下当年你每天下午13点14分给我发短信是干什么吗？""呵呵，莫小米同学，你真是太笨了，你难道还是没有明白吗？13点14分就是代表一生一世，而短信的内容嘛，你伸出你的食指，就是1，1就代表I，8023很简单，8代表伸出你的食指与拇指，就成了L；0代表伸出你的食指与拇指，然后把食指与拇指的指尖合并，就是O；2就代表你的食指与中指，就是V；3就是你食指、中指、无名指微微分开，就成了E。而MXM就是你姓名每个字的开头缩写，而合起来就是一生一世我爱你莫小米。"沈季北悄悄地对着莫小米说。莫小米听了，吃了一惊，因为自己这么多年喜欢的人，却也喜欢自己。

"那沈季北同学，你可以解释一下当年分文理科时，你本来不是理科吗，怎么又变成文科了？""呵呵，莫小米同学，我还正想问你呢，你当年不是选择的是文科吗，怎么又变成理科了？"沈季北忍着当年的怒火对莫小米说道。"麻花北，你还说我，当年我是选择的文科，我过后又去了班主任那里知道你选择的是理科，于是就找班主任重填了科目。""原来如此，看来你跟我的目的一样嘛。"沈季北明显被莫小米嘴里吐出来的那个麻花北吓了一跳。"莫小米同学，那现在你是不是可以和我在一起了啊？"沈季北温柔地摸了摸莫小米的头发，"那我们现在就去约会吧。""在约会之前，我想带你去一个地方。"沈季北幸福地说。"什么地方？"莫小米像好奇宝宝一样，问着十万个为什么。"去了你就知道。"沈季北充满了神秘感，对莫小米说。

"麻花北，你带我来这个地方干什么。"莫小米显然被这个地方吓了一跳，"小米，这就是你当年埋怨我时来的樱花树。当年你在这里默默地哭泣时，我正好也在树背后埋怨你为什么改成了理科。""没想到啊，麻花北，你当年居然也在啊，怎么不出来安慰我一下。"莫小米有一点生气了，"我怕你生气嘛，当年那时候我准备向你表白的，但怕你拒绝，所以就没有出来了。"沈季北边说边像变戏法一样变出来一个"情人结"，"小米，我知道你一直很想挂一个'情人结'在上面，所以，你的那个愿望我来帮你实现了。"莫小米感动地笑了笑。

"麻花北，你知道吗？当年我们错手把我们的幸福送走了，但现在，我一定会抓住它，因为我不想再失去了。"

"嗯，小米，你的幸福就让我来为你创造。"

那棵许愿树也许不是很灵，但是它却装载了所有情侣的幸福。

也许真的是自己当年让幸福飞走了，但现在，自己会牢牢地抓住自己的幸福。

还是那棵熟悉的樱花树，还是那个挂满"情人结"的许愿树，一切都没有变，但唯一变的是以前自己是一个人，而现在，却是两个人了。

如果有人对你说"8023"，请不要忘记它的含义，因为也许你的幸福就会来临。而当幸福来临时，一定要牢牢抓住，别让它溜走了。

只想和你在一起

■ 九月飘雪

又是深秋，刚下完细雨，阳光大片大片地洒下来，天高云淡。每个人看起来都是很幸福的样子。这是一个容易让人产生怀念的季节，幽馨懒懒地坐在窗前仰着头望天空。

他的名字叫游子涵，刚进大一新学期开学的第一天，幽馨早早地就来到学校报到，然后坐在最后一排的位置，这样进来的美女帅哥她都能一目了然了。时间越来越接近8点，新同学也纷纷到来。幽馨一个个地观察着，真可谓是绝世蟀哥啊，一个不如一个。

教导主任走进了会堂向大家介绍学校的概况，大家都听得起劲时"咚"的一声一个生面孔闯了进来。

"报告。"

"你怎么迟到啦？快去坐好吧。"

"新面孔"向四周望了望，见幽馨旁边的位置是空着的便坐了下来。正在呼呼大睡的幽馨被突如其来的一阵"风"吓醒了，睁开眼睛扫了一下，只见"新面孔"一下倒在桌子上就睡着了，幽馨也继续睡了。

大会结束后，各自都离开了会堂，准备着第二天开学的东西。幽馨醒了向门口走去，由于好奇，她回头望了望那个"新面孔"，他正好也抬起头，此刻幽馨的心一下子跳得好厉害，她不敢继续再看他了，回头便走。走回寝室后她有些后悔，"刚刚为什么不多看一些时间呢，这么大的学校以后要看他也看不见了。真是的，干吗要看他啦，奇怪了，更奇怪的是为什么看了会心跳加快，他很帅吗？不是呀，难道是……不，不可能的。"幽馨站在窗前想再一次看到他，可惜没有。幽馨自己也不能解释她为什么会有这样的心情，室友们说她春心荡漾。一群女生在欢笑中度过了第一个夜晚。

第二天开学了，她们来到自己班级按照座位表找到了自己的位置，又顺便看了看周围同学的名字，她的眼神停留在游子涵这个名字上，"哇，好灵的名字啊，好像只有在言情小说中才可以看到。"坐到座位后和室友谈论起了这个游子涵。

"名字灵，人也一定灵。"

"瞎说，昨天根本没见到几个帅哥，说不定名字和长相成反比的呢，别来个恐龙吓人哦！"

那个游子涵还是没有到，寝室里的一群女孩对这个游子涵的兴趣越来越大了，"开学第一天就迟到，难道这个人大有来头？"

幽馨觉得自己的心跳越来越快了，难道……

一张熟悉的面孔走了进来，全班人都盯着他看（因为他是班级唯一一个头发染得很挑的颜色的人），幽馨也呆呆地盯着他看，但她看的不是他的头发而是这张熟悉的脸，就是他！幽馨心里喊道，昨天的那张"新面孔"。幽馨一下子不知道说什么，此时她就是感谢上帝让她来到这所学校，并且能够和他在一个班级上课。游子涵坐到了自己的位置上，在离幽馨不远的一排，从幽馨这里看可以看到他的一举一动。

每天幽馨就这样默默地看着他，但是他每天来到教室做的一件事就是睡觉，抬起头来也只是和周围的人说说话，根本没有在意到幽馨一直在关注着他。

室友们看出了幽馨的心思，嘲笑她说："哎，你看，人家每天上课就是睡觉，一定是晚上陪女朋友，所以累了，你么，也就别再单相思了，放弃吧。"

幽馨听了噘了噘嘴："哼，才不是呢，我看他只是因为他好看，才不是喜欢他呢，你们别自以为聪明乱说……"

幽馨总想和游子涵说话，但是总是没机会，因为游子涵在教室里基本上除了和周围的男生说话一般都不怎么说话的，感觉很Cool。所以幽馨便从他身边的朋友下手，和他们混熟，一起聊天一起玩，后来好不容易弄到了游子涵的QQ号码，这是她唯一能和游子涵说话的途径了。一回到家幽馨激动地打开QQ加了他，习惯式地看了看他的资料上面写着"爱X"，幽馨一下傻掉了，但是又想到就算做不了情人做朋友也好啊，毕竟我和他现在连朋友也不是。

"你好。"

"你好。"

幽馨想让游子涵觉得自己是个热情开朗活泼的女孩，所以就想了些好笑的话题聊，但是却被游子涵视为做作，说她无聊，没什么话和她说。幽馨感到很郁闷，不知道自己错在哪里。为了不让游子涵觉得自己很烦人，幽馨就不去烦他了，只是向别人了解他的情况、爱好和习惯。

暖雪落尽处，相会且无声

幽馨每周放学一回到家就打开电脑（这好像已经成了她的习惯），想知道游子涵是不是也回到家了。看到了游子涵的头像在上面亮着，幽馨就开心了，然后去做其他事，因为幽馨知道游子涵是不可能主动和她说话的。但又为了不错过游子涵发的信息便特意把游子涵的声音设置得特别了些。

幽馨每天更新一次游子涵的 QQ 资料，想知道最近他在想什么。终于有一天"爱 X"这 2 个字在游子涵的 QQ 资料里消失了。幽馨一下子觉得很高兴，但又失落了起来。游子涵和女朋友分手了，自己虽然是有了希望，但这也意味着游子涵失恋了。看着他难过的样子自己也一定会更难过，幽馨不知所措。想去安慰游子涵但又怕热脸去贴他的冷面孔，又或是怕自己一不小心说错什么话弄巧成拙，反而让游子涵对自己有反感。

第二天来到学校，看见游子涵还是老样子在座位上睡觉，一个星期都是如此，幽馨不免有些担心。周末回到家，像往常一样，幽馨打开 QQ，去做其他事了。过了大约 2 个小时，QQ 传来了声音。幽馨愣了一下，"游子涵？是游子涵发来的信息！怎么可能？是不是自己听错了？"幽馨带着怀疑跑到电脑屏幕前，奇迹发生了，竟然真的是游子涵。

"在干吗？你玩网络游戏吗？"

（幽馨上网除了听歌、聊 QQ，最多就是看网页罢了）

"嗯，玩的，你也玩？你玩什么啊？……"

幽馨一下子发了很多过去，同时又发信息问自己的朋友最近有什么好玩简单易学的游戏没有。

游子涵回了信息："以前我玩魔力的，但是现在不玩了，所以问问你知道什么新游戏吗？"

"嗯，泡泡堂，蛮有意思的，不知道你喜不喜欢，这个女孩玩的比较多。"

"发来看看。"

"好。"

……

就这样，游子涵主动与幽馨第一次交谈，而且还一起玩游戏，这个对幽馨来说可是一件可以激动一天不睡觉的事了。渐渐地他们开始熟悉起来，在网上有说有笑的，可是在班级里还是不太说话。

一学期快过去了，第二学年要来了，开设了专业课，也就意味着要分班级了。幽馨在想，游子涵是什么专业的呢？名字这么诗情画意，说不定是选艺术的呢。幽馨和游子涵只有在网上可以聊天，现实生活中谁都没有跨出第一步去与对方交谈。

回到家打开 QQ，幽馨问游子涵："游子涵，你是什么专业的啊？"

"网页设计，你呢？"

"我？哈哈，你猜呢？"（幽馨此刻心里就开始斗争了。不是一个班级，我们就不会有进一步的发展和机会了，仅仅只是在网上不会有任何突破的，我，该怎么办，也选网页设计吗）

"你女孩子当然是文秘这种的喽。"

"不，你猜错了，嘿嘿，我也是网页设计的，你没想到吧？以后又可以是一个班级了，可要多多关照哦。"

"啊？不会吧，选网页设计的可是男的多哦，说不定我们班级就你一个女的，到时候可会是全班的焦点人物哦。说实话这个是不是你选网页设计的目的啊？"

幽馨沉默了一会儿，"就咱们班这几个倒胃的啊？我还不要看哩。"

晚上，幽馨一个人躺在床上，一直在考虑这个问题，这个决定对吗？一时冲动最后会有结果吗？耳边响起了周迅的《飘摇》，"你不在我预料，扰乱我平静的步调，怕爱了找苦恼，怕不爱睡不着……"不管怎么样，既然已经这样决定了，那就一定要好好把握机会，幽馨想着想着就睡着了。

学期结束，临近期终考试，大家都在忙碌中复习，游子涵和幽馨彼此也没有上网。考试那天，游子涵突然跑来对幽馨说："Hi，一会儿考试大家互相帮忙哦！"幽馨兴奋地点点头。这是游子涵第一次开口和她说话，所以她根本没有考虑到这是期终考试，作弊被抓住的话后果会很严重的。

卷子发了下来，幽馨觉得很简单，做得也很顺手。抬头看了看邻座的游子涵，他正对着一道题目在发呆，幽馨有点担心，便很快地做好卷子，把那道题抄在小纸头上，没有查阅卷子便第一个交卷离开了教室，临走时趁老师不注意把小纸头扔给了游子涵。考试结束后，游子涵找到了幽馨，出于感谢他请她吃了冰激凌。这是他们第一次这么近距离的接触。

学校放假了，幽馨和游子涵便没有见面的机会了，唯一的联络工具就是 QQ 了，他们连彼此的手机号码都没有。幽馨每天 24 小时挂机等待着游子涵敲响她的门。起初几个星期游子涵一直都没有上网，幽馨心生害怕，怕他会出什么事，但又不知道怎么联系他，越着急幽馨的心情越是不好，偶尔会因为一件小事和父母吵架，同学们劝她不要这样，单恋是痛苦的，这样折磨自己有什么好处？她不听劝说："只要我喜欢。"

一个月过去了，幽馨还是没有在网上等到游子涵，她开始有些失落，人看起来没有精神。朋友们看见她这样都为她感到不值，但又说服不了她，便只好邀请她去逛街散心，她们来到襄阳路服饰街。买衣服是幽馨平时最喜欢的事情了，她们逛得很开心，幽馨也没有提起游子涵。月亮出来了，她们来到就近的饭店吃晚饭，等待之余幽馨四周望去，突然看见一个熟悉的面孔，是他，颐——幽馨的前男友，自从他们因为误会吵架分手后，便再也没有联系过。他和一个女的在一起吃饭，幽馨想这一定是他的女朋友，我还是不过去和他打招呼了，省得引起不必要的麻烦。幽馨很快地吃完饭，拉着朋友就往外走，与颐擦肩而过时，颐叫住了她，"幽馨。"

幽馨回过头："Hi，是你啊。"

"嗯，呵呵，没想到能在这里遇到你。"

（幽馨心想，你当然不想遇到我咯）

"幽馨，你现在过得还好吗？进了新大学一定很开心吧？是不是有很多帅哥排队追你啊？"

幽馨瞥了瞥颐旁边的女生说："女朋友在旁边说话还这样油腔滑调的啊？当心她回去收拾你哦。"

"啊？什么呀？她是我妹妹啊，刚从美国回来，所以你没见过。"

幽馨呆了一下，"Hi！"

"Hi！"

幽馨脸上有了笑容，对着颐说："Hoho，我还以为她是你女朋友哩，刚才还在想你速度倒是蛮快的吗？"

"不，与你分手后我一直都没找，因为那时只是一个误会。"

幽馨的朋友见场面不对头，说："幽馨，太晚了，一会店都打烊了，我们没得兜了。"

"嗯，对哦，那我们先走吧。"

"颐，我们走了，有空联系哦。"

"好，再见。"

在朋友的教唆下，幽馨几乎在接下来的几天内天天出去玩，心情自然也好很多了，不再像前几天一样，睁开眼睛的第一件事就是看QQ，幽馨想趁着这个机会把对游子涵的感情淡化掉。

快开学了，幽馨有些后悔自己当初做的决定了，选择网页设计是否对了？游子涵的QQ始终没上线过，幽馨的心越来越冷了，后来从几个男同学那里听说他在陪女朋友所以没时间上网。这消息对幽馨来说可是一大打击，但是她又想到游子涵这样会开心，再说了，他有女朋友是在认识自己之前所以没有必要为这个难过,更何况和游子涵现在只是同学关系,连朋友都不是,她想只要能做朋友就已经足够了。

8月30日,开学前2天,游子涵终于出现在QQ上了。幽馨等待着游子涵与她打招呼,等了5分钟游子涵始终没有反应。幽馨觉得奇怪,便主动去和他打招呼,游子涵还是没有什么反应。幽馨郁闷了,难道2个月不见,就把我忘了吗?"你怎么啦?怎么不说话?在玩游戏吗?"游子涵还是不理她,幽馨也沉默了。过了几分钟,游子涵发了信息过来,"你相信永远的爱情吗?"幽馨愣住了,该不会和女朋友吵架了吧。

"我相信,我正在寻找中,怎么啦?"

"没什么,我刚和女朋友分手,这次是真的不可能再复合了。我恨我自己的冲动,也恨她为什么这样绝情,这样视爱情为玩物,我对她来说只是个新产品。"

幽馨想安慰他,但是又不知道怎么安慰。

游子涵说:"明天是自己的,快乐是选择。我会重新面对未来,好了,你也不要听我像老太婆似的唠叨了,我去游戏了,88。"

幽馨一句话都没说,只是静静地看着游子涵下线。

开学的那天,幽馨好期待能够看见游子涵是否开心,是否还为那件事在担忧。走进教室听见众人欢笑,其中笑得最起劲的竟然是游子涵。幽馨心中的石头放下了,走到大家中间和他们一起欢声共笑。自从那以后幽馨和游子涵的关系越来越好了,就像兄弟一样,幽馨的占有欲也越来越强,但游子涵一直都不知道幽馨一早就爱上了他。幽馨越是和游子涵在一起便越痛苦,因为她知道游子涵只是把她当作好哥儿们看待,既然是哥儿们又怎么可能谈恋爱呢。幽馨一直很想把自己的位置摆正,但是都没有机会。对于游子涵要自己帮忙做的事幽馨都毫不考虑地一口气答应,好可怕的自己啊,幽馨也感觉到自己已经不是以前的自己了,不再是那个洒脱自由的幽馨了,现在的她好像只为游子涵一个人活,因他的喜欢而改变自己一样,大脑已不受自己的控制,好像只是游子涵借放在自己头上的似的,一切都听游子涵的。幽馨越来越害怕了,不想再这样继续下去,好几次都想放弃,但是她放不下。

冬天,白色的季节,幽馨就出生在这个季节。她和颐是同年同月同日生的,这也是他们能够走在一起的原因之一,曾经被视为天造地设的一对情侣。这天,颐打了电话给幽馨,希望能够像以往一样一起过生日,幽馨答应了。这一天的活动都是由颐安排的,先是有预谋地带她去看电影,这样可以增进彼此的感情,然后再去热闹的地方逛街以便怀念以前的感情,最后便是

浪漫的晚餐，他们来到以前经常去的那家大排档点了和以前一样的菜，还叫了酒，边喝边吃边聊。

由于酒喝多的缘故大家都有点兴奋，颐握住幽馨的手说："上次是我错过了你，这次我绝不会，幽馨请你原谅我，一直以来我都想找你可是没有机会，怕你不见我，上次吃饭时遇见你，我终于鼓起勇气和你说话，幽馨。我……"

颐的脸凑得幽馨很近，越来越近，直到两人的唇合在一起……幽馨脑海里突然闪现出游子涵的脸孔，便不自觉地推开了颐，她也不知道为什么会有这样的反应，颐很出乎意料，但他心里已经明白幽馨现在不爱他了。为了不让场面尴尬颐便说："喝多了，我送你回去吧。"

幽馨点了点头。颐扶着幽馨走在回家的路上，幽馨一路上什么都没说，两人沉默在寂静中。谁也没想到此刻幽馨的心里想到的却是游子涵。

"为什么我为游子涵所做的一切他都没有感觉到，为什么只是把我当作好兄弟……为什么有那么多为什么？"

"幽馨，到家了。上去吧，睡觉前记得喝杯牛奶，可以睡得熟点。"

"嗯，知道了，晚上冷了，你也早点回家吧。"看着颐的背影渐渐远去，幽馨一人坐在楼梯上，倚在墙边，想那些问题的答案。也许这些问题没有答案或者是她永远都想不出答案，她哭了。

"为什么上天要让我遇见他，遇见他又为什么偏偏让我爱上他，为什么要这样折磨我。"

回到家后幽馨倒在床上就睡着了。

第二天酒醒后幽馨感觉头又疼又晕的，好像快爆炸似的，她决定不能再这样下去了，一定要找个机会向游子涵说。但又没有适当的机会，不知道怎么开口，而且要是单独两人的话，游子涵也不一定会出来，可能会吓跑游子涵，或者游子涵会以为自己是个轻浮的女生而不和自己在一起。终于想到了自己的生日，虽然阳历已经过了，但是中国人是应该过阴历的。幽馨策划好了一切，叫了一些和自己较好的朋友还有一些现在的同学。

终于到了生日宴会那天。幽馨精心打扮了一番，挑了件漂亮的衣服。白天一部分人先在 KTV 唱歌欢笑，大家玩得都很疯很开心，幽馨也没想到在此刻去向游子涵表白。玩累了，晚上来到预先订的饭店吃饭，白天没来的人也都到齐了。

"耶？你不是游子涵吗？"

"你是？"

"哈哈，我是嘉嘉啊，初中时你坐我后面的，你还一直玩我的头发呢，说以后找女朋友就要找像我这样长头发的。"

"想起来了，你还记得啊？真巧啊，现在又见面了，你是幽馨的朋友？"

"嗯，是啊。我们是一起打工才认识的。世界真小啊，没想到你和她竟然是现在的同学，你和我却是以前的同学。"

"……"

"……"

幽馨见他们聊得开心，凑上前去说："原来你们认识啊？"

"嗯。是啊。初中还是很好的朋友呢。"

"呵呵，那就好，省得我帮你们介绍呢。你们慢慢聊，我去招呼其他人了。"幽馨对嘉嘉使了使眼色，想让嘉嘉帮她多了解一下游子涵，撮合他们一下。

吃饭时大家也都聊得很开心，幽馨好几次想对游子涵说但又没有勇气，朋友看了也干着急，帮忙暗示游子涵，可他一点也不接话茬儿，真像个木鱼。幽馨被他的呆滞气得没话好说。

最后是切蛋糕，这可是每个小寿星必经的悲惨情节。幽馨早有准备，所以她选择站在门口的位置，又把游子涵拉到自己的身边，想到时候有个挡箭牌。许完愿蜡烛吹灭，幽馨还没抬起头，感觉背后一股压力把她按在蛋糕上，精彩一刻，"咔、咔"有照相机的都在拍照。

"谁啊？蛋糕我还没吃呢，怎么可以这样浪费的啦，太没有道德了，赔钱赔钱！"幽馨抬起头，眼前一片模糊，转个身想去厕所清洗。"碎……"一下，好像撞到了什么东西，睁开眼一看，是游子涵。此刻他俩可是零距离，朋友们把快门一按，把这一时刻印在照片上。一脸的蛋糕遮住了幽馨的羞涩，她跑去厕所冲洗了奶油，却冲洗不掉脸红的事实。此刻她已经忘了今天的目的了，大家在蛋糕大战中结束了今天的生日宴会。

回到家，已经很晚了，幽馨躺在床上想，也许我不该这样急着去说。或许我不用说，只要保持现在这样开心的状况就好了，反正他现在也没有女朋友，我还是有机会的。游子涵和幽馨现在是无所不谈的好兄弟了。游子涵有什么事总是找幽馨帮忙，幽馨也很开心自己能为游子涵做些事。双休日时他们还总是和一群朋友出去玩，有时幽馨没空或者累了不想去，但只要游子涵一开口，幽馨总是找不到拒绝的理由。她就这样痴痴地爱着一个只把自己当兄弟一样看待的男人。偶尔间总会想起问自己，这样做值得吗？他会知道吗？

暖雪落尽处，相会且无声

颐打了电话给幽馨，约她出去有事说，幽馨不好意思拒绝便答应了。颐这次穿得很严肃，就像他的表情一样。见到了幽馨后两人来到了KFC点了两杯奶茶坐在窗口边，这是幽馨喜欢的位置，因为这样才会觉得有安全感。颐望着幽馨说："那天，你推开了我的吻时，我就感觉到你已经不爱我了，这次约你出来最主要的不是谈这件事。因为我了解你，你不爱的人是不可能会去爱的，我也明白了，失去的不可能再重来，所以，我决定和我妹妹一起去美国，重新开始。你也要好好把握机会不要等失去了再后悔。希望我带着女朋友回来的时候你身边也多了一个人，哈哈，好了，让我们共度在一起的最后一天吧，明天我就会离开了。"幽馨什么也没说，心里有种说不出的感觉，她陪着颐一起玩一起开心，度过了这开心的一天。

颐走了，幽馨望着天空，呆呆地坐着。鸟儿自由自在地在飞翔，看上去是多么的无忧无虑。

幽馨还是和以往一样，只是脸上多了一份忧虑。"我会不会像颐一样离开这片土地去其他的地方？"对于游子涵，我真的只能做他兄弟吗？看到游子涵与其他女生说说笑笑心里总是难过，但自己又有什么资格去管他呢。幽馨的心魔一直在作怪，占有欲越来越强，开始对游子涵有些吃醋似的冷淡，想引起游子涵的注意，可游子涵却没有发觉，还怪幽馨发小孩子脾气。

幽馨一个人沉默了几天，开始有些后悔选择这个专业了，但是对于游子涵她又有些不舍，她无法控制自己的情绪。冲动之余，她发了信息给游子涵，叫游子涵上网。不一会儿游子涵的QQ头像闪了。

"找我什么事？"

"啊？你在网上？在干吗呢？怎么隐身啊？"

"我？我在和嘉嘉打游戏呢。"

"嘉嘉？你和她玩什么游戏呀？玩游戏怎么不叫我呢？"

"呵呵，忘记了，找我什么事啊？"

"哦，没什么，我无聊找你聊天啊，你在游戏那就算了。"

"那我一会儿玩好了再找你吧。"

"对了，你是不是喜欢嘉嘉？"

"为什么问这个啊？"

"喜欢还是不喜欢？"

"有点喜欢，怎么啦？"

"哦，呵呵！没什么……问问啦，你去玩吧！"

你只把我当成普通朋友，怎么向你开口，怎么让你接受，怕你不会了解我的感受，怎么说我爱你而不让你离去，我不想失去它——珍贵的友情。只想能跟你在一起，不管你对我没爱意，不管是对是错，只想保持朋友关系，情同手足我不在意，我不能失去你。我尝试了很多办法想让你爱上我，可能是我太过天真，以为你会爱上我，也许是因为我冲动控制不了自己，可是当你告诉我你已经找到女朋友，我感觉我已经失去了你。但又说不上是失去，因为我根本没有得到过，又怎么能说失去呢。

在学校游子涵对幽馨还是一样有说有笑，但他们之间多了个话题，便是嘉嘉。提起嘉嘉，幽馨心里很难过，但为了不让游子涵看出，便掩饰了自己的痛苦。幽馨和嘉嘉也并没有因为这件事而吵架，因为幽馨始终没有让游子涵知道她爱他，而游子涵也始终把她当作兄弟。看着游子涵和嘉嘉发信息时发自内心的笑容，幽馨的心碎了。她也明白自己一时冲动所做的决定是错误的，她不该来到这个班级。时光是无法倒流的，也是无法挽留的。倒不如一边享受，一边流泪。

幽馨想试着去忘掉游子涵，不去想他，不去看他，对于他的一切都视而不见，不再开QQ了。温暖或者冷漠，快乐或者悲伤，都必须坚固和坚持，因为改变从来就不是那样容易的事。

自始至终，站在原地，身边的人来了又走，不停地错过。这次是我错过还是你错过了呢？她不停地问自己。选择逃避，远离爱情，看破也好，软弱也罢，伤痕累累的我已随风而散，决定放弃你。

我没有勇气，因为爱不一定要说出来。我没有说过，因为离开才会变得勇敢。爱是煎熬，却无力逃脱，我不要爱，可是我离不开。

幽馨，一棵树，千年古树，等待那个愿意停留在树荫里一辈子的人。不知道千年究竟意味着什么，可是她相信，那是一种不变的姿态，比永远更远。

青春牵着叛逆流浪

■ 诺晴天

南方的冬天，很难看到雪，可是余皓说，只要今年的冬天可以看见雪的话，我就考虑和你做朋友。只是普通朋友。

何敏敏想，只能做普通朋友，也好。然后她把这条短信保存好，认真地听课。

这一年，何敏敏高二，余皓高三。

故事要往后退一年开始说起。

高一那年的冬季运动会上，全校的焦点都集中在下午100米跨栏的比赛上，这可是集中了学校三大帅哥的一个比赛项目。高一年级的张子超，高二年级的余皓，高三年级的杜海冰。这不仅是一个简单的比赛项目，更是学校的一个年级间的竞争，老师和同学都很关注这场比赛。

下午，何敏敏刚把自行车停稳了就接到好朋友夏丽的电话：敏敏你在哪里啊？比赛快要开始了啊，我们要准备采访了哦，你负责照相的还不快来！何敏敏看看时间，飞快地向运动场跑去。

一二三！嘭！比赛的枪声响了！何敏敏好不容易跑到了离终点近的地方准备拍照，发现相机还在包里面。她慌乱地在包里面开始翻相机，结果不小心，一支笔从包里面滚了出来直接滚到了赛道上面，也是在这个时候，一赛道的余皓不小心踩到了这支滚到赛道上面的笔，直接摔倒了！天啊！余皓摔倒了！围观的老师和同学开始喧哗起来，何敏敏闯祸了！她直接僵硬在那里！此时张子超已经冲过了终点线，杜海冰停了下来跑过去搀扶余皓，而余皓抱着腿在赛道上疼得直叫。校医院的老师赶紧抬了担架过来！站在何敏敏旁边的夏丽拉了一下她问：亲，你闯祸了呀！笔怎么会直接滚出去了呢？何敏敏吓得直哆嗦，她看着被抬走的余皓，身边又各种议论，她感到天翻地覆的压力抨击迎面而来——她只知道自己闯祸了。这时：张子超走到了何敏敏身边，小声地凑近了她说：肥妞，谢谢你啊！我赢了，呵呵！然后大摇大摆地走掉了！

下午四点半，何敏敏被叫到了教务室，教导主任严厉地批评起来，问她为什么会发生这样的错误，何敏敏只知道颤抖和哭泣，她也不知道自己怎么会这么笨啊！可是事情还是发生了。严厉的秃头教导主任是余皓的姨父，自然除了对学生的批评之外更多的是心疼自己的侄儿，因为医生说由于比赛时的滑倒，严重地伤到余皓脚踝上面的骨头，也许会造成残疾。何敏敏听到"残疾"这两个字，直接睁大了眼睛，她不敢相信，因为自己的失误可能会导致别人的残疾。这样戏剧的情节怎么会发生在自己身上呢。还有医药费，医药费怎么办？以她现在的家庭情况根本不敢和家里的人商量啊……何敏敏的内心已经慌乱得不行。她不知道，因为这一个失误，她被学校辞去了小记者的工作，也被学校所有的学生记住了这个只有 1.58 米，55 公斤，相貌不出众的女生。

高二三班的教室里面，同学们都在讨论今天下午的比赛和关于何敏敏的事情，张子超则站在教室外面和高他一年级的哥哥显摆今天比赛得第一名的成绩。原来张子超有一个哥哥叫张子乔，和余皓是一个班的，两人是死对头，一直看余皓不顺眼。这一次张子超比赛有一部分也是哥哥的原因，他想帮哥哥出气，比赛时打败余皓，可是没想到因为何敏敏的一支笔，原本没有多少底气的张子超竟然夺得了第一名，张子乔也是激动得很啊！看见何敏敏向教室走来，张子乔走到何敏敏身边阴笑着说：肥妞，可以啊，你帮了哥一个大忙，怎么样？奖励你一盒巧克力，让你更圆润啊！哈哈哈……周围张子乔和张子超的死党们一同嘲笑起来！何敏敏愣在原地，她不顾同学的嘲讽，此时她心里面已经五味杂陈，她在想因为自己的失误造成了一个很大的人身伤害，现在得承担一笔昂贵的医药费，回家后怎么向爷爷奶奶说呢……这时夏丽跑了过来，她气喘吁吁地说：刚才杜学长给我打电话，让我告诉你去一趟医院呢！何敏敏心想，是啊！应该去一趟医院的呀，事情发生了应该跟着去医院看望才对！然后她慌慌忙忙地跟着夏丽直奔医院去了。

医院里，余皓的父母和班主任，学长杜海冰都在，余妈妈看到害自己的儿子把腿摔伤的女生过来，直接拉住何敏敏就一阵乱骂！你怎么搞的呀？我儿子要是造成残疾了你赔得起吗？你还我儿子的腿啊……何敏敏不出声，任凭余妈妈拉扯得疼痛也不反抗，只是一个劲地流眼泪低声地说：对不起，对不起……杜海冰和班主任拉开了余妈妈，班主任老师知道何敏敏的家庭情况，他也不想看到现在的局面，可是事情已经造成，他不得不告诉何敏敏需要让何敏敏的爷爷到医院来和余家把情况说清楚。何敏敏第一次被老师叫家长，而她的家长又是已经年近七旬的爷爷奶奶，她怎么忍心呢。这两个一生都没有生育过子女的老人，在 15 年前把何敏敏捡回来的时候就一直把她当

暖雪落尽处，相会且无声

作宝贝抚养着，省吃俭用地靠退休金来供何敏敏上学，而现在因为何敏敏的失误让同学受伤了，爷爷奶奶怎么受得了打击，再加上要负担医药费岂不是让两个老人负担更重了吗？何敏敏很无奈，夏丽也很心疼何敏敏。何敏敏只是害怕，一直在哭。杜海冰看着这个有些胖的女孩，他低头看见何敏敏脚上那双已经穿得很旧有些裂缝的布鞋，他仿佛知道了这个女孩的家庭或许不富裕，心里面开始滋生了不少的怜悯。他走到余皓父母的面前说：叔叔阿姨，现在事情已经发生了，这个女同学也不是故意让余皓受伤的，你们也不要太怪她了，先等看看医生的诊疗情况吧！杜海冰话音刚落，余妈妈又暴跳如雷地骂起来：不怪她怪谁呢？我这么大的一个儿子要是腿就这样残疾了，以后他怎么生活啊？他的下半生就完了，谁负担得起呢？你赔我儿子啊！然后余妈妈又哭又闹起来，余爸爸赶紧在一旁拉住余妈妈。班主任老师见这样的情景也不是办法，便叫夏丽赶快领着何敏敏回家去了。

在路上，夏丽也不知道说什么好，只是看着身边一直在哭泣的何敏敏。她也知道今天的事情意味着什么，对于何敏敏特殊的家庭来讲，真的是个巨大的灾难。

15岁那年的冬天，冷得让何敏敏记忆深刻。她人生的第一个灾难，说重不重地落在了她的身上。她知道自己是爷爷奶奶捡来的小孩，可是命运又一次刁难了她。没有父母，她可以坚强得像棵小草活着，因为有爷爷奶奶这片温暖的大地在抚养她长大，她依赖他们，爱他们，珍惜他们给的一切，所以从小到大都认真学习，不会让爷爷奶奶担心。已经上高一的她仍然每天都穿着校服上课，许多女生有的漂亮衣服鞋子她都没有，但是没有关系，她相信长大了，她可以靠自己获得这些，可是眼前渺小的自己，怎么解决这个大的麻烦呢？上天，你是在做什么？为什么让一支笔给何敏敏带来厄运！她反复地在问这个问题！快到家的时候，夏丽告诉何敏敏，要不把这件事情告诉自己的爸爸妈妈，让他们来帮助，可是何敏敏打消了夏丽的这个念头，她说无论如何都不能让家长知道这件事情，她想先想好之后，再自己解决。夏丽也只好无奈地离开了。

谁都不能预料，这样的事情会让何敏敏从此与余皓有说不完的故事。

那天回到家以后，何敏敏还是照常吃饭写作业，爷爷奶奶仍然没有感觉到孙女不一样的地方。可是何敏敏失眠了，晚上一个人躲在被子里哭泣，她担心着这件事情，医药费，同学的伤，种种……一夜没有睡！

第二天上学，何敏敏早早地来到学校，有同学认出了这个"昨日之星"。仍然不低调地开始讨论这件事情。何敏敏听到"肥妞害人"、"故意伤人"之类的话，心里面也有说不出的难受，可是她需要冷静，她想把昨晚想了一晚上的话先跟班主任讲。她早早地守在了办公室门口。

　　班主任看到何敏敏站在门口，然后让她进去想问一下何敏敏的爷爷怎么没有一起来学校。何敏敏冷静了几秒钟，终于开口说话了。她说：老师，我不能让爷爷奶奶知道这件事情，可是医药费是不能不负责的，我知道余皓家就住我们家对面的富人新区的别墅，他们家也经常请保姆到家里面打扫，我愿意以后放学的时候每天去帮他们家打扫卫生，直到他们家的怨恨消除为止！班主任听到这句话的时候，心里面不由得感叹又心酸，如此家庭的孩子真是让他爱莫能助啊！但是让一个15岁的孩子去做这些事情，真的有些不忍心！他决定再和余皓的父母谈这件事情。

　　何敏敏回到教室继续上课，教室的气氛好像变了，平时品学兼优的她被班上的花痴女生公认为：扫把星！因为她害的是学校的重要人物，所以同学们对她的看法一下子改变了。张子超倒是在一旁幸灾乐祸，他觉得，余皓的腿要是真的残了，那么以后学校就是张子乔和他的天下了，还怕什么呢？呵呵！

　　下午放学，杜海冰等在何敏敏的教室外面，引来了不少女生的目光。夏丽不敢相信自己暗恋的学长居然出现在这里。夏丽故作矜持地走到教室外客气又做作地问：学长，你来找我有什么事情吗？杜海冰看了看教室里面的何敏敏，然后示意夏丽叫何敏敏出来。夏丽只是觉得有些意外，不过还是相信可能是因为昨天的事情所以杜海冰才来找何敏敏的，也没有说什么，便叫了何敏敏出来。

　　何敏敏认出了杜海冰，并不是因为他长得帅，而是因为这个男生昨天在余家父母面前为她说了一句话，她记忆深刻，想再怎么说得说一句谢谢。她走到教室外面，认真地说了一声："谢谢学长。"杜海冰说："一起回家吧，谈谈昨天的事情。"夏丽心里面有些嫉妒，杜海冰居然邀请何敏敏一起回家，但是又欣喜自己和何敏敏是一条路的，岂不是可以和杜海冰一起回家了。正准备跟上去的时候，杜海冰转过身来说，夏丽，我有话单独和她说，你就先自己回家吧！夏丽瞬间觉得脸上火辣辣的，心里面不是滋味，但还是装出一副很懂礼貌的样子说：好的，那我先走啦！

　　路上，何敏敏一直低着头不知道说什么。杜海冰开始发话了。

　　你叫何敏敏？

　　是的。何敏敏这才意识到身边这个人可能是余皓的好朋友，心里有些紧张。

暖雪落尽处，相会且无声

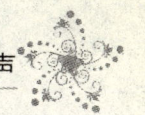

昨天我一直留在最后等着余皓醒过来，他的脚踝上面的骨头裂了，可能需要一段时间才能治愈，但是不至于残疾。

真的吗？何敏敏终于听到余皓不会残疾的消息，心里面仿佛看到了一大道阳光进来了一样，谢天谢地！没有让同学落下残疾啊！可是她脑海里面突然闪过一个念头，需要一段时间才能治愈，医药费怎么办呢？她的眉头又开始紧锁。

杜海冰看到这个女孩脸上的表情，猜到了她在想什么，因为在这之前他问过何敏敏的班主任她家里面的情况。果然被他昨天就猜中了，何敏敏家里不是很富裕，她可怜的身世，对于单亲家庭的杜海冰来说，也更能理解没有爸妈完整的爱的孩子生活中需要什么，何况这个女孩连自己的父母都没有见过。杜海冰问："听你的班主任说，你想用每天放学的时间去余皓家做工来弥补医药费？"

何敏敏抬起头看着眼前这张好看的脸，她不敢相信这个人会问自己的事情，她瞬间觉得很意外，但还是觉得没什么，既然敢想，就得去实现自己的承诺。她坚定地说："是的"。

杜海冰觉得很意外，他没想到这个女生的内心世界会如此强大，竟然小小年纪就有这样成熟的心境。为了不让爷爷奶奶担心，她居然可以做出这样的决定，可是他深知余家虽然富裕，但余妈妈却不是一个好对付的角色，她可能不会轻易同意何敏敏的做法，所以决定陪何敏敏去一趟余家。杜海冰为什么会对一个素不相识的人如此关怀，他不知道，也许是因为他同情没有爸爸妈妈在身边的孩子吧！杜海冰看了看这个女孩，认真地说：

走，我们去一趟医院，把这个事情跟余皓的妈妈商量一下，怎么样？

何敏敏认真地点了点头，然后跟着杜海冰去了医院。

在他们不远处，夏丽躲在一个角落里看着这两个人的背影。虽然她不知道他们在讨论什么，但总觉得走在杜海冰身边的人是她该有多好。

醉墨倾城

遗落在时光里的爱

■ 未绪

一

初识柔静，是在学校的时候，她是转学生，甜美的笑容自我介绍说："我叫柔静。"简单四个字，我却记住了"柔静"。而陌生的环境，使她唯唯诺诺地不再说话，抬头望向她时，她一身碎花小裙子，将她的娇小可爱完美展现。这是我记忆里常浮现的。

扳指数过，已经4年不曾见过她。我心中会常常想起和柔静在一起的时光，不曾寂寞，不曾彷徨。我曾以为这就是我所要的天长地久，但物是人非时，那些已经是过往了。

"辛寞，走，我请你去喝酒。现在还单身一人，是不是等柔静回来啊？都这么多年了，干吗要吊死在一棵树上。"吴昊真为兄弟感到不值，本来好好的一对，如今……林资豪赶紧附和道："是啊，辛寞，别说兄弟们不挺你，这样的女人真的不值得。"

看着身边两个兄弟，发自内心的一种温暖，我知道他们是为了我好。"不去，你们去潇洒吧，小心潇洒得让你俩的女朋友知道了，让你们有得受的。"一种贼笑让他俩心里发毛。

"辛寞，这就是你的不对了，兄弟还不是怕你寂寞啊。"吴昊摇摇头，手搭在林资豪的肩上，转头对他说道："资豪，你说是不是？"

"是啊，走了，他不去是他的损失，让他一个人寂寞空虚吧。"资豪甩下吴昊搭在他肩上的手，自己带头就走了，吴昊紧追其后，不忘了回头说："辛寞，要真寂寞了，记得打电话，兄弟随时陪你出来喝酒，给你介绍女朋友。"

"好了，你们去吧。"望着他俩的背影，我并不觉得寂寞，他俩豪爽的性格，让我越发觉得有他俩兄弟我不觉得一个人有什么不好。就算寂寞了，烦躁了，有兄弟们，一杯酒、一句话，什么忧愁都解了。

的确，柔静是我心里一道明媚的伤。4年里，虽未见过她，可仿佛她就在我身边，即使离去了，可我们有电话、有QQ联系。登录QQ，发现她在线，消息框闪动，一看是静发过来的。"在吗？为什么有些人就这么过分，现实真的太残酷了，呵呵，现在才发现我也太可笑了。"那头的柔静应该很难过，不然她也不会这样。

"在，发生什么事了？"我并不会安慰人，只能陪着那头的她一起难过，担心着她。静很快地回复过来："没，一些感慨而已，觉得这世界一点都不公平。"

柔静就是这样，从来都不说她藏得紧的秘密，即使难过了、伤心了，仍然一副无所谓的样子，可往往她的表情就说明了一切。可惜，现在看不到，也无法知道那头的她到底有多难过，我只能敲着键盘："静，有什么事可以说的，如果你把我当朋友。"柔静又自顾坚强，在遇到事，还是很柔弱的。紧接着我又发过去一条，道："没有迈不过去的坎，只要坚定了，或许会守得云开见月明。"

"没事，真拿你当朋友。我明白，是我想太多了，我有事，下线了。"瞬间静就下线，我还未来得及和她说再见。她到如今仍然不懂的是即使她不在我身边，也能随时牵动我的心情。4年时间里，即使在分手后那刻，我们没有芥蒂、没有尴尬，仍然关心着彼此。有时好笑道："这样的关系到底算什么？"于是，脑海里常常浮现出一句话："分手后不可以做朋友，因为彼此伤害过。不可以做敌人，因为彼此深爱过。"

二

就这样，每日都会和柔静聊聊，即使是简单几句问候。我们仿佛是多年来默契的知己，从不提以前的事，我们心里都明白那是道伤痕，已结疤，无须再去触摸。

后来的一阵子，吴昊和林资豪做的事情，即使让我觉得愤怒，也能感受到他们对我那种无法言明的兄弟情。而对于往事，只能当作回忆里的一道美丽风景。

"辛寞，赶紧出来，有事，老地方见啊。"晚上吴昊发来信息，以为他有什么事，赶忙就出门了。来到包厢里，发现吴昊和资豪好好地坐着，赶忙问道："吴昊，这么急，出什么事了？"

吴昊看着满头大汗的我，说道："兄弟，没事，就是叫你出来喝喝酒，怕你一个人在家闷坏了。"林资豪在一旁哑然失笑。我立刻瞪着他俩，好家伙，有这么耍兄弟的吗？

吴昊赶紧说道："兄弟，别这样，你没看见这么多美女在吗？真是……"转头发现，的确，还有其他人，太着急没发现。拉着吴昊小声说道："你和资豪在搞什么鬼？"吴昊好笑道："能有什么事啊，叫你出来玩玩呗。"

我知道吴昊肯定有什么事瞒着我，吴昊看我满脸狐疑地看着他，又说道："兄弟，别说我不够义气，今天我女朋友和资豪女朋友可把她们的姐妹都带来了，让你们相互认识认识，要是有火花了就谈了呗，别还单身一个，不知道的人还以为你有什么病呢。"

"去你的，就知道你小子没安好心，下次再开这种玩笑，你就真不够义气了。"看着兄弟们为我好，我心里一万分的感激，可是感情这种事，并不是相遇了就能有火花，现在已不是年少轻狂的时候。现在的自己，或许更多了一份成熟和顺其自然的心态。"走了，你和资豪的好意我心领了。"转而对大家说道："你们慢慢玩，我有事先走了。"她们莫名其妙地看着没来一会儿又要走的我。不等吴昊说话，我赶紧拉开门就溜了。

资豪追了出来，喊道："兄弟，等一下。"我停下脚步，转过头。资豪黯然说道："兄弟，你真不打算再找一个？非要等柔静回来？你们分手那么久了，4年时间里，她都谈了好几个，你却一直等着她，她根本就一直辜负你的心意，一直拿你的好当理所当然。"

"资豪，并不是说等她回来，而是我现在真的不想想这种事情。我并不是有钱人家，我也需要奋斗才能给我爱的人幸福。你赶紧进去吧，帮我跟他们说声抱歉。"拍着资豪的肩膀，资豪一副很无奈的表情，无可奈何地说道："好了，那我进去，反正你自己明白自己在做什么就好。"资豪转身走了进去。

夜晚的街景很美，看着来来往往的情侣，幸福的笑容声让人羡慕。我想起曾经柔静跟我说过，她很羡慕那些白发老爷爷牵着老奶奶过马路，那种幸福笑容让人真的相信执子之手，与子偕老。然后天真地闪着眼睛对我说道："我们也要这样，浪漫地慢慢和你一起变老。"但我们都未想到，如今的我们已不是当初，也回不到当初。我不禁问我自己，真的是在等柔静吗？只是渐渐地，让我更加清晰地知道，或许，我只是在等那个远在他方、还未出现在我世界的人。

三

刚刚上线，柔静就发消息过来，"辛寞，生日快到了，你想要什么礼物？"

是啊,我的生日快到了,好像没什么想要的。只是,岁月又偷偷地溜走了一年,回复到:"嗯,没有。"

似乎柔静觉得很奇怪,很快回复道:"怎么会没有?"我也不知道该怎么回复,紧接柔静又发了一条,说道:"没有没关系,反正,到时候给你个惊喜。"看着柔静还是和小孩子一样,什么惊喜?貌似在一起的时候,柔静没有和我一起过过生日。那是快过生日前夕,我们便分手了。

包厢里,个个都拿出他们麦霸的本事,唱着一首一首动听的歌曲。吴昊看着我一个人坐在旁边,拿着酒给我,举起酒杯说道:"兄弟,漂亮的话我不会说,反正,开心就好,兄弟一直都在。"资豪过来也举起酒杯说道:"是,兄弟情一辈子。"接过酒,碰杯一口干了,笑着说道:"兄弟,有你们,是我上辈子修来的福。"

吴昊招呼大家说:"大家静一下,今天是我兄弟辛寞的生日,首先生日歌唱起,大家一起说声,生日快乐,然后我们一起送份惊喜给辛寞,大家说好不好?"大家都欢呼雀跃地说好,资豪点了一首生日快乐歌,在生日蛋糕上插着蜡烛,点亮着。"祝你生日快乐,祝你生日快乐……"生日歌唱起,大家都齐声说道生日快乐,我很感激地说着谢谢。我并不是个矫情的人,但是,看着兄弟们为我做的一切,我真的很感动。资豪推着我让我许愿吹蜡烛,我闭着眼许完愿吹灭蜡烛,等抬头时,却发现柔静站在我面前。

空气像瞬间凝固了,只听得到呼吸的气息声。柔静展开双手拥抱着我说道:"辛寞,生日快乐。"柔静松开了我,似乎感觉到了我的僵硬,又对我说道:"辛寞,我们重新开始好不好?"我不知道该怎么形容这种感觉,是该高兴她回来了跟我说我们能重新开始,还是这一切究竟是不是我想要的?

柔静看着我不说话,呆愣着,转而望向他们,吴昊望向柔静示意自己也不知道。然后大家附和道:"在一起,在一起……"一声接着一声地将我拉回到现实,我抬头对柔静说道:"对不起,我们已经不可能了。"柔静以为自己听错了,一直看着我,大家识趣地都退了出去,吴昊和资豪拍了拍我的肩膀也跟着出去了,只剩下我和柔静两个人面对面。

"为什么,辛寞,我相信你还是爱着我的。这些年,就算我们没有见面,你仍然还是和以前一样关心着我,让我感到温暖,我知道你一直都在,就像我也从来都没有走开,我把你一直都放在我心里。"柔静似乎有些激动,还未等我说,她又接着说:"当初,我们爱得那么深,能相爱成一对并不那么容易。你是不是还为了当初毕业我选择去外地工作而与你分手生气?你知道的,我家里环境本来不好,还有一个弟弟,我需要努力,需要对家里承担起

责任。辛寞，是我不好，可是，我们还有机会的，对不对？"

　　说实话，当时我真的很生气，为什么她选择了工作而把我们的感情弃之不顾。后来，我知道柔静的苦，也明白她为什么会这么做，也正因为她有这份责任，这种承担，从而明白自己为什么当初那么喜欢她。

　　看着柔静很伤心地落着泪，或者她更多是内疚，我柔声地说道："柔静，我们能像老朋友那样，谈着对未来的憧憬，倾诉着人生的烦恼，但那只能是朋友。我们曾经在一起过，我做不到成为敌人，却也不能在你难过的时候对你视而不见。当初的已是过往，既然选择，我们就要择而不悔。你终究会找到属于你自己的幸福的。"擦拭着柔静的眼泪，看着我当初爱得那么深的女孩，我心里还是有触动的，只是我知道她已经不属于我了。我又接着说："柔静，在你离开的4年里，时间一天天地在治愈我。或许，我寂寞过，懊恼过你当初的离开，可是，慢慢地我知道了，一个人也并没有什么不好，总有一天，上帝会把能和我们相濡以沫的人送到我们各自的身边。即使现在寂寞，总有那么一天，有一个人等着我们一起慢慢变老。"

　　柔静再一次拥抱着我，吸了口气，松开了我，微笑地说道："寞，你变了，变得成熟了，谢谢你让我不再抱有希望，只是，我会把你放在我心底，忘不掉也抹不掉。"望着柔静，我们相视而笑。我想她还是我当初认识的那个柔静，温柔、阳光、伶俐。记得，她曾对我说过，不是我的，强求也强求不来，相反，是我的怎么跑也跑不掉。

四

　　事后，我想吴昊和资豪知道为什么柔静会出现在我的生日会上，于是，便叫他们出来。两个人慌慌忙忙来了，还未坐下，吴昊就开口道："辛寞，怎么回事？最后你们……"紧接着资豪又说道："兄弟，我不知道你为什么会拒绝柔静，但，这次柔静回来是专程和你和好的，哪知道会出这一出。上次给你介绍女朋友你又不要，4年了，我们以为你一直都没有忘记柔静，后来，柔静说她和你分手后虽然谈了几个，但是很短暂地就分手了，因为她心里放不下你。于是，我就和吴昊想着让柔静在你生日那天给你个惊喜，让你们能和好。以前好好的一对，金童玉女，羡煞人也。如今，都心系对方，为什么就不肯踏出一步呢？"

　　"对，我以前是很喜欢柔静，可是，4年来我未谈一个朋友，并非为了柔静，而是，我还未找到。"本来很愤怒他们这么做，转念想想，他们也是为了我好，毕竟，在他们眼里，我曾经的确很爱很爱柔静。

　　吴昊本来准备说什么，我打断他又说道："我虽然和柔静还有联系，但那只是朋友，我和她不可能会有什么重来。"吴昊等我说完又问道："那后来你和柔静怎么说的？"资豪没再说什么。

　　"和她说清楚了，而她自己也明白，并不是放不下我，或许，对我更多的是内疚吧。"抚摸着额头，这几天发生太多始料未及的事了，真的有够乱的。吴昊拍了拍我肩膀说道："说清楚了也好，那柔静走了吗？"

　　"没，她说玩几天再走，我答应了她这几天陪她到处看看，她还说把你们叫出来聚聚。"是啊，这样也好，有些东西原本就是牵挂的，而不是非要拥有着的。吴昊和资豪很爽快地答应了。

　　这几天里，我和吴昊他们带着柔静出去玩，陪着柔静逛遍大街小巷，吃着美食，走过已经改变的风景路线，也走过我们曾走过无数次的街景，有一种似曾相识的感觉，但，我们都知道那已经远去，谁都不肯再提起。

　　很多时候，我们以为自己深深爱着一个人，后来，我们才知道那不是，那只是对自己说谎。

五

　　如今，一个人，一座城，属于一个人的地方，沉寂在已荒凉的记忆中，弥足深陷。

　　我不知道，那个她何时才会来到我身边，对于已逝去的风景，时光会一点点地将已荒凉的记忆抽离出来。不会忘记彼刻的人，而是，偶尔想起的时候，心中不再会有波澜。

　　一个星期后，柔静走了，我没有去送她。我们依旧如往常一样，简单的问候，或者不开心了，互相安慰，多少会有些慰藉，只是，不再频繁。

　　记得柔静走之前，问过我，为什么没有再谈一个女朋友？我告诉她，上天自有安排。

　　我很庆幸我遇到了柔静。在有她的时光里，我懂得了如何爱，也一直相信会有执子之手，与子偕老。在一个人的时光里，不再想你的姿态，窝在一个人的空间里，看见了自由的色彩。

　　三个月后，柔静告诉我她已经找到了属于她的幸福，我祝福着她。

　　在未来的时光里，我在等一个人。一切，随遇而安。

抬头，无星无月

■ 疯子 ×

一

夜里无星无月，邂逅却依然美丽。

校园外 220 公交站台，今夜弥漫着睡梦里丁香的芬芳，灵儿的长发，在忧伤昏黄的路灯光中晚风轻抚，穿过马路的花栏，她盈盈走来。有一刻，也许她的目光，如水流过我脸庞，俊秀而犹豫的脸庞。

这么晚拉着行李箱的灵儿，像一只负重夜行的小猫。我的犹豫令我失去了搭讪的机会，没想到在我的大一生活即将画上句点的时刻，会有这么美好的停顿。

我和灵儿同在 220 公交车上，直到下车，互相没有说过一句话。暑假回家的人很多，晚上候车的却寥寥无几，在八一广场转公交的时候，由于距离火车站不远，为了打发长漫漫的候车时间，我选择了步行。

因为只知道大概的路径，所以我在下一站停下来，去站台的路牌上确认方向，却在我回过身的那一刻，灵儿突然出现在我的身后，我乍见到她，颇为惊喜，便冲她点了点头，但她显然没把我当一回事儿。

我继续拖着行李箱前行，刚走没几步，听见一个声音从身后传来："喂，请问你是去火车站吗？"我转身对她笑了笑，点头说："跟我来吧。"

灵儿走在我旁边，我偷眼瞧她，这个身着蓝色衣裙的女孩似乎俏脸微红，我想我有义务打破沉默，便问："原来你也去火车站，女孩子走夜路不害怕吗，怎么不叫朋友送送？"

她笑得很腼腆，说："都快 11 点了，这么晚她们出来了就回不去寝室了。"

我随口问她坐火车去哪儿，她说上海，我心道真巧，便告诉她我也去上海，上海南站下车。她惊喜地说道："真的吗？我也是。"

我们一人一个行李箱在空旷的街市上划出"哗哗"的声响。断断续续的交谈下，我得知她叫许灵儿，家住江西宜春，父母在上海工作，她说她上大二,我说:"那我得叫你学姐。"

灵儿摇摇手道:"什么学姐不学姐的,去火车站都还要你带路呢。"

这时我俩已聊得比较熟络了,她说:"其实在八一广场下车的时候,我就跟着你了,我看你一下车就毫不犹豫地朝这边走,猜到你要去火车站,所以就一路跟着你。"

我这才知道,原来她根本不认得路,只因为在学校外公交车站见过我,又看我拉着行李箱,便把我当成了她的指南针。我笑说:"如果我是个坏人,你可就惨了。"

她举起右手的小拳头,说:"不怕你,我会女子防狼术的。"说完她自己先笑弯了腰。

这是一个闷热的夜晚,我背上的汗水慢慢浸透了黄色的T恤,她不时递给我擦汗的纸巾。我感觉到她总能在细微的地方,表达她的关心。将到火车站时,我接了个父亲的电话,一不留神行李箱险些掉在马路上,我扶住行李的时候,她也把手搭在了箱子上,关切地问道:"没事吧,别摔了里面的东西。"这种柔弱中夹带的温暖让我记忆深刻,这一路就像是散步一样令人享受。

三

火车站高高在上,似乎洞察眼底下的一切。我们到站时离发车仍有两个钟点,我厌恶候车室里浑浊的空气,提议先在站外找个地方坐一会儿。于是我们在人群中觅了一处还算干净的空地,铺了报纸,席地而坐,聊当下的大学生活,聊过往的人生经历,发现竟有不少重合的地方。

她说高中时有个男孩子追求她,她为了学业拒绝了,后来两人异地而处,渐渐失去了联系。我也对她谈起高中时那个让我刻骨铭心的女孩,在我情窦初开的年纪突然走进我的心里,我自嘲地道:"不带走一片云彩,她又轻轻地走了出去。"

她忽然问:"我还不知道你叫什么名字呢?"

我恍然一拍脑门,说:"对呀,这都给忘了。我叫何璧,学计算机的。"

灵儿狡猾地道:"IT精英啊,那以后我电脑要是出什么问题可就来找你了!"我当然礼貌地谦让几句,同时拍胸脯说:"要是我懂的,肯定义不容辞。"

她调侃我的名字,笑说:"何璧,何必那么谦虚呢?"我喜欢她的笑容,

像这夜里一束百合的清光。我忽觉得我这名字能博她一笑，真是最便宜的事了。

我们都下意识地回避有关未来的话题。在这样静谧的氛围下，未来的不可测度是那么的遥不可及，只说假期想找份零工做做，或者旅旅游。几个小时的闲聊下来，我发现她是个包容性很强的女孩子，便赞她说："你真是宰相肚里能撑船，可是为什么你腰却收得竹子竿那样细。"她啐我一口，又说："我也有讨厌的人啊，好像我们班的某个男生，他说话老是嗲嗲的，尾音拖得比女生都长，比如'拜拜'他就会说'拜拜了哈啊'"她学着那男生的表情把我逗乐了。

我有一句卡在喉咙里的话，临上车仍然没说出口："你为什么没交个男朋友呢？"

我们不在同一个车厢，她是来回都坐卧铺的，而我只配买硬座的票，我猜到她家底殷实，隐隐有了自卑感。

送她上车的时候，我拍拍她肩，故意学着她的口吻说："拜拜了哈啊。"她愕然地看着我，我笑说："这不是你刚教我的吗？"她才会心笑了。

铁皮车厢一路摇晃，明天中午到站。我没告诉她，其实我还要在上海南站转长途汽车去昆山。我是贵州人，因我大舅在昆山有一份不错的工作，所以我想趁这个暑假去他那儿历练一番。

三

这是一座陌生的城市，发达的工业区。第三天我在博悦电脑城找到了电脑销售的工作，假期的目的达到了，可是没有灵儿的身影，我仿佛失去了一切。

所幸我和灵儿都留了彼此的联系方式，一个星期后打开 QQ 聊天，鼠标不由自主地点击到了灵儿的头像，她在线。犹豫好久，我终于发出第一条消息："在吗？"

灵儿："在。"我们互相讲述了这一周对方的变化，得知她也找到了工作，在宠物诊所做前台接待。我说我在昆山卖电脑，离上海有一个小时的车程，她发来一个憨笑的表情，算是答复。这些客套的措辞经不起有心人的搜刮，有那么一会儿，我们彼此无言。

我再次敲下："什么时候有空，我来上海找你玩？"

我细数着聊天窗口的时间，足足过了三分钟，才有她的回音："好啊，这个周四吧，我休息，你想去哪儿？"我心情一下轻松起来，这算是给我机会吗？我回复道："东方明珠吧。"

周四来得好迟，我感觉这些天不像是过日子，而是熬日子。我一大早起来准备停当，拿起电话正要跟她确认一下见面的时间地点，却发现手机上早有一条短信发来："何璧，不好意思，天气太热了，我不想出去了，你和别人去吧。"我的心情一下跌进谷底，不无气愤地将手机摔到床上。我很想说服自己，她确实是怕大太阳晒人，但是内心的声音告诉我，聊天消息只是她礼貌性的回复，只有你这傻子才把它当真。

上海离昆山很近，但我已失去探访它的兴趣。苏州也是昆山的近邻，工作无聊之余，我独自去了苏州园林散心。园林美景固不必说，有意思的是，在游拙政园时，我结识了一个人。

我和两个在园林里认识的同伴一起在盆景区拍照留念，为了照片有更好的效果，我爬上一块大石，用鸟瞰式为两位同伴俯拍，这时恰逢一位身着鹅黄色V领连衣裙的女生从我跟前经过，我无意瞥见她的衣着有一丝暴露，那女生顿时向我投来如见色狼的目光，我忽然愣住，不知如何解释，那女生鄙视地道："爬那么高，当心摔死你。"

我那位留平头的同伴叫关超，替我抱不平道："美女，你就不怕他摔下来压死你？"另一个同伴朱连是个广义上的胖子，闻言也笑说："而且我和关超也会压上去哦！"

两句玩笑话气得黄衣女生说不出话来，与她同行的高个女生摘下墨镜，说："三个男的欺负一小女生，你们知不知道羞耻？"

我不想事情闹大，劝解道："虽然我不是故意的，但是我愿意向你道歉，对不起。"

那高个女生说："什么叫不是故意的，你就是耍流氓，还欺负我们菲菲。"这时已吸引了部分游人的注意，我见关超和朱连舌战之意未减，忙说："好好好，都是我的错，你们大人不计小人过，原谅了我吧。"

黄衣女生拉了拉高个女生说："莲姐，他承认自己是色狼就好了，我们走吧。"

关超觉得我太窝囊，待两个女生走开后，对朱连说："这么没胆的'君子'，咱哥儿俩高攀不起，赶紧闪人。"

莫名其妙地我得罪了两个陌生人，又气走了新同伴，心情难免郁郁，找了个藤蔓搭建的凉亭坐下。正无聊时，黄衣女生菲菲突然出现在我身前，递上一张纸巾："擦擦汗吧，刚才的事我都看见了，对不起啊。"

我问："你是说关超和朱连？他们是我刚进拙政园时结交的，走就走了吧，反正我知道自己不窝囊就行。"

菲菲伸出右手："那我们交个朋友吧。"我伸手与她相握："你那位朋友不是讨厌我吗？"

菲菲说："骆莲她就是性子急了点，你别见怪。我叫薛菲菲，你呢？"我报了名字，互相介绍后，我才知道她是从上海来旅游的，骆莲是她表姐，她还有个表妹叫许灵儿。我惊讶自己在听到这个名字后，心竟然忽地少跳了一拍，我说："你表妹跟我一朋友同名。"她便问我灵儿的一些事，两相印证之下，居然便是同一个人，我那时的心理真是难与外人言道。

这个下午，菲菲和骆莲成了我的游伴，分手时菲菲邀我去上海玩："昆山离上海也不远，你来还可以见到灵儿呢。"我当然心动，但还是客气地说："好啊，有空我一定来麻烦你们。"

四

我止不住对灵儿的思念，回昆山才第三天就拨通了薛菲菲的手机，电话那头薛菲菲说："喂，等你电话等了三天，我还以为你忘了我和表姐呢。"我当然笑说不会，又问："你们什么时候方便陪我逛逛上海滩呀？"回答我的是灵儿的声音："何璧，你对菲菲姐施了什么魔法，她现在整天念叨你的名字。"

好像有一只手扼住了我的喉咙，我吃吃地说："怎……怎么会，灵儿，你也……也在啊？"

灵儿说："表姐正在我家里玩，刚还聊到你呢。"我说："是吗？灵儿，一起出来玩怎么样？"

菲菲的喊声："好，你明天来，我们都有空。"

这是又一次接近灵儿的机会。我向老板请了假，一早坐车去了上海，菲菲来车站接我，说灵儿和骆莲都在人民广场等着。乘地铁去人民广场的路上，我感到菲菲看我的眼神有点奇怪，却又说不上来怪在哪儿。

到了人民广场，灵儿先上前来和我打招呼，她的身后跟着一个黑背心、牛仔裤、刺猬头，看起来酷酷的男生。朋友都说我长得文质彬彬，那和这个男生岂不是两个极端吗？我忽然明白了菲菲眼神里的含义。

灵儿给我俩介绍："他叫铁明涣，去年大学毕业，现在是莲姐的同事。"我刚要自我介绍时，铁明涣一把握住我右手，笑说："何璧你好，久仰大名啊,菲菲天天念叨你,都快把大家的耳朵磨出茧了。"

菲菲羞得脸蛋通红,转移话题道:"咦,莲姐和关超他们呢?"

我心说关超怎么也来了,还没问出口,关超、骆莲已经从街角转出。关超手里捧着几罐汽水,骆莲一手拿着个冰激凌,一手挽住关超胳膊,这一幕只看得我目瞪口呆:"你们这是?"

关超每人发了一罐汽水后,用力在我肩上一拍,哈哈笑道:"何璧,多亏你那天和菲菲拌嘴,我才认识小莲,嘿嘿,她现在是我女朋友了,想不到吧?"难道这就是缘分?我替关超高兴的同时,忍不住偷偷瞥了一眼灵儿,她还是笑得那么好看,可是这笑容却与我无关。

广场四周林立的高楼大厦犹似监狱里的铁栏,封闭和压抑的感觉似乎与生俱来。尤其在灵儿的五指扣住铁明涣左手的一刹那,我感觉像是被人挖空了心脏,突然无力的空虚感遍袭全身,菲菲见我神情不对,问我:"何璧,你怎么了,脸色变得好难看啊?"

我强展欢颜,无所谓地道:"没事,可能有点小感冒,不碍事的。"

骆莲说:"那你还能去东方明珠吗?"我摆摆手,谎称头痛:"你们先去吧,看来我得回去休息会儿。"灵儿拉着铁明涣的手走到我跟前说:"要不我们陪你去医院吧?"

我苦涩地笑了笑说:"我自己能行,你们去吧。"

目送他们进了地铁站后,我在人民广场找了个椅子躺下,正暗自神伤时,菲菲突然跳进我的眼帘:"嗨,我不放心,回来看看你。"又犹豫地说:"是因为灵儿和铁明涣吗?"

我心道自己演技有那么差吗,这就被看出来了。嘴上却说:"为什么是因为他们?"

菲菲的嘴角飘过一丝隐秘的笑,她没有继续这个话题,问我想不想和她一起游上海,我心里还在隐隐作痛,说:"陪我去看场电影吧。"

从电影院出来,我还和刚进去时一样浑浑噩噩,菲菲试图和我聊些电影里的情节,我却什么也对不上来。后来我们在路边摊吃了点东西,我说:"菲菲,谢谢你陪我,我该回昆山了。"菲菲支支吾吾好一会儿,终于点头说:"那……那好吧。"

五

　　回到昆山的这个夜晚，天上无星无月，仿佛初见灵儿的那刻时光。

　　辗转反侧，难以入眠，我索性起床，打开电脑，灵儿的头像是一只手握百合的猫咪，她还在线。我几次将对话窗口弹出又关闭，关闭又弹出，最后终于下定决心要问个清楚明白："灵儿，还没睡啊？东方明珠好玩吗？"

　　不料我还没来得及切入主题，灵儿先来个单刀直入："何璧，你做了什么，惹得菲菲姐哭了一个下午？"我心愕然，灵儿又发来消息："无论是什么原因，你明天务必再来一趟，好好劝劝菲菲姐，好吗？"

　　明日我到菲菲家里的时候，灵儿、骆莲和关超都早已在座，唯独不见了铁明渙，灵儿说他公司有急事待处理。菲菲慵懒地斜卧在沙发上，呈现出颓废的美感。我轻轻坐到她旁边，说："菲菲，听说你哭了，我特地来看看，你还好吧？"

　　菲菲把脸翻向沙发里，对我毫不理睬，我尴尬地迎接大家异样的目光，轻轻咳嗽一下，伸手碰了碰菲菲的肩头："我要是有做得不对的地方，你尽管说，别因为我委屈了你自己。"

　　骆莲哼声道："笨蛋，她喜欢你呀，这都看不出来吗？"菲菲突然从沙发上坐起来说："莲姐，你胡说什么啊？"我彻底傻在当地，竟忘了瞧瞧此时此刻灵儿脸上是什么反应。

　　必须承认我处理突发状况的能力很糟糕，面对菲菲在沙发上看我的眼神，我喉咙里只逼出了一句话："骆莲你乱开什么玩笑，菲菲，我去给你倒杯水吧。"灵儿一手接过杯子，说："我去吧，你好好陪陪菲菲姐。"

　　不知哪儿来的勇气，我当着众人的面，猛地一把攥住灵儿的手，大声说："灵儿，难道你看不出来我一心喜欢着你吗？""啪"的一声，水杯应景地落在地上摔得粉碎，灵儿的脸色变得很慌张，我忽然意识到自己失态，用力微松，灵儿一下挣脱我手，头也不回地跑出屋子去了。

　　我正要追出去，突然有一只手扳过我右肩，又使劲抓住我胸前的衣服，我一看之下，竟是关超，只见他额上青筋突起，冲我怒吼道："王八蛋，有你这样伤人的吗，菲菲得多难受？只顾着自己快活，从没见过像你那么自私的人！"

　　菲菲急忙抢过来推开关超，挡在我身前，说："这是我们之间的事，不要你管。"又对我说："你快去追灵儿吧。"我再三犹豫之下，终于追了出去，刚好见到灵儿坐上出租车的身影。

我已追不上灵儿的脚步，也没脸再回屋里去，于是我就这样回了昆山。

这一晚心痛欲裂，我把头埋进冰箱里，呼吸着冰冷的空气，一丝凉意顺喉而下，直入心肺。然而，此举于我心里的痛苦一无所用。我带上房门，独自走在空旷的街市上，除了路边的霓虹灯光闪闪烁烁，夜空里依然无星无月。

第二天下班回来，我收到一封电子邮件，菲菲在信上说，她早知道我喜欢灵儿，叫我不必因此感到内疚，又说灵儿是个安全感很缺乏的女孩，她还鼓励我勇敢一点，希望我能保护灵儿，诸如此类的话。

读信罢，我曾几度想象怎样对灵儿展开爱情攻势，可我一想到铁明涣的存在，便不由心生犹豫。鼠标再碰到那个手握百合的猫咪头像，我仿佛触电似的赶紧移开。时间在这样一次次犹豫中蹉跎，我没再联系过灵儿，也没再联系菲菲和骆莲，只有关超还偶尔会在网上和我互相调侃两句。

六

新学期即将开始，预订火车票的时候，我又想起了灵儿，她是否还会和我一趟火车返校呢？我忍不住拨通了关超的电话，好一番旁敲侧击，才终于从关超那儿套话成功。于是我订了和灵儿同一班的火车，还是在晚上出发。

这恐怕是我有史以来到候车室最早的一次，不是因为怕错过火车，而是为了等灵儿。不期而遇岂非不是最好的借口吗？

灵儿还是拉着那只行李箱，却把披散的长发扎成了马尾，发饰是一只大红星星的形状，似乎有意要和这无星无月的夜空较一较劲。待灵儿走近，我立即大步迎上前去，接过她手里的行李，一边笑说："这么巧，没想到你也是这趟火车。"

灵儿也笑了笑，扎着马尾的她笑起来尤显得俏皮可爱："也不算巧吧，我知道你会乘这趟火车的。"我条件反射地问："你怎么知道？"灵儿说关超告诉骆莲，然后骆莲又转述给她的。谎言被揭穿，我当时真有钻进地缝里的冲动。

我俩也算是久别重逢，抛开那层透明的心事不谈，还是有许多值得一聊的趣事。比如，她说有一天她们店里来了个中年妇女，怀里抱着三只可爱的小猫，灵儿问她三只小猫都生病了吗？那女人说有一只好像感冒了，另外两只怕传染，带它们来做全身体检。

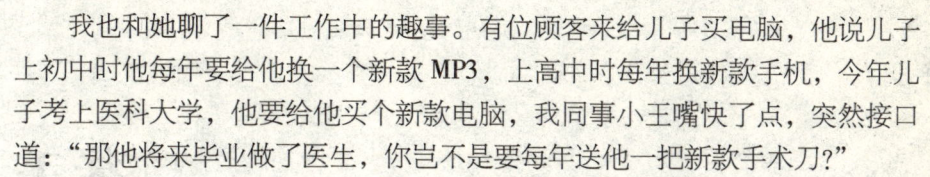

我也和她聊了一件工作中的趣事。有位顾客来给儿子买电脑，他说儿子上初中时他每年要给他换一个新款 MP3，上高中时每年换新款手机，今年儿子考上医科大学，他要给他买个新款电脑，我同事小王嘴快了点，突然接口道："那他将来毕业做了医生，你岂不是要每年送他一把新款手术刀？"

灵儿听完，乐呵呵地道："你这个故事比我的有意思多了。"

我说："只要你愿意听，我每天都会为你讲不同的笑话。"灵儿故意装作没有听懂我的言外之意。

又是上火车的时候了，硬座和卧铺好像把我和她分隔到鸿沟的两岸，许多没有问出口的话不时在车厢里盘旋来去。

"铁明涣没有来送你吗？"

"你们在一起多久了？"

"我还有机会追求你吗……"

我甚至有些怀疑，铁明涣是不是她找来拒绝我的借口。

次日清晨火车到站，我本想和她一起坐公交回学校，却接连拨了两次，她手机都了无回音，我猜到这是关系结束的预警信号。我们从公交相识，也由公交结束。

是夜，我和室友在校园里闲逛时，在湖边无意间看见了灵儿熟悉的身影，我犹豫要不要过去打声招呼，最后我选择了发短信：灵儿，在做什么呢？

回复只有三个字：算了吧。

我深吸一口气，抬头仰望夜空，天上无星无月。

徒手

■ 风为裳

1. 心里有个堰塞湖，那口还是不要决堤的好

每两周，蒋珂然会坐地铁穿过整个城市，再走一段山路，去看母亲。

杨以安主动要求陪蒋珂然去，他的理由是珂然手里的水果食物袋太沉了，他可以当搬运工。

蒋珂然轻轻一笑，像开了一朵栀子花，清淡却又拒人千里之外。她说：谢谢。杨以安便把伸出去的手收了回来，迈出去的脚和绽放的笑脸也随之收了回来。

再一次，仍旧是自告奋勇，仍旧被拒绝，相同的戏码，相同的结果。

俞可看不惯，杨以安好歹也是一个小开，公司里的女孩们眼绿着呢。俞可跟杨以安熟络得称兄道弟，她说：你们男人啊，就是不玩刀枪单玩剑。拿热脸贴人家的冷屁股，就那么滋润？

杨以安呵呵笑两声，他说：她心里有个堰塞湖，不相干的人进去，扑腾一声就沉底了。杨以安是想做涓涓细流的，流到她的心里。

俞可便也跟着叹气。男女这事还真是这样，你跑，他追。你追，他跑。

蒋珂然也并非全然拒绝杨以安，比如邀她吃个饭，她还是会去的。两个人在小小的卡座里，头抵头吃一点东西，平添了一点亲密。聊的话也是有限，不过是电视上、网络上看来的东西。公司里的是是非非蒋珂然是不说的。

有一次，杨以安说到自己家，说到父母，他说，我13岁时，我父亲走掉的。那几年，几乎每隔一段时间都有人来家里要账，我妈哭着给人家跪下，让他们可怜可怜我们孤儿寡母。还好，我妈是个有志气的女人，从一台缝纫机把事业做到现在……我特别恨我爸，我宁愿他在，我们一起过苦日子……

珂然笑了，夹了铁板蛏子给杨以安，她说：有个可以恨的人也是幸福。他或者也是不得已。

杨以安挑了眉，鼓起勇气说：珂然，你让我照顾你吧！

手心里不是没有汗的。

珂然的脸抹出一缕笑，继续吃铁板蛏子：没想到这个这么好吃。话题岔开去，再没转回来。

杨以安的心里似舒了一口气，又像是叹了一口气。

车子开到路口被红灯拦住，珂然说：心里有个堰塞湖，那口还是不要决堤的好。

绿灯亮了，杨以安的车子疯了一样开出去。

2. 证明感情总是善良，残忍的是人会成长

这是个什么世界呢？谁有耐心等谁三年五载呢！痴心男儿非你不娶的人只存活在偶像剧里，所以，当老妈一再对俞可表现出极大的好感时，杨以安投降了。俞可真的没什么不好，至少跟杨以安门当户对，有了钱的老妈极在意这个。

牵着俞可的手进进出出，也并没有觉得有多么地过不去。只是，偶尔见到蒋珂然，会愣一会儿神，如此而已。只是，再不能约她出去吃顿饭，如此而已。

称兄道弟时，俞可是敞亮的，说话直来直去。做了女友，心便缩水成了蜗居，能容下谁呢？蒋珂然成了眼中钉、肉中刺，表面上好好的，暗地里仗着准老板娘的身份欺人也是肯定有的。

杨以安可以想到，但是，心里有意无意地没有去管。然后有一天，他突然想到好像好些天没见到蒋珂然了，问了去，人家说：辞职了，走了快10天了。

那天杨以安跟俞可发了脾气，当然不是为蒋珂然，而是为不相干的小事。俞可瞪圆了眼睛，不知深浅地说：我知道你为什么找我碴儿，不就是她走了吗？不走留在这干吗？睡着一个，看着一个？

杨以安的巴掌带着风呼啸着落到俞可的脸上。俞可的咒骂声与拳头一起袭击了杨以安。杨以安觉得自己世界的某一个角塌了下去，他听到自己清晰地说：别闹，再闹，咱俩就分手。

俞可住了手，哭声却撕云裂帛地响起。杨以安抓起钥匙冲出去。

车子在路上漫无目的地开着。开出城，路上空旷起来，前面有辆公车慢悠悠地开着。到某一处，停下，吐出几个人，继续向前。

杨以安把车子开近，那几个被公车吐到路上的人里，竟然有一个是蒋珂然。

摇下车窗，蒋珂然也愣了一下。他问：今天是周末吗？

蒋珂然笑了：对我来说，现在天天是周末。

到了山脚，杨以安把车停下，然后接过蒋珂然手里的东西，难得的是她竟然没拒绝。

石路很窄，长了青苔也有些滑。有些地方，杨以安便回头拉蒋珂然一下。她问：你们还好吧？

谁们？杨以安明知故问。他想：女人都是这样的，没有别人，她便端着。有了别人，她肯定是后悔了。

蒋珂然便不再说。倒是杨以安停了下来，他说：珂然，你心里有别人吗？

她没有回答，快步走上去，很大的庭院上赫然写着某某地精神病院的字样。

3. 忘了天很透明，忘了风很无情

下山时，蒋珂然情绪低落。杨以安拉她的手让她小心些，她下了台阶，手却没松开。

送蒋珂然回去的路并不好走。蒋珂然家还住在老城区，到处画着硕大的"拆"字。蒋珂然家的房子在一片看起来一脚能踹倒的房子中间。

到门口，有探头探脑的孩子跑过来看车。蒋珂然说：还早，进来坐会吧！

屋子里倒很干净整洁，甚至有着某种好闻的味道，是淡淡的甜味。珂然端上来一杯桂花茶，那淡淡的香味便是那茶的味道。茶里调了蜂蜜，杨以安喝了一口，很是清口。

他冲珂然笑了一下，珂然说：在这吃晚饭吧，我包两碗馄饨，很快就好。

她在小房间里忙了起来。杨以安闲着无事，四处看看。竟然看到一张桌子的玻璃板下压着好几张他和她的照片，有的是大合影里剪下来的，有的是用手机拍了洗出来的，不是很清楚。

他的心颤了一下，走到她后面，抱住她的腰，脸贴到她的背上：喜欢我为什么对我那样？

她转过身来，唇热辣辣地贴上来。

窗外夕阳醉意沉沉地落下去，整个房间有种奇异的光亮。是亮的，却又是昏暗的。两个人都做了开拓者。浓稠的爱与情欲难分难解。

杨以安胡乱地说着：狠心的丫头，你知道我喜欢你！

他吻到她的眼泪，楚楚动人也楚楚可怜的眼泪！她是灰姑娘，而自己是王子，她悄悄地暗恋着他，却又不敢表达……

这种思想让他男性荷尔蒙激增，征服是最有快感的，比爱更有快感。

他心满意足地躺在她的身边，他问：你爱我吗？是问句，却语气肯定。

珂然把身体紧紧地靠在他身旁，说：爱，别离开我。杨以安自己倒是一惊：自己跟俞可已经定了结婚的日子，就在一周后。如果不是吵了架出来，如果不是从前悄悄跟随着珂然走了无数次这条路，如果不是遇到她……

他用什么来对她负责呢？金钱吗？他不甘愿。

她说：以安，我不是不爱你。只是，除了一个有精神病的妈，我两手空空。我从前有个幸福的家，我跟爸妈每到中秋都会采桂花，做桂花糕，晒桂花茶。后来我妈爱上了另一个男人，很疯狂的。死活跟我爸离婚，我爸是个死心眼，一时没想开喝了药……我妈跟了那人，那人是有家的，没出半年，据说是生意失败，逃去了美国！我妈便疯了，她总跟我说：男人都是想娶好女人回家的，没有人愿意娶抛夫弃女的女人……以安，遇到你，喜欢你，我就一直在提醒着自己，要端庄自重。我两手空空，只有让你爱上这唯一的机会。果然，你对我好，这很让我手足无措，我以为可以再端端，其实是没自信……我害怕你离开，便不敢开始……直到你跟了俞可……

杨以安吻掉珂然脸上的泪水，说：真是傻丫头。

屋子里的光线彻底暗了下去，屋外有人喊：谁家败类孩子，那车划了是要赔的。

杨以安光着脚跳起来。

4. 闭起双眼你最挂念谁 眼睛张开身边竟是谁

那之后的许多天，杨以安都有些恍惚。他闭上眼睛就能想见自己跟珂然缠绵的情景，像是中了罂粟的毒，魂不守舍。

俞可懒得理他，去试婚纱、派喜帖，直到两个人恩爱的婚纱照片摆在了新房里，杨以安才醒过来。自己就要结婚了。

他没有再去找蒋珂然。

这么多年在商场上摸爬滚打，他的心早已是老账房手下的算盘，不出声，却账目清晰。他纵然愿意承担珂然母女的生活，却担忧着精神病这回事。杨以安的一个朋友，母亲是精神病，他好好的，突然受了一点刺激，居然也得了抑郁症。那时，杨以安的朋友私下里都说，这是有基因的。

他不确定自己这辈子就爱蒋珂然这一个人，如果将来自己真的变了心，珂然有个好歹，他又不是个冷酷到底的人，他会背负一辈子的不安……

杨以安换掉了原来的手机号。事实上，没换也没关系。蒋珂然一次都没打来。

如期举行了婚礼，接受着众人的祝福。杨以安是有些心里不安的，怕蒋珂然突然出现在哪个门口，大哭大闹。

可是，没有，什么都没有。像一湖平静的水，连个微澜都没有。

新婚夜，杨以安对俞可求欢的暗示假装无知觉，好在，那天他真的喝了酒，有借口。

天将亮时，杨以安醒了过来，想到珂然，心很疼。起身站在床前，小区里静悄悄的。他记得珂然说那片老城区很吓人，因为拆迁，很多人家都搬走了，便有些流氓来敲门敲窗。

杨以安的车子开到那片旧城区时，突然迷失了方向，房子都是一样的旧，街道都是一样的窄，哪家是哪家呢？

把车子停在似是而非的一个路口，有人出来上公共厕所，有人出来买早点，路过杨以安的车边时，都往里看一眼。

直到日上三竿也未见珂然。倒是俞可的电话追了进来，她说：以安，你快回来，你爸回来了。

果真是老爸回来了，老爸有些衣锦还乡的意思。这些年混得不错，正跟老妈执手相看泪眼。俞可偷偷说：昨晚回来的，打也打了，骂也骂了，现在好着呢！

杨以安神情淡然，爱理不理的。老妈过来敲打：他在国外不容易，难得的是……他还没家，想着咱娘俩！

女人总是好哄的。杨以安也无可无不可，反正他回来，自己多个有钱的爸也不是坏事。

没两天，老爸让杨以安开车送他去个地方。

去的路上，老爸说：以安，我看你跟俞可感情很好，爸这辈子做了很多荒唐事，对不起你妈，也对不起……

车子在山脚下停下，老爸指了指山上说：我去看个老朋友。

杨以安的心一忽悠。

果然，老爸对着主治医师说了一个名字。那个名字杨以安在珂然母亲的病床上看得清清楚楚。

她不在了，她被她女儿接走了……

杨以安的车子再次停到老城区时，那里已经变成了新工地。

城市变化得太快了，杨以安再找不到那个叫蒋珂然的女子。

感情最炽烈的是飞蛾，感情最淡漠的是蜻蜓。因为飞蛾投火，蜻蜓点水。当初，她赤手空拳把自己的端庄当成唯一的筹码等待他的爱情时，他没能给她。她飞蛾投火一样把自己给了他，或者她就已经知道自己做了爱情的殉葬品。

俞可怀孕了，在家里老佛爷一样动不动就发脾气。杨以安总是喝得醉醺醺的，他不知道要怪谁，弄丢爱情的不是他自己吗？不是他的身家吗？

如果真是徒手，什么都不顾及，此去华山一条路，倒或者幸福了。

花心萝卜爱唱歌

■ 哇塞。我来了

　　一个大雪纷飞的早晨，我一个人漫步在校园的林间小道。处在这样冰天雪、寒气逼人的北国风光中，我的内心世界激荡着一股滚滚热流，不知寒冷为何物！

　　有个可爱心仪的姑娘在我心田里跳跃，随着时间的磨合和碰撞，她的身影也在我眼中增高长大，以至高大到占据了我全部身心。

　　她，单字萍，女同学都叫她萍姐。她一脸灿烂有亲和力的笑容和和蔼可亲的为人处世的善行，感染了一片学弟学妹们，连男同学们也异口同声地唤她萍姐。

　　萍姐，黑黑有神的大眼，微翘稍厚性感的红豆唇，点缀在圆圆粉嫩的脸上，写满了稳重淳朴的羞涩之美，再加上秀丽飘逸的长发，更增添了青春女孩的阳光娟秀之美，让人犹怜爱慕。

　　美中不足便是她鼻腰间的几个小小黑点，让她自卑，也失去了太多追求爱的自信，总封闭着自己的情感之路，仿佛这块永远是她难以逾越的心理屏障，为此，她不敢奢望有"爱神"降临。放弃了好多与同学们众聚的大场面活动，更有那些戴着有色眼镜只重外表之美的势利男生的绕道，心中产生的自卑阴影，时时左右着她迈出最关键的步伐。

　　萍姐全部精力和心思致力于学业与人际关系中。幸运的是她是某理工学院的高才生，更幸运的是我跟她同班。

　　萍姐在我心中的美丽是至高无上的，尤其她那几个小黑点，好像为我而生的，我看着就是那光芒四射的北斗七星，一下照亮了我灰暗的世界，指明我爱的方向。更让我猛然间顿悟，分清了尘世间的混浊与荒唐已成了普遍的事实，像萍姐这样质朴、清纯、本分的大女孩，今世已是凤毛麟角。

　　怡欣，中午我请你们几个吃饭？我说。

　　什么？我耳朵没出毛病吧！你这个一毛不拔的铁公鸡请我们吃饭！这可是前无古人后无来者呀！怡欣一惊一乍的，好像让全世界人都要知道，你看她那表情，比吃了苍蝇还惊愕。

喊啥？我的信誉度就这么差吗？我是真心的，叫上萍姐、晓丽、芳菲她们。

嗳，你小子是不是有什么事要我们帮忙？还是春心萌动知道怜香惜玉了？怡欣的伶牙俐齿是出了名的，她的泼辣和风趣，同学们也领教过。

你太敏感了吧，咱们班只有你们这几个稀有动物，趁现在这美好时光不联络联络情感，到时候各奔东西，脑子空空连个美好回忆都没有，不是亏大了嘛！

算你小子会说话，回忆可以，别打歪主意呀！我们可都是名花有主，谁叫你小子是个榆木疙瘩情窦未开呢。

唉，哪个女孩会看上我？

给你说，萍姐可是单身哦，就看你有没有这个本事和胆量……

可是，萍姐没有像我预想的那样如约而至。

我说：来来来，喝酒喝酒，和你们这几个大美女欢聚一堂真的是荣幸之至，来，我敬你们一杯……

是不是忒失望，常水？萍姐可不会上你的当，你这司马昭之心路人皆知，别以为追美女像捡菜帮子，赶早就行了，得有打动女孩的浪漫之举。怡欣揶揄的同时不忘教导我。

萍姐今天不来不代表明天就不来……我辩驳。

芳菲插言道：萍姐可是个乖乖女，学业为重，哪像我们，被你们这些臭男人……芳菲最近失恋了，心理有点不平衡。

嗳嗳，咋说话，什么臭男人，我可是个好男人。

我看你就是个花心萝卜，好不到哪儿去。芳菲反唇相讥。

你这是一竿子打倒一片嘛。

每次晚上推开宿舍门，看见萍姐还在看书，我就有种负罪感，怕影响人家。你若能追到萍姐，是你这辈子修的福分呦！晓丽认真地说。

那看你们帮不帮我……

萍姐，今天你没去，会后悔的。芳菲推开宿舍门说。

萍抬起头轻声道：不就是一顿饭么，有啥后悔的。

常水这坏小子，设的鸿门宴。怡欣躺在床上打着哈欠说。

还不是你们嘴太馋了！萍放下手中的书。

萍姐，他喜欢你才摆的鸿门宴啊！晓丽满脸坏笑。

去，胡说什么？萍脸红了。

你们看你们看，萍姐脸红了！芳菲拍手笑着说。

怡欣却很严肃：真的，他为你而请的我们。

笑话，为我，请你们吃饭，真是开国际玩笑。

也请你了噢，哈哈，萍姐吃醋了，萍姐吃醋了。芳菲又大笑道。

去，你个死丫头，狗嘴里吐不出象牙。萍伸手推了芳菲一把。

萍姐，我看这小子是真心的，其实他人真的不错。晓丽开始进攻了。

喂！你们出息一点好嘛，吃一顿饭就成了叛徒。萍也不示弱。

不是这样的，萍姐，我们为你急，这缘分呀！一低头一抬头就过去了，再也找不回来了！芳菲拿腔拿调细声细语地说着，惹得几个女孩弯腰捧腹……

我请怡欣几个美女吃了几回大餐，萍姐一次都没来。她知道了我的意图，更是故意躲避我。不过，她越如此，我越是喜欢她。

水，你知道么，我们几个都有点喜欢你了。怡欣一边吃菜一边说。

古来吃喝为上。这几个美女以前很少正眼瞧我，现在不叫我小子改口叫"水"了，还如此的甜蜜：那好啊，我就是新世纪的韦小宝。

你看你看，那臭美样子，给个竿就往上爬，没看出，还挺色呀！晓丽指着我说。

你懂得蛮多，晓丽，那么你们女孩呢？

晓丽白了我一眼：为了爱，为了青春，人人都是平等的，我们女孩子应该大声说爱大声说恨，再不是男尊女卑的时代，走前一步错了吗？

怡欣忙打断话题，说：你听着，水，拿人钱财，替人消灾，我们吃了你的饭菜，也没对萍姐少使力，你能否获取萍姐的芳心，那看你们有没有缘分了……

萍心里特烦，被这臭小子无事生非搞得心神不宁，一个字都看不进去。她也渴望爱情，被人爱，但她不敢。自己的条件自己最清楚，有几个男人是真心为"爱"而来的。她的几个女同学，经常因为失恋而抱着她，哭得黑天黑地。

她的几个姐妹都说她清高寡欲，不知情为何物，其实她看着她们个个出双入对，既羡慕又嫉妒。哪个女孩不希望自己被人爱，被人牵手漫步在小河边，茫茫月色下，柔风细雨中，笑唱卡拉OK厅……她不敢，她真的不敢，她怕被人瞧不起，自取其辱。

她更怕这臭小子弄出更让她尴尬的动静来。

萍姐只顾学习，对吃饭三心二意，我提前把饭菜打好放在她的床头柜上，顿顿不少。都是那几个女同学为我盯风放哨。

暖雪落尽处，相会且无声

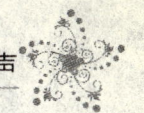

每晚下课后，我站在女生宿舍楼下，唱我最喜欢的《姑娘我爱你》那首歌。这首歌也是晓丽她们几个帮我精挑细选后才决定的。我整整学了几天几夜才敢站在女生宿舍楼下，不然，我那腔调会吓坏萍姐的。没想到这件事轰动了校园上下，这首歌竟然被全校师生传唱。

> 长长的头发黑黑的眼睛
> 好像在什么地方见过你
> 山上的格桑花开的好美丽
> 我要摘一朵亲手送给你
> 纯纯的笑容傻傻的话语
> 都已在我的心头难忘记
> 头上的彩蝶飞的好甜蜜
> 想要对你说我已爱上你
> 亲爱的姑娘我爱你
> ……

我不停地唱，一遍又一遍地唱。

怡欣坐不住了，说：萍姐，这样一来，全世界的人都知道了，你快答应吧！我都被他的真情和勇气所感动了。

萍姐，这小子可是个死脑筋，会唱到天亮的，影响了别人的休息，你的罪孽大矣，萍姐？芳菲更急了。

晓丽风趣又幽默，说：萍姐，你听他五音不全的公鸡嗓，简直是在杀人，你痛快点吧！我受不了了，我要疯了……

萍既紧张又慌乱，没想到他会把事情一下逼在风口浪尖上，这样的事打死她都做不出来：你个臭小子是不是疯了，偏偏喜欢我，我又不喜欢你，你叫我怎么答应？现在可好，答应了也是我的不是，不答应还是我的不是，你知道么？这样，一定成了全校的焦点新闻，不把我羞死才怪，以后叫我咋去见人？萍乱想着，脑子像一锅粥，越来越糊涂，头快要炸了，最后没办法，上床抱着头就睡去了。

我在零下四度的寒雪夜，唱了十个晚上，十个晚上啊！最后那一刻，我觉着值，我觉着我是世界上最幸福的男人之一。

萍的心动了。

不顾一切地冲到窗前：常水，我爱你！

苏米米的甜酸之夏

■ 花之痕

一

苏米米躺在床上，翻来覆去，就是睡不着。好嘛，终于也尝到了失眠的滋味了。苏米米想起自己曾经因为看到小帛的黑眼圈而笑话她的情景。那时小帛很疯狂地喜欢上了外校的一个男生，每天都要给他写一封情书，还会每天想他想得睡不着。不过后来小帛发现那个男生玩游戏玩得昏天黑地，有次玩"星际争霸"甚至把和小帛的约会都给忘记了。小帛一气之下，就把他给"甩"了。还很有感触地对苏米米说了一番话："当你把一个人想象得太完美的时候，若发现了他一点点的瑕疵，那种失望之大，足以毁灭了你对他所有的好感。"

苏米米没有想到，自己有一天也会像小帛那样，想一个男生想得睡不着觉。苏米米睁着眼，看看睡在对铺的小帛。她睡得真香。自从那个外校男生的完美形象在小帛心里被彻底毁坏之后，小帛就再也没有提过失眠的事了。苏米米羡慕地看着酣睡中的小帛。乱乱的头发遮住了她的半边脸，隐隐还能听到微微的鼾声。苏米米笑笑，想起了那个男生好看的侧脸。

苏米米心想，要不要告诉小帛，自己也喜欢上了一个男生了呢？算了，还是不要了，小帛那张大嘴巴，指不定就把事情传得全校皆知了。还是在心里留一个秘密，自己和自己分享吧。苏米米咬着自己的小指头，又是一阵胡思乱想。等到天际快要发白了，才囫囵睡去。

二

周六一大早，小帛就来扰苏米米的清梦了："苏米米，快醒醒。"

苏米米费力地睁开眼，看到了小帛甜甜的笑脸。见苏米米醒了，小帛开心地说："米米，快起床，陪我去买太阳裙啊。"

苏米米拿手挡了挡阳光，翻身朝里，怏怏地说："下午去吧，我再睡一

会儿。"

小帛不依不饶地扳住苏米米的肩摇晃起来："好米米，你就陪我去吧。我想死那条裙子了。要是晚了，就让别人买走了。"

最后没有抵住小帛的软磨硬泡，苏米米很不情愿地起床了。这个小帛就是这样，但是苏米米就是拿她没法子，每次看着她细皮嫩肉的小圆脸，有气也发作不起来。

一起上街的时候，苏米米才意识到，自己错过了一次见到那个男生的机会。可是后悔已经来不及了，小帛已经拉着她进了一家时装店。

小帛把那件她中意的太阳裙指给苏米米看。苏米米一看就喜欢上了。那是一条纯白的棉布长裙，裙摆上绣着细细碎碎的米色的小花。小帛的眼光还真是不错。

小帛从试衣间里出来的时候，苏米米有一点点吃惊。穿上太阳裙的小帛淑女极了。一点不像她平日里刁蛮的模样。不过苏米米注意到，那件裙子的胸有点低，苏米米微微红了下脸。小帛可是一点不在乎，还特意挺了胸，在镜子前转了几个圈。"怎么样，苏米米，我穿这裙子漂亮吗？"小帛得意的眼光从镜子中看向苏米米。

苏米米微笑着点头："太漂亮了，淑女极了。"

小帛买下了那条裙子，280元。小帛的父母都在国外，把她寄给姥姥带。于是小帛每个月都会有很让同学们羡慕的大笔零用钱。苏米米也羡慕，但羡慕有什么用呢。苏米米知道，自己和小帛根本是两个世界的人。小帛可以不嫌弃她，这已经是一种恩惠了。

三

周一，小帛穿上那条太阳裙出现在教室里的时候，男生们惊呼的惊呼，吹口哨的吹口哨。和小帛一起进教室的苏米米不禁又红了脸，好像那些男生是冲着她吹口哨一样。小帛就是小帛，依然高高昂着头，走到了自己的座位上，全然不理会一些女生异样的眼光。

和小帛一起走在校园里的时候，苏米米再次感受到了那条太阳裙的魔力。几乎每个男生走到前面都要再回过头来看看小帛，那天小帛几乎是赚取了百分百的回头率。一路上，小帛神采飞扬。其实她原本就一直都神采飞扬的，那一天，更是飞扬到了极点。苏米米看着小帛因为兴奋而涨红的脸，心里有点不是滋味。自己在小帛的身边，实在太像一个陪衬了。

那天夜里，苏米米又失眠了。苏米米想，如果自己也穿上小帛那样的太阳裙，那个男生会不会很容易就注意到自己了呢。

其实那个男生就和苏米米一个学校。他好像是高三的。苏米米有一次壮了胆子，偷偷跟着他上楼梯，看到他是往高三的那层楼拐过去的。而关于他的其他一切，苏米米无从知晓。她是苏米米，不是小帛。如果换了小帛，一定会把他的所有家底都打听来的。比如小帛原来喜欢的那个外校男生。小帛在还没有和他拍拖的时候，就已经知道了他住在什么路几号，读的是什么学校的什么班级，甚至连他家的宠物狗爱吃哪种罐头都知道。苏米米这个时候忽然无比佩服起小帛来。如果自己也能有小帛三分之一的本事就好了。其实也不用打听太多的东西，只要知道他叫什么名字就好。那么想念的时候，就不用一味地用"他他他"来替代，有一个确切的称呼该多好呢。而且，苏米米很一厢情愿地认为，这个男生的名字一定会很响亮，就好像"刘德华"、"周杰伦"那些明星一样的。因为，他长得星味十足，好看极了。

四

周六又到了，苏米米的心一下子跳得快了。她要去看那个男生。这会儿，他一定又在美术室里画画儿了。

苏米米问小帛："小帛，你要和我去静安亭看书吗？"

小帛在抹一种新买的面膜，嘴角绷得不好说话。她摇摇头，示意苏米米自己去。

其实苏米米也知道，叫小帛一起去看书，小帛是最不愿意的。这几个周末，苏米米每次叫小帛一起去看书，都是惨遭拒绝。这样也好，苏米米可以自己一个人静静地，偷偷地看那个男生。

苏米米打开箱子，看来看去，都挑不出一件像样的衣服。她看了看小帛挂在床头的那条太阳裙，心里酸了酸。最后她穿了那件已经洗得发白了的淡紫色的碎花裙子。那是她最好看的一件裙子了。

走出宿舍的时候，苏米米觉得阳光有点刺眼。不过到了静安亭，就很阴凉了。静安亭是校园里的一个小亭子，连着一条长长的廊子。各种藤蔓攀爬在顶棚，很适合同学们在这里休憩。

苏米米一直都好静，所以经常捧了英语课本来静安亭看。亭子的一个方向，正对着学校的美术室。那一次，苏米米就是无意中抬起眼来，看到了站在窗边画画儿的那个男生。那个男生的侧脸多好看啊，和卡通画里的人物一

样轮廓分明。苏米米那天一个单词也没有记下，只记下了那个男生的模样和他画画的那种很酷的姿势。

后来才知道，周六是学校的美术兴趣小组活动的时间。从那以后，每到周六，苏米米就怀着甜蜜的心事来到静安亭，只是为了能够看到那个男生。

那个男生已经在那里了。这次他换了位置，苏米米几乎可以看到他正面的样子了。不过他一直很专心地画着画儿，根本没有注意到窗外有个女孩正用那样热切的目光注视着他。

苏米米拿着英语课本做掩护，时不时就很贪婪地看看那个男生。

那个死小帛不知道什么时候来到静安亭的。她从背后狠狠拍了苏米米一下，大嗓门就嚷嚷开了："苏米米，周末还这么用功哇！"

苏米米整个人差点跳了起来。更糟糕的是，她发现那个男生抬头往这边看了过来。苏米米像做了亏心事一样，马上拉着小帛逃开了静安亭。

小帛说："苏米米，你今天吃兴奋剂啦，跑步用这么快的？"

苏米米脸红红的，嗔怪地说："小帛，你那么大声说话，都吵着美术室里画画的同学了。"

小帛不以为然地撇撇嘴，说："管他呢，本来就是周末嘛。"说完，忽然又想起什么来，接着说："苏米米，你一说美术室我想起来了。那天校园布告栏贴告示了，说美术室要招模特呢。你说我们要不要去呀？"

苏米米连连摆手："打死我也不去啊，站在台上让那么多人画，想想就羞死了。"

小帛白了苏米米一眼，说："苏米米，你就是死脑筋。我可是有点心动哦，我想穿着那件太阳裙去给他们画。"小帛边说边转了个圈，仿佛她正穿着那件裙子一样，满脸都是幸福的表情。

苏米米看着她，把英语课本紧紧地抱在怀里，不再说话。

五

小帛真的去了美术室当模特。全校的学生只有小帛和另一个高一的女生报名。

那个周六，小帛穿着她的纯白色太阳裙，像只美丽的白天鹅般飞出了寝室。苏米米看着小帛美丽的背影，一个人坐在床沿呆呆愣了会儿神。

那天，苏米米破例没有去静安亭。她收拾了一下，准备回家去。有些时候没有回家了，也该回家去看看了。

苏米米回家的时候，爸妈不在。苏米米打扫了一下家里的卫生。屋子已经很破旧了，天花板上都有了黄一块棕一块的水渍，只差漏雨下来了。

　　苏米米煮好中午饭的时候，爸妈回来了。他们见到米米，都很高兴。妈妈用手语问米米是不是缺钱用了。苏米米就用手语告诉妈妈，不缺钱，只是因为想他们了。苏米米打着手语，就内疚了起来，其实真应该每周都回来陪陪父母的。

　　回到学校的时候。小帛迫不及待地就来找苏米米告诉她自己当模特的感受。她说："苏米米，你不去真是太可惜了。你不知道当模特有多风光哦，那么多的人都注视着你，那种感觉太美妙了。"苏米米听着小帛的话，就想到了那个男生。小帛真幸福，那个男生一定也为她画画儿了。苏米米真有点后悔自己不去当模特了。

六

　　自从小帛去美术室当模特以后，苏米米就再也不去静安亭了。尽管她很渴望能见到那个男生。可是画室里还有小帛，苏米米真怕自己一个不小心，就把心底的秘密暴露了出来。

　　不过有时候，苏米米还是会装作很随意地从美术室的门口经过。那样的时候，她会趁机瞥一眼那个男生。但更多的时候，她看到小帛在前台冲她挤眼睛。于是，苏米米就会对小帛笑笑，匆匆地离开了。

　　小帛开始越来越注意自己的皮肤是不是长了痘痘，发型是不是不够整齐。苏米米觉得有点不对劲。小帛的这些症状已经很久没有出现过了。苏米米知道，这是小帛恋爱的症状。

　　果然，苏米米的感觉没有错。小帛有天偷偷地对苏米米说："苏米米，你知道吗，我喜欢上了美术室里的一个男生。"苏米米的眼皮突然没来由地跳了起来。小帛接着说："那个男生叫骆君，已经读高三了。你不晓得他长得有多帅，特别是他的侧脸，好看极了。每次在画室里当模特的时候，我就喜欢看着他，喜欢他抬头看着我为我画像……"小帛甜蜜地说着。如果不是因为那时夕阳已经爬下山了，她一定会发现苏米米的脸色已经渐渐变得苍白。

　　那天夜里，苏米米又失眠了。她感觉到，对铺的小帛一样也没睡着。没过多久，小帛真的爬到了苏米米的床边来。她摇了摇苏米米，说："苏米米，你睡了吗?"苏米米装作被吵醒的样子，揉揉眼睛说："什么事啊?"小帛兴奋起来，钻进了苏米米的被窝，和她说了一夜的悄悄话。说来说去，都离不开那个骆君。最后，小帛说："苏米米，你说我该怎么办呢？要不要让他知道我喜欢他呢？他高三了，很快就毕业了，我真怕会没有机会再见到他了。"苏米米的心咯噔一下也沉了下来。是啊，他就快要毕业了啊。苏米米说："小帛，你应该让他知道的。"小帛说："苏米米，你真好。我就知道你会支持我的。"苏米米翻个身，说："快睡觉吧，明天还上课呢。"

身边的小帛很快就起了轻轻的鼾声。可苏米米却再也睡不着了。

七

当小帛牵着骆君的手出现在苏米米面前的时候，苏米米觉得有很强烈的阳光灼痛了眼睛。

小帛指着骆君对苏米米说："这是我的 BF，高三二班的骆君。"说完，做个不好意思的鬼脸。然后她又指着苏米米对骆君说："这是苏米米，我的同学，也是我最要好的伙伴。"

骆君看着苏米米，然后好看的眉毛一挑，说："哦，我见过你，你常在静安亭那里看书的哦。"

苏米米心里一惊，还没有搭上话，小帛就抢着说："是啊，是啊，苏米米读书很用功的，功课很好的。"

苏米米就不好意思地笑笑。心慌慌的，都不敢去看骆君。

小帛那天穿的也是那件纯白的太阳裙。骆君穿一件白色短袖 T 恤和一条牛仔裤。看起来，小帛和骆君很般配的样子。苏米米想，骆君这样的男生，的确是要像小帛那样洋气大方的女孩来配的。

后来小帛对苏米米说，骆君给她画了好多的素描，画的最多的就是她穿着纯白太阳裙的样子。小帛说："骆君说我穿那件裙子最漂亮呢。"说完，顿了顿，又很认真地把苏米米看了看，说："苏米米，你知道吗，骆君也说你好看呢。"苏米米又红了脸，低头说："我有什么好看的。"小帛说："真的哦。我今天问骆君，我和苏米米哪个更好看。骆君说，你们的美是不一样的。你看看，这个意思就是说我们都很美哦，呵呵。"

苏米米把头埋得更低了。想起了骆君说的话："哦，我见过你，你常在静安亭那里看书的哦……"

八

周日的时候，苏米米心血来潮地一个人去了那家小帛买太阳裙的时装店。店里已经没有同样款式的太阳裙了。有另外一条浅蓝色的，也很漂亮。苏米米鼓起了勇气问："可以让我试试那件裙子吗？"

当那件裙子穿在苏米米身上时，苏米米真有点认不出自己来了，就像灰姑娘瞬间变成了高贵的公主一样。苏米米看着镜中的自己，都舍不得把裙子换下来了。最后看了看标价，要265元。苏米米咬了咬嘴唇，说声对不起，轻轻地把裙子还给了导购员。

出了店门，一个人闲逛，身后突然有人喊："苏米米。"

苏米米转身，看到竟然是骆君。他正骑一辆单车，往这边过来了。苏米米傻傻地看着他，不知道说什么。

等骆君停下车来，苏米米才奇怪地问："怎么就你一个人？小帛呢？"

骆君露出阳光般的笑容："小帛去她外婆家了。小米你一个人逛街吗？"

苏米米听到骆君叫自己小米，心里头有种怪怪的感觉，好像很喜欢，但似乎又觉得不好。

苏米米点点头，说："逛了很久了，准备回家。"

骆君拍拍车后座，说："来，我送你吧。"

苏米米犹豫了一下，还是坐上了车。一路上心情紧张，因为空气中似乎都充满了骆君身上健康清香的气息。

骆君说："苏米米，你给我带路。"

苏米米直到把骆君带到了家门口的那条弄堂里，才发现自己真不该让骆君送回家来。这条弄堂又挤又脏又乱，真不该让骆君知道自己住在这样的地方。

把苏米米送到了家门口，骆君正骑了车子要走，突然又回过头来问："小米，为什么你后来都不去静安亭看书了？"

苏米米从来没有想过骆君会问她这个问题。苏米米有点不知所措地站在原地，两只手相互绞着，说不出话来。

骆君呵呵笑了："小米，快进屋吧，别像个做错了事的孩子。"说罢，骑着单车离开了。

苏米米一直看着骆君的背影转过街角，泪水偷偷地盈满了眼眶。苏米米想起了小帛的话："当你把一个人想象得太完美的时候，若发现了他一点点的瑕疵，那种失望之大，足以毁灭了你对他所有的好感。"这下可好了，骆君本来对自己的那种还算完美的想象看来也消失殆尽了……

九

小帛开始很少再和苏米米谈起骆君，骆君也少来找小帛了。

苏米米终于忍不住问小帛："小帛，最近怎么都没见你和骆君在一起了？"

小帛做个鬼脸说："傻米米，你不想想什么时候了。骆君很快就要高考了啊，总不能因为恋爱耽误了功课吧。现在是他全力以赴考大学的时候了，等高考结束，我们再交往也不迟啊。"

苏米米有点高兴，又有点难过。高兴的是，小帛能那样设身处地地为骆君着想；难过的是，高考结束后，就再也看不到骆君了。苏米米真是怀念那段在静安亭里"偷窥"骆君的日子啊！

不过奇怪的是，小帛似乎很久都不穿那条太阳裙了。苏米米想，小帛真是喜新厌旧啊。大概是新买了其他衣服，这条裙子就失宠了。

十

高考快要到的时候，苏米米他们其他年级要放暑假了。苏米米有点难过，过完这个暑假，或许就再也没有机会见到骆君了。

在寝室里收拾东西的时候，小帛突然拿出了那条太阳裙，说："苏米米，如果你不嫌我曾经穿过这条裙子的话，我想把它送给你。"苏米米一愣，抬头看小帛。小帛一脸认真的表情，不像在开玩笑。

苏米米不解地说："小帛，为什么要把裙子送给我？"

小帛抿抿嘴说："苏米米，我应该给你看样东西。"说着，小帛从她的一个大包包里取出了一个纸卷。

小帛轻轻地把纸卷展开，苏米米凑近了看。那是一幅画，画上是一个穿着纯白色太阳裙的女孩。苏米米原来以为是小帛，可是仔细一看，那个女孩的容貌竟然和自己一样。

苏米米吃惊地看小帛，小帛笑了笑，说："傻米米，你还没看出来吗？这是骆君画的，为你画的。"

苏米米死命地摇头："小帛，我和他不配的，我不是他想象的那样完美，你知道的。"

小帛轻轻地卷好那幅画，说："苏米米，可是骆君喜欢的女孩真的是你。你还记得吗，我对你说过，骆君说我们的美是不一样的。他其实还说，他喜欢的是像你这样的美，而你也才是适合穿白色太阳裙的女孩。"

小帛把画卷塞到还愣着的苏米米的手里，对她说："苏米米，骆君快要高考了，如果你希望他能考出好成绩，今天晚上就穿着这条裙子到我家来，到时候，骆君也会来的。记住哦。"小帛说完，狡黠地冲苏米米眨眨眼，蹦蹦跳跳地跑开了。

十一

苏米米穿着小帛的那条纯白的太阳裙，敲开了小帛家的门。

门缓缓开了，一屋子浪漫的烛光。

骆君站在屋子的中央，此时正深情地看着苏米米，接着他双手点太阳穴，然后双臂交叉抱在胸前，最后双臂伸展开来……

苏米米落泪了，因为，她明白，骆君正在用手语对她说："我爱你！"

猫的恋人

■ 董珊珊

一

　　15岁的查旭西，有着这个年纪的女孩子所特有的一点点娇嗔一点点任性，但这并不影响她成为一个惹人喜爱的好女孩。事实上她几乎是人见人爱的，聪明漂亮，成绩优异，是父母的掌上明珠、老师的宝贝优等生。查旭西觉得自己并不能说是长袖善舞的人，只不过是很好地处理了各种"关系"。优秀的人可以让别人羡慕、嫉妒，也可以让人佩服、尊敬。被众星拱月的同时，查旭西一直对所有人保持着美丽的微笑，理智而又冷静地在各种人际关系中来往得"游刃有余"。

　　至少，她是这么觉得的……就算偶尔出现的个别挑衅者，也无法涂鸦她优雅睿智的好形象。

　　课间，讲台上，15岁的查旭西，此时正在擦黑板。教室里充盈着各种喧嚣吵闹，杂乱无章的声波大半毫无意义地混合在一起从背后晃过，偶然也有一些信息会飘进她的耳朵里。

　　"瞿朗，你究竟喜欢的是谁？"

　　"反正不会是你们。"

　　"哈，你不说我也知道。不是兰媛媛就是查旭西吧？"

　　"兰媛媛是谁？查'嘘唏'，什么烂名字呀，又是谁？"

　　"不会吧你？你原来三班的同学都说你和兰媛媛是一对呀！还有查旭西就是我们班长呀！全年级谁不知道她？！"

　　张琴，童丽娜，还有瞿朗。查旭西所在的学校每年都要分一次班，张琴和童丽娜初一初二都与自己同班。瞿朗，是这学年分班时刚来的，查旭西曾特别注意过他，因为在初二下学期期末考试时，他以和自己相同的成绩并列全年级第一，初三时成了自己的同班同学。不过之后在各种考试的排名中他又回到了从前默默无闻的状态，因此很快从查旭西的视线中消失了。

　　他们三人正在教室的后方，声音不大，却刚好能让查旭西听到。而此时对话没有了，查旭西能感觉到他们的视线正在射过来，她继续仔仔细细地擦着黑板，很快听到身后的说话声："就她呀？我还以为什么人呢。"

毫不掩饰的分贝数与语气中明显的不屑让查旭西手中的动作一顿。接着是童丽娜欢欣鼓舞的声音，查旭西几乎可以看得到她脸上的幸灾乐祸，"怎么样怎么样，瞿朗你觉得如何？那位可是本年级公认的美女加才女 NO.1！"

"喊……"

"哈哈，瞿朗你不会连她都看不上吧。"

"……嗯……我觉得她长得像猫。"

"猫？"

猫？什么意思？贬义？褒义？放下黑板擦时只听见童丽娜压低了声音又在说："……如果你能在下次实验课上邀到她做搭档就算我输……"不好意思，她还是听到了。

瞿朗的声调则依旧张扬着："有毛病呀，我干吗要找她？"

"哎呀，如果你能成功的话我就……"

查旭西拿起讲台上的一摞本子转身向办公室走去。

一个怎么拼命也比不过她的酸溜溜的小丑，一个自大的笨蛋白痴，这两个人就当作是没大脑、没神经的草履虫吧，反正连肉眼也看不到，忽略就好。

哗啦，一个不留神几个本子从上面滑落。查旭西一本本地捡起来，最后一本拾到手中时她一眼瞟过上面的名字，瞿朗。啪，本子又到了地上，这次是被摔的，还击起了一小片灰尘。查旭西眯着眼睛俯视着这本浅蓝色、崭新的数学作业本，抬脚就要踩上去。

"查旭西！"

她弯下腰，不留痕迹地捡起那本作业本，拍了拍上面的灰，然后转身，"什么事，瞿朗同学？"

"下周二物理课的创意实验，你能做我的搭档吗？"

真是直接呀，不知那女人给了你什么好处……

"童丽娜用一周的午餐券跟我打赌，到时候我和你平分，如何？"

午餐券？她就值一周的午餐券？

"不过到时候有红豆元宵的话全归我，其他的随你挑……你没其他意见了吧？"

查旭西由上至下地打量着面前这个叫瞿朗的，就见他扬眉挑目、轻佻可憎。查旭西非常自然地换上了一副笑脸，每当她扬起这种笑容时，男同学会

脸红，女同学会不安，父母会一个劲地亲她，堂兄堂姐会拿出自己最宝贝的东西送给他，连最严厉的老师也会变得格外亲切慈祥。她就这样微笑着问对方："瞿朗，你喜欢猫吗？"

"嗯，怎么说呢……我很喜欢土耳其安哥拉猫和缅因黑猫……不过你长得就像喜马拉雅猫。"

笑容停住，查旭西睁大眼睛皱起眉头，"什么……猫？"

"喜马拉雅猫。那么，下周二我们就说定了，喵咪小姐！如果你反悔我保证你就会变得和它一模一样哦！"这么说着的瞿朗笑眯眯地转身走了。

查旭西瞪着他的背影，心想你长得才像一只最狡猾的猫，还是最讨厌的阿滋猫。

二

回家后查旭西在网上找到了喜马拉雅猫的图片资料，平心而论，十分可爱。这种猫的特征是金色的长毛，圆滚滚的身体，四肢短小且同耳朵、尾巴都是黑色的，特别显眼的是脸盘儿上一团磨盘大的黑。

查旭西绝不会天真到认为瞿朗是在赞美她。

第二天在学校食堂，瞿朗把一叠餐券递到她面前。

查旭西冷冰冰地说："我不要。"

"你不要？那全归我了。"还没放下战利品的那只手立刻又转回去把东西都塞进了口袋。

查旭西抬起头对他怒目而视，"你别搞错了，我可没要和你一起做实验。"

"可是你昨天答应了。"

"我没答应！"

"你有什么理由不答应？"瞿朗沉着脸，眼神冰冷地盯着她。

查旭西也不甘示弱地瞪回去，"第一，我不喜欢被人拿来当赌注；第二，我只和与自己水平相当的人合作；第三，我看你不顺眼。"

"第一点，我昨天已经告诉过你打赌的事，因此你不算赌注而是共犯，而且我已经给过你好处，你不要是你自己的事；第二点，什么叫与你水平相当？你是指哪方面？有多少水平？第三点，那是你眼光有问题，你去问问你旁边的任何一个人究竟是你好看还是我好看就会有正确结论。"

查旭西差点晕过去，而对方在大肆诡辩与诬赖的同时还是一副严肃认真的表情，刺激得她再也冷静不下来，大吼道："什么水平？就是成绩！分数！你有本事在期中考试中总分超过我，我就答应合作，OK？"

"可是期中考试还有两星期。"

"那我就没办法了。你自便吧。"

"臭喵咪，你敢反悔？"

查旭西怒道："谁是喵咪……"一惊之下发现对方手中多了一支黑色的马克笔。

"我说过要是你敢反悔就要让你变得和喜马拉雅猫一样吧？"瞿朗阴森森地笑起来。

"你敢?!"还没说完，查旭西猛地就被对方捏住脸，一道凉凉的笔触在她脸上飞快地一圈游走。她"啊——"地惊叫出来，引来一片目光，然后发觉瞿朗正拿着手机定格在自己面前。

"啧啧，真是不错的镜头。下次再有机会我一定用油性笔。"瞿朗没事似的站起来，摇晃着手机走出食堂。

查旭西把脸捂在手臂里几乎要哭出来。好不容易摸出小镜子，一照，脸上干干净净的，什么也没有。

不久，她的手机收到一条彩信，30万像素的照片正是自己一脸扭曲惊叫的样子，还有留言：喵咪，下周二的事你再敢反悔，本大爷就把这张照片拿去群发，再传到网上去拍卖。

"这个无赖！"查旭西的牙齿磨得喀喀响。

三

物理课上的创意实验，查旭西还是和瞿朗合作了。实验很成功，自准备以来，那家伙就一直很识相地在一旁睡觉、看漫画、吃点心，物理课上正式演示时，他也把道具端得很稳当，因此物理老师十分满意地给查旭西与瞿朗都打了满分，还热情赞扬了两人的合作精神。事后瞿朗提出在学校食堂请查旭西吃饭，查旭西断然拒绝，然后那个家伙就兴高采烈地把两份红豆元宵全灌到了自己的肚子里。

期中考试时出了一点意外。查旭西目瞪口呆地望着成绩排名表里第一位的名字，难以置信地把目光转向一旁的瞿朗。

瞿朗歪着头冲她眨了一下眼睛。

"喵咪，怎么样，选择我没选错吧？"

这是另一件让她头疼的事。现在瞿朗一见她就喵咪长喵咪短地乱叫，让她烦不胜烦。终于有一天这个称呼飞扬得天下皆知，其他人也嘻嘻哈哈地跟着叫起来，瞿朗却恶狠狠地冲过去揪住那人："谁让你叫的？不许你叫！这是本大爷发明的，只有我一个人可以这么叫她！给我记住！"弄得查旭西呆立在当场，脸红也不是，气愤也不是。

然而查旭西与瞿朗两个人之间的关系在公开官方传播中已经从暧昧升级到明朗化，没有人会有兴趣再针对他们是不是一对去讨论。查旭西觉得自己就像是蒙受了不白之冤，如何叫屈也无人理会。她一直都是讨厌瞿朗的——他真的是很讨厌，一会儿爱理不理，一会儿又油嘴滑舌地粘搭过来让她难以自清自白，而且从来都没说过喜欢她！他只是会不要脸地跑来要求抄她的历史作业，再在小考中超过她一二分以示平衡，蹭走她的巧克力、饼干，呼地把头压到她肩上睡过去，让她不堪重负。

查旭西觉得自己不能够再这样忍受下去了！她要与那个狡猾、无耻的家伙彻底划清界限。但，自己有把柄在他手里。当时的那张照片还在他的手机里待着，她也清楚地记着之后瞿朗抱着大堆的漫画书与零食外带一本物理书来到自己面前时一脸奸笑的表情。她要报复，她要以其人之道还治其人之身。她相信凭自己的本事，瞿朗的把柄总有一天也会落在她的手里。

四

啪，一本书打在她的头上，恼怒地转过头，查旭西发现无耻的家伙正居高临下地斜着眼睛看自己。

"喵咪，你在我座位上鬼鬼祟祟地做什么？"瞿朗手里的书在她头上继续掸灰似的一下一下拍打，"快让开，否则我就坐你身上。"

"住手啦，笨蛋！"查旭西一下跳起来躲避攻击，无耻的家伙立刻占据了座位，整个上身呼啦全趴到桌上。

刚刚的体育课上男生测验了3000米，现在一个个回到教室里就像被冰雹打击过的白菜。瞿朗闭着眼睛就在嚷："喵咪，我好渴。"

查旭西也闭上眼睛转身就走。一只手抓住她的衣服，"我要苹果芬达。"

她睁眼，转身，努力平缓了语调，"我只有白开水。"

瞿朗伸手到抽屉里摸了一会儿，掏出一只钱包给她，"学校小卖部就有，还有可爱多，我请你吃。"他的脸枕在手臂上笑容可掬，"好不好，喵咪？"

查旭西走在前往小卖部的路上，有点生气地回想瞿朗刚才的笑脸。那实在是非常非常……"诡异"的笑。很熟悉，似曾相识的感觉。在哪见过呢，查旭西努力地回想着，想着想着想到了SD娃娃的脸，又觉得不尽然，不只是看起来是像不像的问题，而是那种感觉让她有种共鸣感……算了，真是越想越恐怖，还是不要想了。

低下头打量着手中的钱包，黑色，皮制，表面上有一个小小的圆形金属标志，上面刻着一个类似"V"字的符号。打开来，里面有好几个夹层，除了钱、卡，查旭西还翻出一张折叠起来的纸片。她拿在手里展开，放慢了脚步。大约练习本那么大的白纸上是一幅手绘的简单素描——女孩子，大大的圆眼睛，小小的鼻子，刚刚到肩上的黑发，甜甜地笑着，右边脸颊还有浅浅的酒窝。画面的边上写着两个字，西西。

爸爸妈妈都是叫她"查小西"或者"西西"，看到瞿朗称呼的"西西"，她惊讶，心跳，却不陌生。因此，她也绝不会去想象是否还有另一个"西西"的存在。

查旭西捏捏自己的脸，喃喃地说："笨蛋，嘴唇画薄了，头发画短了，还有我笑起来明明两边都有酒窝。"一直走到小卖部，看到柜台镜面反射的脸，她才发现自己保持着嘴角上扬的表情已经走了一路……然而，那脸颊上陌生的红晕，竟是自己从未见过的漂亮。

五

那一天，是假日。查旭西在从超市出来的时候看到了瞿朗。他们相隔了一条不算宽的马路，查旭西一眼就看到了他，但瞿朗没有看到她。瞿朗正与另外一个男孩还有一个女孩走在一起。陌生的男孩，高高的个子，很帅，却虎着一张脸，瞿朗正一路和他打闹着，还一个劲地作势把女孩往自己身边拉。女孩有一张甜美的笑脸，圆圆的大眼睛，薄薄的嘴唇，刚刚到肩上的柔顺的黑发，右边的脸颊还有浅浅的酒窝。瞿朗一边打闹一边笑："谁说西西是你的？她明明是我的！你不知道她已经把你甩了，刚刚和我订婚了？西西姐西西姐，你说对不对？西西姐是朗朗的，对吧？"他转向女孩，脸上的笑容是查旭西从没见过的明媚，温柔得就像最美丽的天使。

查旭西一动不动地盯着他们，直到发觉自己的牙根咬得有了痛感。她放松牙关，喉咙微颤着深吸了一口气。瞿朗他们已走出了一段距离，要拐弯时一转头，他竟然发现了她。

查旭西远远地与他四目相对，心脏怦地一跳，接下来第一个反应就

暖雪落尽处，相会且无声

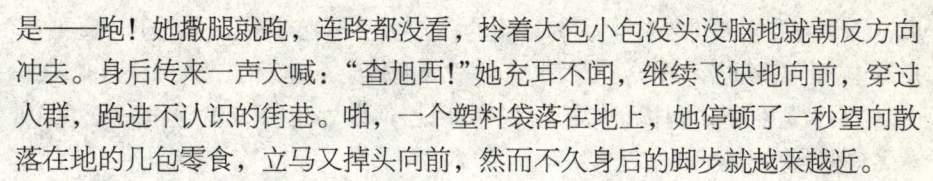

是——跑！她撒腿就跑，连路都没看，拎着大包小包没头没脑地就朝反方向冲去。身后传来一声大喊："查旭西！"她充耳不闻，继续飞快地向前，穿过人群，跑进不认识的街巷。啪，一个塑料袋落在地上，她停顿了一秒望向散落在地的几包零食，立马又掉头向前，然而不久身后的脚步就越来越近。

"查旭西！喵咪！你给我站住！"

她几乎浑身发抖，又是一个死胡同。怎么办，怎么办，往哪里去，要不要翻墙？慌乱之中一双手啪地抓住她的肩膀："不许动！"

瞿朗哗啦埋下头把身体的重量全靠在她身上，大口大口地喘气："你想害死我呀？我有先天性心脏病……"他顺势滑坐在地上，一手搭着膝盖一手捂着胸口猛地一连串咳嗽。

查旭西看着他痛苦的模样整个人都吓懵了，她轻声地、小心翼翼地问："你，你没事吧？要不要打电话给医院……"

瞿朗又咳又喘了好一会儿才平静下来，然后突然抬起头冲她奸笑，"没事了，我已经勇敢地做过手术，所以全好了！"

查旭西神经一绷，砰的把手里的袋子扔到他身上，"你神经病呀！"

瞿朗伸手挡住，又一包物品散落一地。他睁大眼睛，"喵咪你疯啦？"

查旭西冲着他大喊："你神经病呀？谁让你追我的？谁让你追我的？我买的东西全都丢了！你还骗我！你怎么可以骗我？滚你的喵咪，你是混蛋！"

瞿朗站起来面对她，"你才神经病！见到我见鬼似的跑。你跑什么呀？我会咬你呀？"

"我就是要跑，我赶时间，你管我？腿长在我身上，跑不跑是我的自由！你不是很开心地和朋友在一起吗？我也有马上要去的地方，你给我让开，我赶时间！"

瞿朗扳过她的身体，"你生什么气？我没把你怎么样吧？刚才我不过和朋友一起逛街，你……你不会是看到我和其他女生在一起所以不高兴吧？"

"没有！我没有不高兴！"

"呵呵，我明白了，喵咪你是吃醋了！"

"没有！你听不懂啊，我说没有！没有！没有！"

瞿朗只顾自说自话："原来是吃醋，这下我理解了！喵咪原来你已经这么喜欢我了……"

查旭西瞪着他，狠狠地瞪着他："是呀，我是喜欢你，我是吃醋，你很得意吧？但我也好讨厌你，一直一直好讨厌你！我知道你是故意的，你故意让别人误解，让我难堪，你一直都在捉弄我，你这个坏蛋！我是超级大傻

147

瓜，我干吗要喜欢你？你明明有喜欢的人，明明不喜欢我，干吗还一直黏在我身边？你怎么这么坏……"泪水一串串滑下脸庞，她索性放声大哭了起来。

"因为童丽娜她们和我打赌，如果能让你做我的 GF，就输给我任意 10 款黑森林蛋糕……"

"你——"

"等一下！等一下！"瞿朗抓住她打来的双手。"那只是一开始啦！一开始我是对你没什么兴趣……但是慢慢地，我发现你真的好像喜马拉雅猫……"

"你——"

"是真的。"瞿朗认真地望着她，"你很像哦……就像喜马拉雅猫一样，很可爱、很可爱……"

查旭西一时间直望着他说不出话来，瞿朗停顿了一下继续说："所以……现在我也不是不喜欢你呃……是喜欢你……"

查旭西看着对方泛红的脸，慢慢停止了抽泣，"可是，你不是喜欢别人吗，那个西西？你脚踩两只船？"

"谁呀？"瞿朗脸色变黑，"你看不出刚才她旁边的那个臭小子是她的男朋友吗？如果不是这样，我早把接近她身边的任何男生打得满地找牙了……我是喜欢西西，但那是以前了，现在她就像我姐姐一样。"

"可是你刚才还和她手牵手，还搂搂抱抱的……"

"这么说吧，我这个人做事是很有原则的，有些事可以对任何人做，有些事只能对某些人做，比如这样……"瞿朗不顾查旭西的躲闪，轻轻地抱住她。"还有些事情，或许可以想着对某些人做，但最终只能对某一个人做，比如这样……"在她惊呆了的脸上，瞿朗飞快地亲了一下，然后微笑着说："所以说，你才是我最终想要的那个人，明白吗，笨喵咪？"

查旭西，15 岁，很无辜地被某个非善类盯上，继而宣布为专属猫咪。最后还被绑架着去分享 10 盒甜得吓死人的蛋糕。虽然她很反感它们的来路不正，但是味道，真的好美味。

喟叹青时

双宝

■ 金学种

1. 马爱宝

马爱宝是我的小学同学，还同桌，但时间不长，只一年半。她是四年级后从邻村的初级小学转到我们村的完全小学来读高小的，从五年级读到六年级上半学年，她就离了学，嫁人了。

此前我也认识她。她家就在我们村和邻村的中间，山脚边一个独立的土屋，和我们村隔一条溪。一家三口，她爸她妈和她，看上去似乎是祖孙辈——或许他们本来就年长，也或许都是残疾，一个瞎着眼，一个聋了耳，才显出老相。

马爱宝有时也跟着她妈来我们村卖水果，夏至时节是杨梅，不用秤称，论碗卖，她妈拿着碗高声喊："三分一碗，一碗三分！"——她耳聋，生怕别人也听不见，声音就特别的大，赛似喊山。梳着羊角辫的马爱宝则拿小手将杨梅拨到碗里，轻轻地，免得抹了杨梅的尖刺，影响口感。秋天的柿子则是论个卖，一分钱两个或三个。她妈不会算钱，只报出三碗或九个，马爱宝就算出三三得九或九除以三等于三，分文不差。村人们都夸她：这黑小囡真乖，从小就赚铜钿，今后好开银行啦！——我们那里乡语，"开银行"是赚大钱的最高标志。

水果是她家自产的。直到20世纪50年代末，公社化都两年了，她家仍没入社，单干。说了也许没人相信，但事实就是这样：她家土屋前那块果园，就属于她家私有。果园里有杨梅、柿子，还有几丛淡竹，空地里则放养着鸡啊、羊啊、猪啊。我们常去那附近放牛。她家果园是用带刺的树围成篱笆，篱笆外便是公家的山坡，左边是我们村的地界，右边则属于邻村了。山坡上有野果子，秋天的毛栗、春天的野草莓——我们叫"羊屙团团"，名字不雅，个也小，也不那么鲜红，吃在口里却似化了蜜——眼下每当我吃到很大很红但又很没味道的草莓，就会想起当年的"羊屙团团"。

但"羊屙团团"再甜，也满足不了我们的口欲，仍觊觎果园里的果子：那杨梅才红哩，那柿子才大哩。我们尝试着去偷摘，总难遂。倒不是让那带刺的篱笆阻住，而是逃不出马爱宝她瞎爸聋妈的耳朵和眼睛——她爸眼睛看不见，耳朵却特灵；她妈耳聋眼睛却特别亮，只要有点声响，或者掠过一道影儿，那土屋里便会响起男女声对唱那样的高喊：

"哪个小顽爬杨梅树啰？我家是小沟溪呐，大河里水才满哟……"

"小顽小顽别跑啊，当心摔跤噢……"

喊着，却不追上来——其实也不必追，我们早像兔子似的跑得远远的了。我们知道，"小溪""大河"指的是私人和集体，至于提醒我们逃跑时不要摔倒，更不无温情。而他们的女儿，那个黑脸高鼻梁的小姑娘，仍会跑到我们放牛的地方，没事似的，看我们玩，偶尔也和我们玩。

终于有一次让我们得逞的是那年暑假，趁她妈去镇上赶集没在家，我们终于摘到几个柿子，顺利撤退时只听到她爸的男高音，便都不慌不忙地找个地方享口福。那柿子也红红的，一咬却涩得很，麻得舌头都不知跑哪去了，于是便扔一地。第二天再去时，那地上的柿子不见了。又过了七八天，马爱宝过来了，拿了一包柿子，给我们每人几个。我们都羞涩着：几天前还偷了她家的柿子，虽没吃成，但毕竟她家受了损失。如今她又送我们吃，怎不让人心虚？马爱宝却说：

"吃啊，这都是我从地上捡的。不知谁摘了我家的青柿子，扔了，我在砻糠里闷熟了，现在才甜呢！"见我们都尴尬着不敢吃，她又笑着说，"你们看，前几天我捡到时还没熟，现在比你们的脸还红了——吃啊！"

看着我们终于都吃了，也都说甜，马爱宝又介绍起这柿子的奥秘了。她说柿子刚摘下来是不能马上吃的，要加工，有水浸的，有砻糠里闷的，还可以做成柿饼。见大家都不敢说话，她又说，过些天她就到我们学校来读书，上五年级。

果不久我们便成了同学，还和我同桌。

马爱宝长一副黝黑脸，高鼻梁，深眼窝，只差脸上点个红点，就俨如后来在电影或电视上看到的印度少女。那时我们都吃公共食堂，跟她一起升学过来的别的邻村学生也可以在我们村的食堂搭伙吃一顿中饭，只有她每天上午放学后赶两里路回家去吃。因为她家没入社，大家便觉得她有点异类，余老师也有点瞧不起她。但接下来两件事，提高了马爱宝在班上的地位。

首先是她改变了班上不正常的男女生关系。

所谓"不正常的男女生关系"，是始于半年前，也就是上个学期，我们班男女同学间突然出现奇特的"三不主义"：不接触，不说话，不交往。哪个男同学如果和女同学说一句话，就会被大家起哄，说他俩是"夫妻"。当然起哄的都是男同学，特别是牛得宝，吵得最起劲；女同学虽然偷偷地笑，却也不敢主动和男同学打招呼了。现在想来真有点可笑，甚至也说不出什么原因，也许只是特殊年龄段的少年们所特有的对男女异性的生理或心理所反映出来的集体无意识吧？本来，这也不是什么大不了的事，如果引导得法，或者干脆不当它一回事，通常也会自然而然地恢复正常。但偏偏余老师把这事和政治联系起来，就把事情弄得复杂了。

余老师几年前由校长姚老师介绍，来学校代课，很得姚老师帮助培养，进步不少。但一年前反右派，余老师揭发姚老师，让姚老师成了右派，离开学校去改造了，余老师成了学校的负责人。村里人都说她忘恩负义，连我们做学生的也同情姚老师，但又怕余老师，不敢跟她亲近。这情形余老师也感觉到了，竟然把这两件事联系起来：说你们这些男同学，看起来是欺侮女同学，其实质却是为右派分子姚老师喊冤叫屈，打击报复我这个女老师！

不但如此，余老师还借题发挥，在排座次上来个反制：本来是以学生的身高来排座位，她却来个男女搭配，男生女生一律同桌。正好我和马爱宝坐一起了。

没料想这一下，非但没有改善男女同学间的不正常关系，反而加剧了。如果说先前只是表面的疏远，这会儿倒真正引起男女同学间心灵的隔阂了。面对这僵局，余老师既恼怒，也无可奈何。

这僵局被马爱宝打破了，而且那么容易。

马爱宝和我同桌，她本来就话不多，包括在女同学间，她也很少搭讪。只是睁着大大的眼睛听课，或者睁着大大的眼睛看着周围的一切。有时也侧过头来看我一眼，见我躲开她的目光，她也便缄默着。但在这缄默中，我却感到她心里好像什么都明白，什么都知道。

这天她从家里吃了中饭回来，还没上课，大家都男管男、女管女地凑一堆闲聊、玩耍。马爱宝不声不响地从书包里拿出一包东西，打开来，却是柿饼，女生们轰的一声，都欢天喜地地争着吃起来。马爱宝仍不说话，却来到我们男同学面前，摊开小包，示意让大家拿。我们大家都感到突然，也很诧异，当然谁也不敢接，包括我。

"吃啊！"马爱宝摊到我面前，"你连我家的青柿子都敢吃，这么甜的柿饼不想吃了？"

接着又摊到另几个男生面前，恰都是夏天时一起偷摘她家青柿子的几位。她不由分说，往每人手里塞上两块柿饼。然后把其余的放在桌上：

"谁要吃谁拿!"

就这样,因为这么几个柿饼,我们班已达大半年之久的莫名其妙的"不正常男女生关系",居然在莫名其妙中得到神奇的化解,变得正常了——世上好多事看似反常,其实往往是正常的,你不对它大惊小怪,它也就不怪了。这件事情上,看似马爱宝的几个柿饼起了神奇的作用,其实也只是一个契机罢了,没有那几个柿饼,没有马爱宝,也会有别的契机,哪怕是偶然的,也会起变化的,只要不是像余老师那样的,连小学生的事也硬要赋予"政治"的意义。

同学间的关系正常以后,马爱宝的声望也随之大增,连余老师也对她刮目相看。特别是接下来经过几次考试,马爱宝都是第一名,更受到余老师的表扬。而之前,余老师总是强调政治第一,红专相比,红比专好。尽管以前我的成绩名列前茅,却从没受过余老师的表扬,直到现在马爱宝超过我。

我心里虽有点失落,但又不得不佩服。马爱宝读书确实出色,不但每次考试总是得满分,几乎没有她做错或做不出的题目;课堂上老师提问,也没有她回答不出的问题。更让我佩服而且奇怪的是,也没见她有多么过分的努力,平时也只是默默地听课罢了。有一次发大水,去她家的那条河淹了,她三天没来上学。我心里暗想,下次考试她总会落在我后面了吧?可结果,仍然比我考得好,仍然是满分。

我终于彻底地服了她。

不止是我,别的同学也都这么想。我们也常在背后议论,这黑姑娘这么会读书,是天生聪明,还是别的什么原因?若说遗传,她爸她妈还是聋子瞎子呢!

更没想到的是五年级末,举行了一次全区学生统考,马爱宝竟得了总分第一名。余老师也增光不少,她再不说红比专好的话了。那天,她特意组织了一次总结会,让马爱宝谈谈自己的经验体会,有什么学习诀窍。马爱宝黑黑的脸红红的,轻声说哪有什么诀窍,我刚来到这里,还真有点怕呢。余老师问她怕什么。她说,她原来在邻村的初级小学读书,四个年级组成一个复式班,每节课都是老师轮流着给四个年级讲课。到了我们这里,是两个年级的复式班,她还怕不习惯呢。说着说着,她忽然眼睛一亮,像是想起什么来,说,四个年级复式班其实也能训练人呢,等于让每个学生学了四次。她这一说,虽然没有具体谈出什么诀窍,却让大家感到新鲜。余老师也难得地笑着说,那你以后升初中读单式班,怕是更不习惯了。

会后,也有同学仍不满足,故意激她,说她仍然没有说出学习的诀窍,是不是不肯让我们知道，怕别人赶过她？这一说，马爱宝便急了，说：

"读书有什么诀窍？一个学生，就这么几本书，都读不好，那还算是学生？"

这一说大家都愣住了。我也没完全明白，只隐约觉得她这话让人深思。随着时间的流逝，随着年长，才逐渐悟出来，马爱宝这话不正是"诀窍"吗？不但是学习的"诀窍"，更是任何职业甚至做任何事情的诀窍。

我对这位同桌的印象越来越好，有时甚至遐想：她要是能做我的老婆，那该多好！哪怕她的成绩永远比我好，我也情愿。我也可惜现在男女生关系正常了，要不然我们同桌，让别人说我们是夫妻那才好呢！

我也想：再过一年上初中，我和马爱宝仍然是同学，而且仍然是同桌，那该多好！到那时要真像余老师说的那样，马爱宝因为中学里单式班不习惯，甚至影响学习，让我来帮助她，那就更好了！

但这美好的愿望很快就破灭了。别说上中学，就在六年级第一学期快结束，临近期末考试时，马爱宝忽然休学了！

开始也不知道原委，一连三天没见马爱宝来上课，我心里便像旁边的座位，空落落的不踏实。直到第四天，才听说马爱宝歇学了，而且更惊人的是：她嫁人了，嫁给城里供销社一位 30 岁左右的职工！

我在震惊的同时，更是愤怒！怎么有这种事，马爱宝才 14 岁啊！——我当时还不知道法律上说和 14 岁的女孩子发生关系，哪怕是对方自愿，也是可以按强奸幼女罪处罚的；要是那时知道的话，我也许会更愤怒。怎么可以这样！

别的同学也都很震惊，连余老师也愤愤不平。她已经知道了原委：原来马爱宝家没有入社，邻村也没给他们口粮，作为特殊的情况，他们家的口粮一直由公社民政部门供给一部分，但现在起停止供给了。他们一家难以为生，经人介绍，让女儿出嫁，一聋一瞎的父母也跟着女儿过去，由女婿供养。

余老师的不平是怪马爱宝的父母，说他们早就应该走集体的康庄大道，也不至于弄到现在这个地步，害得女儿成了牺牲品。她说这也是资本主义害人的一个典型例子。

这一晚我翻来覆去的睡不着。

第二天一早，我赶去找马爱宝。我要劝阻她、说服她——虽然我不知道我凭什么，怎样才能劝阻她、说服她。我只想好一句话：我希望和她在中学时仍然是同学、同桌。

我也曾想象她见了我一定会很伤心，而且还会哭诉。甚至她会躲在那土屋里不肯出来见任何人，包括我，她的同学、同桌。

但这一切都没有发生，马爱宝见我去看她，很是平静，陪我来到园子外，还没待我说什么，她便说，本该早对你说，可事情太急，来不及……

她竟说得那么镇定，仿佛在说一件很正常的事。

我却镇定不了，我说，你愿意吗？你何苦呢？你那么会读书，怎么可以这样！

她愣了一下，大眼睛凝住，说，我当然愿意，我不愿意能成吗？

又说，我是个女儿，连父母亲都养不活，我还算个女儿吗？

这会儿我愣住了，我再也没劝她什么，直到离开她，我突然想起她那句话：连书都读不好，还算是个学生？

马爱宝出嫁后，我再也没见到过她，也不知道她的消息，但那句话却几十年都不曾忘记：连书都读不好，还算是个学生？由此类推：连……都做不成，还算是个……伴着我几十年，始终没忘怀。

几十年过去了，想必马爱宝也该是个做奶奶的人了，想必她是什么角色都能做得好、做得成功的。如果她的孙儿辈能继承她的优点的话，想必一定很会读书的，也许是个高考状元，甚至已经是博士，也不是没有可能。

2. 牛得宝

牛得宝大我两岁，上学比我晚一年，又留级一年，这才和我同级。我说他是后来居上，他却说后来居上的是我，我年少，却和他读同一册的书。

牛得宝的爸名叫阿绕，绰号"牛魔王"，我却觉得名不副实，跟连环画里那个和孙行者斗法的铁扇公主的老公相比，他既矮小又猥琐，独独一张大嘴，横亘在小眼睛小鼻子下面，很夸张，也不协调。但他自吹自擂说他面相好，好就好在那张嘴上，男人嘴大吃天下。倒也是，阿绕自小就给人家放牛，做长工，吃多户人家的饭。有次开忆苦思甜会，轮到他发言，他说当年真苦啊，三十好几了还讨不到老婆，看到凡是雌的都心里难受，身上更难受，有次忍不住去偷看主家的媳妇洗澡，让主人痛骂了一顿，辞了他，害得他大半年没活干。人家说你还光荣啊？你该忆忆长工累死累活还吃不饱。他说那时能吃饱，农忙时还有点心，你当地主是笨蛋啊，不让我吃饱怎给他下劲干活？哪像现在，干活要大跃进，却吃不饱肚子。

从此再不让他忆苦，怕起反效果。

阿绕那张大嘴除了说话关不住，还馋，什么都敢吃，包括别人扔了的他

暖雪落尽处，相会且无声

都会捡来，谁家死了一只兔，瘟了一只鸡，他也要来。换成现在怕是猪流感禽流感还有"萨死"什么的，还不酿成大事故了。但他吃了就没事，胃不疼肠不堵。全家人也吃，也没事。当然，每次他都是自己先尝过，再让老婆吃，最后再让儿子吃——可知他还是留着一份心的。

牛得宝是独子，他爸他妈视他为宝贝，都叫他"阿宝"。更有意思的是，他爸他妈也互称"阿宝"。这就是说，在他们家里，除了儿子叫爸妈是爸妈外，就只有"阿宝"这一个称谓了。人们都奇怪如何分辨的清？我也问过牛得宝。他说哪会听错？一家人，咳一声都能知道对谁咳，咳的啥。

但牛得宝也常遭他爸骂，一不顺心，阿绕就拿儿子出气，最后总是说：我和你妈辛辛苦苦生下你，你却怎么怎么的不争气。这类话也不是他爸的原创，通常是不少父母骂子女时的口头禅，做儿女的谁也不会去深究父母是怎么生他的，包括牛得宝。但忽然有一天，牛得宝却觉醒过来似的，反驳他爸说：

"你们生我哪是为了我，你们是想自己舒服、快活！"

他爸说："你小子长大了。"

牛得宝就很得意，俨如拆穿了他爸不可告人的什么秘密似的。

牛得宝比我们大，玩耍时总是他做头。夏天我们常去一个叫虎跳涯的河岸游泳戏水，先在岸上水田里赤条条地浑身涂满烂泥，再往水里跳，出水时便一个个清淋淋的，刺激极了。忽然有一天，大概也就是牛得宝拆穿他爸秘密的那个时期，待我们都脱得精光要下水时，他却仍穿着短裤，我们说你为啥不跟我们一样？他说我就跟你们不一样，我有的你们有吗？说着把短裤褪下一点，果然那地方黑丛丛一片，不像我们都光光的。大家都没话说了，眼见他独享穿短裤的特权，多少有点自惭形秽，同时也不无羡慕。

不管牛得宝的爸生他时目的如何，感觉这父子俩却长得一点不像，牛得宝个儿高，五官也生得饱满，人就说这父子不一个模子，甚至有人说不是阿绕生的。姚老师却坚认，牛得宝就像他爸。姚老师在我们学校教了多年书，和村里人都很熟，他说他从讲台上往下扫一眼，就能从每一张学生的脸上，看出谁是谁的子女。姚老师说看人不能光看外表的形貌，得看内在的神情——姚老师这一"形神观"也曾让人们信服，但待到他被余老师揭发成了右派后，人们便说，他眼光这么好，这些年怎么没看出余老师是个忘恩负义的人？

牛得宝模仿能力很强，常常能抓住被模仿者的特色，经他一点缀，便惟妙惟肖。村里有个锯板匠的老婆，曾做过土匪的眼线，村里人恨她，惩罚她灌过鼻子水，从此说话就不男不女的瓮了音。牛得宝学她，一开口就瓮声瓮气的，像极了。还有一个瘸子，左腿伸不直，牛得宝就模仿他坐在粪缸上大

157

便的样子，把左腿伸直去，空蹲着，把大家逗笑得前仰后合。但也有人说他老学残疾人，不道德。后来他学一个口吃的，不知怎的以假成真，自己也变成口吃了，改不过来，于是人们便说他是"现世报"。

说话口吃，唱起歌来却很顺。当年常有唱新闻的瞎子来唱新闻，他就学那模样，侧着头，翻着白眼，装出拉琴的姿势，一面唱那开场白：

> 天上星多月不明，
> 地下山多路不平，
> 朝中官多出奸臣，
> 百姓人多出新闻。

现在想来，当年的牛得宝确有优孟之才。换在如今，让他演个小品，参赛模仿秀，说不定又是一个赵本山，至少像小沈阳。

牛得宝读书，如同当年一个著名相声中形容自行车破旧的那个名句：除了铃不响，什么都响。他除了学习成绩不好，别的都无可挑剔。文娱、体育不消说，自是组织者，劳动更是冲前阵。那时劳动多，每星期总有几次去水库工地挑土，或平土，或帮队里割晚稻，牛得宝总是最卖力。至于政治活动，他也总是最积极。有次学习刘文学，大家谈体会，说到这位少年英雄和偷集体秋椒的地主搏斗而牺牲时，牛得宝激动地说，如果让他遇到偷集体财产的坏人，哪怕不是地主，是贫下中农，他也会斗争到底。那天他还带头领唱学英雄的歌：

> 渠江水呀弯又长，
> 有颗红星放光芒。
> 少年英雄刘文学，
> 他是我们的好榜样
> ……

唱得声情并茂，大家也跟着唱，虽不合拍，乱糟糟的，但都很激动。

在此前一年，反右派正酣，学校组织一次特色游戏：余老师让大家做了几十个稻草扎成的小模型，上面贴一张写有章伯钧、罗隆基、储安平、章乃器等名字的小纸条，预先放在村外竹林里的角角落落，棘丛中或者草窝里，让同学们去寻找，看谁"捉"住的右派最多、最大。牛阿宝战果最丰硕，"捉"了好几个，见我一个也没有，便把一个不知名的转送给我，他说看那名

暖雪落尽处，相会且无声

字是女的，他不要。后来听余老师说，那个女右派是市里女子中学的校长，留学英国，仗着自己懂好几国英语（美国的、英国的），反对学校改学俄语。牛得宝说，"雌右派"名气再大，也没花头，送给我他不后悔。

　　过后有同学说，牛得宝之所以能"捉"到那么多右派，是因为余老师让他去放置的。言下之意，牛得宝的战果是假的，大家不服。牛得宝脸红脖子粗地分辩，口吃着赌咒，说谁作、作弊谁、谁也、也是右、右派。我呢，虽然也觉得不无这可能，总不至于由余老师亲自去放置吧？这光荣的任务自然是非家庭成分好的学生莫属了。但反过来，即使是别人去放置，让牛得宝硬碰硬地去"捉"，他也完全能"捉"得最多——这一点我坚信，所以服气。

　　我服气牛得宝，也因了他待我不错。小学毕业时，学校让我们毕业班搞一次聚餐，听说向上面打报告，经过四级单位核准，批来四斤肉，每人有一块扣肉。那时正是最困难时期，大家都已几个月不知肉味了，人人嘴里都淡出鸟来。但临了，我却忽然出了痘子，也就是麻疹，当然不能去聚餐，更不能吃肉了。一家人都可惜啊，可惜我不能吃，也可惜那块扣肉。但过后，牛得宝却来到我家，拿了一份菜，包括一块扣肉。可把我感动的，我说我不能吃，你拿去吃了吧。他坚决地说：这是你的份子，谁也不能侵占。说着撂下就走。那气概，很像当时我正在读的《水浒传》中常常见到的那句："唱个喏，拔腿就走。"

　　上初中了。牛得宝本不想再升学，但余老师动员他爸，说贫下中农子女不升学，难道让地富反去读？话不假，那时并非所有小学毕业生都能升初中的，我也希望牛得宝继续和我们同学。有他在，大家便有了主心骨。我们村六七个同学每天早上喝一碗稀粥，再带一罐稍稠一点但仍是稀粥去五里路外的镇上中学，常常没到中午，肚子就闹起荒来。于是常常在中间下课时就着咸菜喝几口粥。却遭那些镇上吃商品粮的同学的鄙夷。有位镇上同学阴阳怪气地说怎么有一股臭粪味？话刚落，牛得宝拿起粥罐就泼了过去，对方红脸上满是白的稀粥，拿手抹着，嘴却不敢声张。

　　第二学期的清明节，学校组织同学们去一个叫樟村的地方祭扫革命烈士墓，如果从我们村直接翻山过去，能省好多路。但学校却规定从学校集中后再集体出发，不同意我们单独行动。牛得宝说，听我的，我们自己去，半路里等他们就是了。我说老师没同意怎么办？牛得宝说，你听我的还是听老师的，我是贫下中农，你是吗？老师是吗？我说我不是，老师也不是。他说那你就听我的啊！见我们仍不踏实，他才说他已经和老师说好了，同意我们自己去。但又强调，我们得早一点在那边等，只能我们等大部队，而不是让大

159

部队等我们。这一说，大家才放心，也更服他。

　　第二天一早，我们村六七个同学，翻山来到那个约定的三岔路口时，太阳才出来。时值初春，漫山遍野全都着了鲜艳的颜色，绿的小麦，青的紫云英，我们那里叫草子的，嫩得都像冒出水来——其实就是露水，晶莹莹的，在阳光下争先恐后地闪着光。但最鲜最耀眼的是油菜花，整整一畈田全铺上了一层金黄色。我们都很兴奋。牛得宝更是张大了嘴，惊呼起来，说，啊，怎么有这么好的风景？这颜色怎么像是假的，跟画上去的一样……这一说，大家纷纷笑他，说他比喻不实，用词不当——多年后我读到朱自清谈"逼真"和"如画"的一篇文章，想起当年牛得宝的话，才发现这位不会读书的同学，比我们多了份特殊的美学悟性……

　　牛得宝那天兴奋异常，跳着喊着，一会儿在油菜地里钻进钻出，一会儿在草子田里打滚，最后又唱起"马灯调"来：

油菜花开，一片黄啊，
麦苗长啊，一片青啊，
草子嫩啊，一片绿啊，
哎格隆咚，马上就好吃饱饭
……

　　闹了一阵，大家又坐下闲聊。从庄稼说到收获，从麦子说到油菜，话头便转到吃上了，有人提议每人用这菜油"烧"个菜，顿时便把大家的想象力充分调动出来：有说红烧肉，有说红烧带鱼，有说油焖笋，再"节省"的也说了个炒青菜多加点油……只有牛得宝说：

　　"什么油不油菜不菜，我只要吃饭，吃饱白米饭，什么菜都不要！"

　　大家都被他逗笑了，也被他提了醒：肚子都饿了。牛得宝说，先吃一点，大家带来的是什么宝贝？他第一个解开包，是七八个草子馍。大家都笑了，纷纷打开各自的，居然都是一样的草子馍——这是当地当时的点心，草子最嫩时，和着面粉做成馍。所不同的是馍却不一样，有的同学是整块的，有的却散开了，一提便是一串草子，有的虽然没完全散开，也快分崩离析的样子。见大家奇怪，牛得宝问：你们知道为什么不一样吗？见大家说不出来，他又说：你们见过糊泥墙没有？糊墙的泥是草筋拌和黄泥才能糊得上，如果草筋拌和沙子还能糊得上墙吗？见大家仍不解，牛得宝哈哈大笑：这不是跟这些草子馍一个道理吗？米粉少，糠多，这草子馍能不松开吗？这一说，大家才明白：大家的馍的形状不一，是拌和的米粉和糠的比例多少之故，纯米粉做的，就整块的；糠做成的，自然便松散了。

说笑着，大家仍吃得开心，还互相交换，整块的、散的，都分别尝尝。直闹到学校的大部队到来，才继续上路。

扫墓仪式后，请一位新四军三五支队的老战士讲革命斗争故事，说当年在山上打游击，敌人封锁，粮食不够吃，天天吃草子馍。这一说，大家都乐了，在下面嘀咕，有谁说不知是泥糊的还是沙糊的？我也跟着插嘴：他没说是糠做的，应该是米粉做的，糊得上墙的。大家都会心地笑。

本来纯粹说句笑话，却让一位边上的同学听见了，去告诉老师，说我说落后话。老师来查问，我赖了。问别的同学，也都说没有。还没问到牛得宝，他却先说是他说的：这不是？我的草子馍，不都是糠做的吗？弄得老师也没话说了。过后我感激牛得宝，说他胆子大。他却说，这也算大？我怕谁啦？我是贫下中农。

过不久，牛得宝休学了。大家为他可惜，他却说没什么，反正读书也白读，还不如下队干活挣工分。我倒不觉得可惜，不像头一年马爱宝停学那样让我难过。尽管从感情上，我希望牛得宝能继续和我们同学，有他在我们便有主心骨，甚至是我们的保护人；但从理智上说，继续读下去对他真没什么意思了。倒是每天我们从学校回村，看到牛得宝在和大人们一样干活，干得很欢快的样子，我们也为之高兴。

但这么个欢快的生命只继续了半年！

那年冬天，我们放学回家，突然听说牛得宝快死了——是吃了一只死鸡，这回是牛得宝捡来的。烧好后，他爸还未尝，牛得宝等不及先吃了，就上吐下泻……

我们几个同学都赶到他家去。那是一个北风凛冽的傍晚，风声夹着哭声，从他家的小屋里撕裂般地传出来。我们一个个胆战心惊地来到小屋前，从破窗户往里看，见他妈扑在床上，"阿宝，阿宝"地叫唤，哭得死去活来。他爸却木木地站在屋里，那张大嘴更加狰狞，一声一声地骂：

咋不让我死，咋不让我先吃！

骂着，啪啪啪拿手扇自己的嘴。

我们几个人都流着泪，但都没哭出声，也没敢进去，最后都悄悄地退出来，到了外面才抱成团放声大哭。

我也恨恨地想：牛得宝啊牛得宝，你不是说能有饭吃了什么菜都不要吗？你还吃什么死鸡啊！

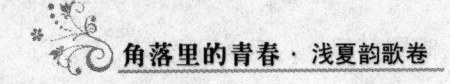

牛得宝死后，听说他爸他妈仍互称"阿宝"，一直这么叫，叫到老。

牛得宝死后好久我都很后悔：居然没敢进去向牛得宝告个别。为此自责了好久，也梦见过他，竟是在金灿灿的油菜花丛中，载歌载舞地唱马灯调……再之后，我这自责才慢慢消除，代之以欣慰：还是没去看死时的牛得宝好。以至到现在，好几十年过去，我心中的牛得宝，始终还是那个在油菜地里钻进钻出，载歌载舞，唱着马灯调的美少年的模样，似真似幻，如景如画……

驼之泪

■ 无字仓颉

1. 孤独的单姆

14岁的巴音是个孤儿，从他记事起，就在吉勒王府里牧驼。他没有别的亲人，除了老管事阿其格，就是深眼睛大鼻孔的骆驼和他最亲了。

牲口圈里，有一头孤独的老母驼，牧人们都叫它单姆。单姆终日被关在圈里，一年只有一次机会外出。到一个日子，王府的人便来将它牵了去，直到天黑才送回来。阿其格对巴音说，单姆是王府的宝贝，重点保护对象，丢了单姆是杀头之罪。

巴音问阿其格为什么，阿其格总是欲言又止。在巴音的记忆力，十几年来，盗驼贼丹增从没有放弃过对牧场的觊觎，发动了一次又一次的偷袭。奇怪的是，丹增和其他的盗驼贼不同，他对别的骆驼没兴趣，唯独对老母驼单姆情有独钟。在一次与王府护驼卫士的战斗中，丹增被射瞎一只眼睛。吃了大亏的丹增并未罢手，而是在行动的目的上又加进了复仇。

但丹增的偷袭十有八九都要失手。丹增的阴谋之所以难获成功，完全得益于老母驼单姆灵敏的嗅觉。它像一部灵敏的雷达，在几千米外就能嗅出丹增的气味，及时发出警报。阿其格一听就紧急组织防御，抽调王府卫士赶来增援。王府距牧场有一里之遥，只需点上火把，王府的瞭望哨就看得一清二楚，即火速派人过来。多年来，王府与牧场就是靠的这套独特报警系统相安无事。

一日黄昏，草原突起风暴，大雪夹着冰雹漫天飞舞，巴音急急地将驼群赶回牧场，一清点数目，发现少了一母一幼。巴音知道，这样的天气，狼群是不会放过捕猎的。巴音骑马冒雪去寻找，在一块背风处，他发现了瑟瑟发抖的驼羔，见此情景他知道，母驼命不保矣。果然，翻过一处慢坡，巴音找到了母驼的皮骨，胸膛已被扒开。

巴音一声长叹，母驼怎知道：这样的时节，它拼掉性命掩护下的驼羔，三天不吃奶就会送了性命！此刻，怀里的驼羔拱着巴音的手掌，显然是饿了。巴音抱着它回到牧场，眼下，只有给驼羔认个干娘了。

此时的驼圈里，仅有一头母驼游丘下了羔。不过这游丘是驼群里有名的吝啬鬼，想让贼精贼精的它认亲，不是一件容易的事。

巴音取来游丘的乳汁，抹在小驼羔的脑门上。小驼羔颤颤巍巍挪到准妈妈跟前，游丘嗅嗅驼羔，伸出长舌头舔了几下，一头将驼羔拱翻在地。这个小气鬼闻出了孩子的味道不对。巴音又换粪便来试，仍旧被它识破。实在没办法了，巴音只好使出最后一招——滴血认亲。

巴音给游丘的亲生驼羔灌下用羊蹄躅、茉莉花根、当归、菖蒲煎成的水，这种水喝了会短时间被麻醉。待驼羔昏昏欲睡时，巴音用一把尖刀小心划开了驼羔的脖颈，接了一小碗血，然后用草药嚼烂敷好伤口。

巴音将血涂在失亲的驼羔身上，又将它推到游丘身边。老家伙嗅了又嗅，勾头把小东西团到自己的胯下，小驼羔顺利地吃上了奶。认亲成功了！

这"母子"俩亲昵的情景，被远处的单姆看到了，它仰天一声悲鸣，眼中落下两行浑浊的泪。

2. 单姆的命运

然而，单姆还是一年一年地衰老了，它嗅觉的灵敏度也逐年下降，"雷达"的部件开始老化了。

丹增又一次来袭。

丹增的人马迫近牧场外围时，老迈的单姆才警觉到，发信号已经来不及了！王府的援兵被丹增的部队从中隔断，牧场眼看就要失守。这时，天空突然降下大冰雹，丹增的人马毫无防护，被砸得人仰马翻。后面的王府兵马由于盔甲在身，受伤程度轻一些，与阿其格组织的反攻兵力内外夹击，才击溃了丹增的部队。一场灾难借助上天的恩惠才得以化解。

战役过后，王府意识到了问题，马上派人来与阿其格商量对策。王府的人走后，阿其格的脸色十分难看。巴音看出了端倪，试探地问阿其格："是不是要杀掉单姆？"

阿其格吃惊地看着巴音："你是怎么知道的？"

"猜的！"巴音说，"杀掉了单姆，丹增就不会上门了。"

阿其格摇摇头，苦笑道："傻孩子，你还小，这里面的事你不懂。"

巴音眨巴着乌黑的大眼睛："那你就告诉我呀阿其格！"

阿其格对着巴音认真地看了一会儿，还是摇了摇头。

暖雪落尽处，相会且无声

晚上，巴音坐在单姆的圈旁边，望着浑然不觉的老母驼，不由得流下了眼泪。单姆比他的年龄都大得多，从他被老阿其格收留那天起，单姆就在这里多年了。现在它老了，不中用了，就要被人无情地杀掉了。

想到这里，巴音脑子里跳出一个念头：他要救单姆！他扭头看看，四顾无人，就蹑手蹑脚地来到棚门跟前，伸手拉门。木门咣当了一下，却没拉开。巴音用手一摸，一条粗链锁紧紧地锁住了门柱。巴音使劲用手扯想把它扯开，怎么用力都无济于事。这时，不知从哪里跑出来一个卫兵（原来都没有卫兵的），冲他大喝："走开！"

巴音吓得一溜烟跑了。

第二天，单姆被秘密处决了，在场的只有五个人：王妃、小王爷、小王爷的一个亲信、阿其格和巴音。

刑场设在了几十里开外的一处戈壁滩上。这里视野开阔，一望无垠，四处的景物别无二致。把人放在这里蒙上眼睛转上三圈，睁开眼肯定不辨方向。

让巴音无论如何也想不到的是，小气鬼游丘母子也被阿其格牵着跟在后面。它们要被如何处置？！巴音拽紧阿其格的手，想问清楚原因，阿其格眼睛眯缝着，一言不发，见人像没看见一样。巴音从没有见过阿其格这副模样过，他一直是个和蔼可亲的老人。巴音知趣地住了嘴，紧紧地贴在母驼游丘的身边，小驼羔蹦跳着跟随在后面。

走在最前面的单姆突然止住了脚步，仰天一声嘶鸣。是它察觉到自己的末日来临了吗？

一名士兵手持明晃晃的弯刀，刺入单姆的双峰之间。单姆脚下一软，一声未吭就倒下去了。士兵抽出带血的刀，递给了小王爷。小王爷手持利刃，一步步走近游丘的小驼羔。

天啊！巴音几乎失声惊叫，小王爷要干什么？只见一旁的老母驼拼命地挣着缰绳，冲小王爷扬蹄昂首。一切都无济于事。小王爷一刀刺进小驼羔的双峰处，小驼羔没叫一声就软软地倒在地上。游丘悲鸣一声，挣脱阿其格手里的缰绳，疯狂地向远方奔去……

165

3. 游丘的复仇

从刑场回去的路上，巴音哭着问阿其格为什么，阿其格没有答话，两行老泪落下，滴在巴音的脖子里。

晚上，巴音没在牧场里见到游丘。

小王爷将游丘走失的责任怪罪到阿其格头上，向他下了死命令："限你三天之内找到游丘，到时找不到，你的老命也难保！"

阿其格唤出小驼羔，对巴音说："走，咱们带上它找妈妈去。"

巴音这才知道，和单姆一同被杀的小驼羔，是后来认亲的那只。现在这只，才是游丘的亲骨肉。游丘竟然为了自己的"养子"冲冠一怒，离家出走。

阿其格放出小驼羔，任它在荒原上游走。他和巴音骑上马，远远地跟在后面。阿其格说，游丘会循着小驼羔的气味寻来。一直走了两天两夜，就在小驼羔气力已尽，一步也难再迈动时，游丘的身影终于出现了。

十日后，是吉勒王府老王爷的忌日。阿其格和巴音牵着游丘走在队伍最前面，一队卫兵抬着两只大箱子紧随其后，小王爷和王妃的车辇走在最后。

来到一处地方，游丘突然停下了脚步。巴音环顾四周，这地方有些眼熟，很像十天前处决单姆的地方，但一时又不敢确认。队伍停止前进，打开箱子，取出一盒盒果品、香火、纸人纸马等祭品摆到空地上。

王妃出了车辇，对着面前的空地，举香施礼，拜了几拜。接下来，小王爷也上前祭拜。

就在这时，平地上忽然刮起了一阵恶风，裹挟着沙土向小王爷冲去。众人大惊，往后一看，只见老母驼游丘挣开阿其格的手，口吐白沫，晃动着驼峰，旋风一般朝小王爷扑来！小王爷骇得大叫一声，快步奔逃。游丘四蹄如飞，赶上小王爷，狠狠地朝他身上踏去！小王爷一声惨叫，口吐鲜血，仰倒在地。

两日后，老王爷的墓地旁边，又添了一座新墓。墓地很特别，不留坟冢，棺椁下葬后，覆土夷为平地，然后用万马踏过。阿其格说，这样做的目的，是担心日后盗墓贼盗取墓中丰厚的陪葬品。墓坑的位置用万马踏平，表面看来与别处平地无异。但荒漠中风吹沙掩，地形变化很大，日积月累，连亲人也找不到坟踪。杀驼羔的目的就是让母驼记住丧子地，来年祭奠时，母驼流泪的地方就是墓室所在。

巴音这才明白了事情真相：一代代的母驼、驼羔被宰杀，竟然是为了延续王府的家族记忆！他们担心老了的母驼单姆落在盗驼贼丹增手里，用来盗墓，便提前灭口！于是，游丘母子成了新一代的记忆牺牲品。

小王爷墓前，一个披头散发的女人，哭倒在地。巴音认出来是王妃，她已经疯了。母驼游丘被士兵牵到坟前活剐了，那一声声凄厉的惨叫，永远刻在了巴音的心头。同时被宰杀的，还有一头新生的小驼羔，它那可怜的母亲，就站立在旁边，亲眼目睹了这场屠杀。

4. 和丹增在一起

几天后，阿其格突然一病不起。阿其格知道自己大限将至，将巴音叫到床前，掏出一个旧荷包，上面绣着一对鸳鸯。阿其格将荷包递给巴音，告诉了他一件惊人的往事：老王爷看上了一位将军的妻子，想占为己有，逼迫将军写休书。将军悲愤难当，以妻有孕在身为由，恳求王爷缓期。将军妻产下一男婴后，被逼无奈与将军分离，委身王爷。将军于一个黑夜潜入王府，将王爷刺伤后逃离。几日后王爷伤重不治而亡，王府竟然让将军妻活活殉葬。

"那个将军的孩子呢？"巴音问。

阿其格深深看了巴音一眼，没有直接回答，而是指着荷包说："你拿这个去找你的父亲。"

"我的父亲？"巴音越发不解了。

"你就是那个孩子！你母亲死后，我偷偷将你隐藏下来，对外声称是死去的牧民的孩子。"

"那我的父亲在哪儿？"

"你的父亲就是丹增。多年来，他一直不停地偷老母驼单姆，就是为了找到你妈妈的墓穴，好将她的尸骨移出王爷墓冢，一雪耻辱。而我为了保命，竟然不敢成全他，我糊涂啊！"

第二天，阿其格溘然长逝。巴音连同一头母驼不见了踪影。

几天后，老王爷的墓冢被挖开了，尸骨被拆得七零八落。旁边一副殉葬的棺椁不翼而飞，而价值连城的金银玉器，竟原封未动。

折花门前剧

■ 张莉

一

一直到21岁，章蕊蕊都没有再和连恩相遇。虽然他们曾一起度过幼儿园、小学、初中和高中时光。

章蕊蕊读《长干行》，"妾发初覆额，折花门前剧。郎骑竹马来，绕床弄青梅。"一个个方块字就变成了她爱吃的糖果，整个喉，整个胃，整个五脏六腑都是甜的。

整个高中，章蕊蕊很少遇见连恩。那样小的世界，她遇不到他。偶尔几次遇见，她大多是很没用地低眉敛目逃逸，然后几乎立刻又悔得恨不能咬了自己舌头。更多的时候，他走在她前面，章蕊蕊就明目张胆地、肆无忌惮地跟在后面看他，直欲将他的背看穿。有时候，章蕊蕊不止一次地想，是不是自己背后也有两道灼热的目光。然而，她从来没有回过头。

高三快结束的那个春日，章蕊蕊竟然收到连恩的礼物，两个同心人的手绘画，让章蕊蕊纠缠了整个双休日。她也曾私下里把这幅画想象成浅水湾的那堵极高的墙。几年之后，他们的世界里也许只剩下这幅画，然后，他们因缘际会，又再相逢。连恩在章蕊蕊头脑里跑了很长的路之后，她到底还是把手绘还给了连恩，并说了些友谊地久天长之类冠冕堂皇的话。在她心里，爱从来就是最神圣的事，他们的双肩未必扛得起。她选择退却和保全，只是年轻的心哪里懂得一个男人的尊严。

二

章蕊蕊和连恩在小学溜达的整个6年，他是班长，她是副班长。他们一起主持了12次主题班会，一起拿三好学生，一起站成一排拍照，一切都在四季无声里斑斓。那样单纯的友谊和快乐是年少原野上最艳丽的花，常开不败。

高中毕业后，他们真正各奔东西。大二炎夏的一天，章蕊蕊在图书馆上QQ，刚上线，小喇叭便呼啦啦地闪。点开申请后发现居然是——连恩！两个字的简单组合瞬间让章蕊蕊颤抖不止，握在手里的鼠标开始粘腻。日光灯下，屏幕上的光线上蹿下跳，晃得厉害。一颗按捺不住的心直往外蹦，胸腔被紧张、期待、喜悦、恐慌塞了个满，不够了一颗心的舞蹈。

有时在 QQ 上遇到，两人都仿佛高手过招，谁也不肯先行动，只怕一出手便会被对手看出破绽，从此万劫不复。

没有课的时候，章蕊蕊就跑到图书馆上网，埋在连恩的空间里一溺就是几个小时。她才知道，原来他的狗狗叫麦兜，他喜欢搜集各种 CD，喜欢 indie pop（独立流行乐），喜欢自己做甜点，喜欢逛超市，喜欢村上，喜欢岩井俊二，喜欢喝茶，喜欢不带相机背包旅行，喜欢骑车绕过 Y 城一条又一条巷子，喜欢走路，喜欢海。她一篇一篇、逐字逐句将他空间一切信息品读完，看他和朋友留言间偶尔的小慧黠，不知不觉就会笑——他以前是那样木讷的一个人。

三

她以为重逢，会在红尘滚滚的盛世街头，或者在深秋湖畔醉金烂碧的落叶铺满的小径，或者像连恩说的国庆回家一起出去吃饭，或者在乡间骑着自行车擦肩而过再蓦然回首，或者或者或者……

章蕊蕊从来没有想过他们的相逢——5 年以后真正意义上的重逢——她居然就那样邋遢地在超市吃统一的免费方便面！他喊她的名字，略带迟疑的声音，她蓦然抬头，嘴边的面都还没来得及咽下。

后来，章蕊蕊修改了签名——与君初相识，犹如故人归。百转千回的一句话，章蕊蕊心上霎时开满了花。不如，我们重新相识，不如，我们一起开始。她盯着那句话，心竟微微酸涩起来。章蕊蕊忽然觉得这是世界上最悲凉的一句话。如此"故人"竟要到哪里去寻觅？世界之大，茫茫人海，我们要怎样的福气才能邂逅这样一位"故人"？这样的发现让章蕊蕊心灰意懒。忽然间，她发现那片无涯的心上花海，她只怕终此一生也不能抵达。

其实，章蕊蕊是知道的，虽然他只在空间里留下几乎是模糊的痕迹，可是她知道，只是她自认为聪明，以为不过一段插曲，以为那样绵长的岁月必定胜过一时缭乱。那样骄傲、那样年轻、那样笃定，她还不明白，所谓的吵闹，所谓的分开有时只是情人间的小别扭，甚至是小情趣。

2008年，C城第一场雪后的第二个星期的周五，她踏上了去Y城的路，她晕车得厉害，翻江倒海，直欲将一颗心吐出来。

四

时至今日，她一直想要忘记的见面。苍白的路灯下，她一定是面色昏暗，蓬头垢面，凌乱不堪。脚下的雪已经结成冰，又脏又滑，寒气就这么透过厚厚的雪地靴直蹿到心窝里。

一身的狼狈。

原来，在她缺席的几年里，一切心情都已经面目全非。他还是他，只是不再属于她，只是从不曾属于她。他乖巧的女友是白晶晶，那个他千辛万苦穿越五百年找到的结发。这出戏，没有紫霞，即便穿越五百年也不会有紫霞。

何况这个世上，从来没有月光宝盒。

三个多小时的车程，闹剧一般的相见，章蕊蕊千里迢迢赶来Y城和他的女友同床共枕一夜。要命的是，她不得不承认他们是那样般配，那样的一对璧人。

2010年国庆第二天，和姐妹们吃完海鲜回来，她接到连恩的电话。

夜里，章蕊蕊发起热，肚子死命闹别扭，身上又起了整片红疙瘩，隔天看了医生才知道竟是出了水痘。一颗一颗，像水怪融在皮肤里，又红又痒不能触碰。

章蕊蕊一早去医院挂水，水痘还没有完全消退，匍匐在手背和脸上。持续的低烧灼得她双颊绯红，像特意抹上的胭脂。

水痘消去后，她也瘦了一大圈，却有一种脱胎换骨的释然。她坐车去Y城，刚到酒店门口就看到新郎新娘盛装在门口迎宾，他们含笑并肩立在阳光里，她走上去送祝福，送份子钱，和新人合影。

一天下班回去的公交车上，章蕊蕊侧后方坐了一名男子，和连恩有着出奇相似的声音。她竟生出一种错觉，似乎连恩一直在她身边。没有那样长的距离，没有那样沉的岁月，没有反反复复的折磨挣扎……

章蕊蕊不能控制一阵鼻酸。她还在用尽全力告别。

琴断无声

银屑纷飞处，回首应洛霖

■ Yangsijia

回首，银屑纷飞处，应有洛霖。

雾失楼台，月迷津渡，桃源望断无寻处。

夕阳映血，划破九重天深蓝的幕布，坠落凡间，同心湖顿时殷红一片。湖边，一个白衣飘飘的少年牵一匹白马缓缓前行，一双秀目灿若星子，微风拂过，衣袂沾水，平静的湖面散开粼粼波光。

"你去哪?"少女看着那渐行渐远的背影问。

"江湖。"

"江湖在哪?"

少年眸底掠过一丝痛楚却没有回头，"江湖，在心里。"

少女柳眉深锁，呆呆地望着他，一声珍重也遗忘在唇边。夕阳中少年的影子拉长，再拉长，远到天涯……

碧瑶抽出肋下的青霜宝剑，寒气冲在脸上，她本能地闭上眼。一年前，她女扮男装步入江湖，吃了那么多苦，还是没能如愿。叹了口气，空气里荡起一丝哀愁，手拂过剑刃，凉意浸入心扉，她开始厌倦流浪的日子。

"洛霖，你究竟去了哪儿，江湖又在哪儿?"碧瑶手一抖，剑坠在地上，正刺中那颗酸楚的心。身后的马儿一声长嘶，转身便对上雪灵驹深若潭水的眼眸，碧瑶愣在原地……

众里寻他千百度，蓦然回首，那人却在灯火阑珊处。

"我总算见到你了……"话一脱口，心早裂成两半。

洛霖，洛霖，洛水流花，雨雪霖霖。

马背上的少年俊朗无比，双眸明若秋水，他身后的女子妩媚优雅。少年疑惑地看着眼前脉脉深情的白衣少年道："不知兄台是哪路朋友?"

"洛霖你不记得了吗? 南宫门，碧霄雪，瑶池几丈痴心泪。"碧瑶将发上的素带解下，一头如丝柔滑的长发飘至腰际，恬静的脸上透着无力的苦笑。

"碧瑶?"洛霖心一惊，才一年，江湖故人为谁憔悴如许?

"你找到江湖了吗?"碧瑶望着洛霖身后的女子，依旧笑靥如花。

173

洛霖翻身下马，将那美丽的女子扶下马，手起手落间，竟是那样娴熟。

"她叫江湖雁……"

碧瑶微微颔首，只一瞬间，便魂飞魄散，"小女子南宫碧瑶，幸会……"

"姑娘是南宫盟主的千金？"江湖雁看着眼前面目如玉的碧瑶，脸上的表情让人琢磨不定。

碧瑶是天地的宠儿，聪明美丽，显赫的身份使她要风得风要雨得雨，即使是天上的月亮只要她开口就有人连命都豁出去为她摘，可谁又知道她的心事呢？

9年前，南宫逸还只是南宫镖局的小小镖头，在一次带女儿护镖时遭遇劫匪，混乱中他和女儿走散了。

小碧瑶躲在山洞里瑟瑟发抖，恍惚中耳畔传来一个声音，"快醒醒，不然你会冻死的。"碧瑶不知道这个声音会在她心里回旋整整9年，至今清晰不变。

碧瑶抬头，是一个身着虎皮缎子，披狐裘的少年，与自己一般年纪。他有凌厉的剑眉，眼睛清澈如一汪秋水，高挺的鼻翼，嘴角是淡淡的浅笑，白净的面庞，碧瑶疑心是天界童子，山风吹着脸上的薄纱，一时间竟忘了冷。

少年解下披风，披在碧瑶身上，朦胧中看不清白纱下那张倾城美丽的脸，"大雪封山，估计出不去了，你为何孤身到此？"

"我和爹爹走散了。"碧瑶闷闷地回答，"那你呢，为何在此？"

"我自小便沦落江湖，孤身一人，四海为家。今日能碰在一起，你我也是有缘人。"

小碧瑶笑了，心里异常踏实，"你叫什么名字？"

"晏洛霖，你呢？"

碧瑶难过，他如何受得起没有双亲的孤独？一机灵心里寻思："既然你栖身江湖，我便做个江湖与你为伴。我叫江湖。"

"江湖？"

"嗯，江湖。"碧瑶看着洛霖那清澈的眼眸，坚定地点点头。

寒风吹得洛霖打了个寒战，禁不住咳嗽了两声。

碧瑶扯过肩上的披风塞到洛霖手里，"都冷成这样了，还是你自己披上吧。"

小洛霖触到小碧瑶冰凉的手指，心里却升起一股暖暖的感动，"我早已习惯了冷暖，不打紧的，你不同，没了它，你会冻死的。"洛霖将披风盖回碧瑶身上，"洞里没有柴火，野兽很容易进来，我守在外面，你好好休息。"

暖雪落尽处，相会且无声

"哎……"碧瑶叫住了那单薄的背影。

洛霖回头，雪色朦胧中，碧瑶白衣飘飘，脸上的薄纱飞舞。虽然看不清面目，但有着如此干净空灵声音的女子，定是九天仙子。洛霖嘴角不自觉微微上扬，"安心睡吧，我就在外面。"

碧瑶一夜没合眼，黑漆的山洞里，她不敢移动分毫。次日，天刚放亮，她便走出洞外，小洛霖靠着石壁缩成一团，脸色煞白，双唇发紫，碧瑶愣住了。这么冷的天，他定是着了风寒，忙将披风盖在他身上，柔弱的她硬是将高她一个头的洛霖背了起来，雪还是不停下着，碧瑶开始支撑不住，但她还是咬着牙，一步步踏在雪地上，脚印很深很深，水浸湿了她的绣花小鞋，很冷很冷。

"瑶儿……"

碧瑶抬头便对上父亲怜惜的目光，轻轻地将洛霖放下，泪早滑了下来，"爹，瑶儿以为再也看不到你了。"

南宫逸搂住眼前憔悴的小女儿，又是欢喜又是心疼，"傻孩子，爹爹不是在这里吗？"

"这小哥哥为了我昏迷不醒，你救救他吧。"碧瑶从父亲怀里闪出身来，扶过昏睡不醒的洛霖。

南宫逸打量着眼前的少年，眉清目秀，身形俊俏，心里早有了七八分好感，便问："这是哪家的孩子？"

身后的聂魂在南宫逸耳边小声说道："这里是黑虎山。"

南宫逸的脸立马沉了下来："瑶儿，你不必顾惜他，随他自生自灭好了。"

"可是……"

"聂魂，给小姐披件衣服，带她上车。"

"不！"碧瑶看着眼前不动声色的父亲，紧紧搂住洛霖嘶声竭底地喊，她怕洛霖一个人活活冻死在这荒山野岭，变成孤魂野鬼，再也找不到栖身之所。

可父亲不会想那么多。他只是掰开她的手，将她抱上车，那样轻而易举。

碧瑶放声大哭，身后是茫茫大雪，洛霖孤单地躺在那里。雪一点点地掩埋了他，车一迂回，再也看不见他。

那一年，她8岁，他9岁，那一年的雪再也没下完过……

"原来你一直要找的江湖便是……"话说到一半，她早已软瘫下去，苦苦

175

寻觅到头来她还是错过了他。

洛霖慌了，一手将她揽在怀中，"你怎么啦？"

一旁的江湖雁眼中闪过一丝忧虑，转瞬便化作温婉的笑容，"南宫姑娘怎么了？"

洛霖张皇地笑了笑，无言。

女子最容易读懂女子的表情，江湖雁又何尝不知她是心里烙下了伤痕，"你和她是旧识？"

"她向来待我不薄……"

洛霖脑中闪出那段往事。一年前受师父龙在天之命去刺杀武林盟主南宫逸，却不想中了他们的圈套，生死关头，碧瑶救了他，洛霖怔怔地看着眼前美若天仙的碧瑶，总觉得那是故人。

"你是何人，为何要救我？"

碧瑶迟疑片刻，笑道："你记得了，南宫门，碧霄雪，瑶池几丈痴心泪。"

洛霖呆了半晌，失落地点点头，"我记得了，南宫姑娘……"

"哦？向来……"江湖雁沉沉地叹了口气，转身走开。

洛霖只是愣在原地，看着伏在胸前瘦比黄花的碧瑶，心莫名地一阵刺痛。

碧瑶缓缓睁开眼，慌乱地推开洛霖，脸颊绯红。

"南宫姑娘，方才你晕倒，在下一时心急才……并非存心冒犯之意，请姑娘恕罪。"洛霖这才意识到男女授受不亲。

碧瑶看着眼前作揖的少年，淡淡一笑："不知当日救你之时，你的承诺还能否当真？"

"救命之恩，洛霖至死不忘，当日我承诺于姑娘，只要姑娘有吩咐，在下必定效犬马之劳。"

"上次你已答应我不伤害我爹，这次我只问你几句话……"

"知无不言。"

"你可否还叫我碧瑶？相识一场，我不想如此生分。"

"姑娘，不，碧瑶所言在理，不知还有何事？"

"……江姑娘……是不是你一直……寻觅的……那个人？"碧瑶吐出这几个字，心早如声音那样颤抖不安。

洛霖迟疑片刻，最终还是点点头。

碧瑶心中陡然一凉，转过身，初春的嫩绿映入眼帘，凌厉的叶刃迎风射来,叶叶似箭,箭箭穿心。"出来好些日子了,我也该回家了,后会有期……"碧瑶拉过雪灵驹的缰绳,再无上马之力,走在柔软的草地上,身子渐渐下沉。风拂过她乌亮的长发,发梢荡起,纯白的衣角迎风起舞,空中划过美丽孤独的弧线。

那素白的背影刺痛了洛霖的瞳仁,痛一直蔓延到心脏。他总觉得这便是夜夜入梦的梦里人,情不自禁,脱口而出:"江湖……"

泪终于顺着那惨白的脸颊滑落下来,春已到来,碧瑶还是觉得寒风刺骨,"我不是……"

洛霖回过神来,"碧瑶,时候不早了,你孤身一人,如何上路?"

"你忘了?我是武林盟主的女儿,辗转江湖已有一年。"碧瑶拭净脸上的泪,回眸,淡淡一笑,倾国倾城。

洛霖傻在那里,直至那素影消失在他眸中,他还是不明白伤她心的人便是他自己——晏洛霖。

"魂被勾走了?"江湖雁推了他一把,语气有些调侃。

洛霖转身,看着妩媚的江湖雁,原来她浅笑之时眉目中有她的影子。可她才是他要找的江湖,他不可以言而无信。"你想哪里去了,时候不早了,我们走吧。"

倚着窗儿,看着瑶岭上未及融化的皑皑白雪,仿佛又回到那一年冬天,漫天的雪花总也飘不完,掩埋了他的记忆,她的流年,是否瑶岭之巅还残存着那一年的玉屑?碧瑶眼前总浮现那一双明净清澈的眸子,那个干净纯粹的声音回响在耳畔,一个个零散的片段勾勒出一个人——晏洛霖。这辈子碧瑶是逃不掉了。

"小姐,小姐,老爷来了。"君儿神色慌张地推门而入,口中喘着粗气。碧瑶从沉思中醒来,抬头,父亲早立在门前,碧瑶淡淡一笑,傻丫头,凭她那小小本事又如何报信?碧瑶起身飘飘下拜,"瑶儿见过爹爹。"

南宫逸脸上闪现一丝欣喜,转而变为沉沉的怒气,"你还知道有我这个爹么?"

碧瑶低头不做任何辩解。窗外云卷云舒,一年了,自己何曾想过最疼自己的爹爹?

面前的女儿,一袭单薄的素衣,憔悴的身形映着铅色的浮云愈显虚弱,南宫逸胸中所有的怒火都化为乌有,"瑶儿抬起头来,让爹爹好好看看。"

碧瑶抬头,嘴角浮上一抹恬静的笑容,像极了当年的岳霜,南宫逸心碎了,搂过消瘦的女儿:"一定吃了不少苦吧?傻孩子,南宫门是你的家啊,为何不辞而别？爹广发英雄帖，集整个武林之力都找不到你，你知道爹有多担心吗？"

碧瑶心一酸，泪滑出眼角，"爹，孩儿不孝……"

"回来就好，回来就好……"

碧瑶闭上眼，南宫门是家，回家了就什么也不怕了。

暮雪轻抛，冰珠暗洒。
独倚空楼心重。
久伫江湖终觅空。
雁归来，洛水相拥。
瑶山依旧，红颜偷换，
铜月空设尘埃弄。
纵描黛眉修玉鬓，又有谁，悄然入梦。

紫色的地毯上，铺了一层荧荧的月光，玉宇琼楼内嫦娥仙子的狐裘是否单薄，后羿有没有叫青鸟捎去棉絮？可能后羿早已坠入轮回，喝下孟婆汤将前世的爱恨统统忘却。

"嫦娥应悔偷灵药，碧海晴天夜夜心。"

碧瑶在阁楼中呆呆地望着月儿想，嫦娥如何舍得下后羿？

"小姐，上床歇息吧，出门这么久了，好好睡一觉吧？"君儿将床铺好，走到碧瑶身旁道。

碧瑶看了君儿一眼，莞尔而笑。是该睡了，入梦后便不会再难过，或许明日早起之时会发现原来9年前的一切都只是春梦一场。

窗外的街巷，人声喧嚣，满目是衣着华丽的男女，号称"富丽城"的逍遥林果真是繁华如天上街市。洛霖皱了皱眉，他不喜欢摩肩接踵的脂香，他心底始终有个影子挥绕不散。

常忆黑虎林，漫铺万里冰。
棉絮游荡拂骨过，昏昏朱颜浸。
闯入生死局，只为伊人影。
反目向天与尊恨，岂负江湖情。

"公子，是否起床？你的早饭已做好，能进来吗？"店小二敲着门问。

洛霖开门接过食物问："住我隔壁的姑娘睡醒没有？"

店小二迷糊地挠挠头道："姑娘？好像一大早便出门去了。"

"……"洛霖眉头紧锁，示意要小二离去，扣上门踱到桌前，却放不下心

里的疑团。

朱雀楼，红柱碧瓦，屋棱上雕龙画凤，微微上翘的亭角如一只展翅欲飞的青鸟。风拂过，柳絮在空中飘舞，宛若一群快活的精灵。春神轻抚琴弦，发出淡淡的哀吟。楼中碧瑶眼神迷离，望着满目的桃花，心头一阵疼痛。柳絮飞了，桃花凋了，为何清晨醒来脑中还是那个人。紧裹住身上的狐裘，还是有一股凉气由项间侵入，原来春寒料峭。

花园里人来人往，离家一年，这些仆人都已面生，碧瑶叹了口气，人群中闪过一个熟悉的人影，那是……

"小姐，这儿风大，我扶你回去吧。"碧瑶的另一个侍女巧儿在身后道，看着她单薄的身影她不免心疼。

"巧儿，你过来。"碧瑶拉过巧儿，那是个温柔乖巧的女子，生得与君儿一样的眉目。

"怎么了，小姐？"巧儿扶住脸色惨白的碧瑶问。

碧瑶手颤颤的指着回廊里踱来踱去的青衣女子问："她是谁，为何会在此？"

"噢，你说她呀，他是盟主新收的南宫杀手胡雁，是西门教主的入室大弟子，剑法深得西门教主的真传。小姐你认识她？"巧儿握住碧瑶纤细的手臂，明显感到它在颤抖。

"南宫杀手，胡雁？她不是叫江湖雁。"

"江湖雁？"巧儿疑惑地瞪大双目，"巧儿只知道盟主派她去对付上次的刺客，黑虎山龙在天的徒儿……"

"黑虎山？"碧瑶感觉天昏地暗，靠着石柱冰冷浸骨穿肠而来。

"小姐，我也是无意中听到的，千万不可以让盟主知道。"

"你放心……"

"那我扶你回房，好不好？"巧儿搂过一脸煞白的碧瑶走下朱雀楼。

"胡姑娘是不是眉下贴有红色的蝴蝶印记？"碧瑶脱下裘衣，在碧玉椅子上坐下，方寸未定。

"对呀，小姐果真见过她？"巧儿将大衣折放在雕花的香木睡榻上，待回过身时，碧瑶早已没了踪影。

江湖雁竟是爹放在洛霖身边的杀手？碧瑶如何能坐得安稳，提上青霜宝剑便打后花园而来。她要找到洛霖。

"师妹，你何时回来的？"

抬头便看见一身黑衣的男子，眉目清秀，碧瑶认得这是她的师兄，赤峰第一杀手聂魂的得力徒儿，云来飘血——独孤云。

"云师兄。"碧瑶颔首问候。

看着紫衫飘飘的碧瑶，独孤云愣了愣，许久问道："师妹急着赶往哪里？"

碧瑶低头含糊地回答："碧瑶还有要事——告辞……"

独孤云呆呆地目送她离去，转过身，一阵失落。

碧瑶小心地尾随江湖雁来到逍遥林的昌福客栈。

洛霖擦拭着手中的洛月宝剑，不留神，剑刃划过手指，血流了出来。洛霖发觉自己心里想得最多的不是他寻觅 8 年找来的江湖雁，而是那嘴角始终有着浅浅笑窝，美丽恬静的女子——南宫碧瑶。没有人知道一年前他离开南宫门时脚步是何等沉重，也没有人知道他为何又回到这险些要了他性命的地方。

"洛霖，"江湖雁推门进来，一袭青衣，手握三尺玉龙。

洛霖一眼便看见那一柄寒光闪闪的利剑，洛霖脸上扯上一抹冷笑："好雅兴。"

江湖雁放下手中的剑，抓起桌上的馒头啃了一口，"你的手指怎么了？"

"剑太利，划到了。"

"这么不小心？"江湖雁若无其事地笑了笑。

洛霖提上剑，闪身出门。

"你去哪？"

"随便走走。"

江湖雁继续啃着手里的食物，丝毫没有在意。

"跟我走。"洛霖一下楼，便被一紫衣女子拉了出去，听声音他知道那是碧瑶，莫名的心动。

翠竹林里，碧瑶放开洛霖的手。阳春二月，阳光懒懒地在地上洒下光辉，落在他们身上、脸上、温暖而干净。

"碧瑶，你不是回南宫门了吗？"

"我又回来了……"碧瑶娓娓吐出几字，看着洛霖流着血的无名指，从怀中掏出金创药道："右手伸出来。"

洛霖顺从地将手伸到她面前，碧瑶小心地将药沫倒在他手上，用剑在衣角挑下一块丝绸将它包扎好，"别沾了水。"

洛霖嘴角不自觉轻轻上扬，他宁愿永远停留在这一刻，即使什么也不说，就这样静静地相对而立。

"你不问我为什么拉你出来？"碧瑶转过身，她很想告诉他江湖雁只是看上他的命，其他的她什么也不想要。可她又怕他知道后心里的伤痛比要了他的命更痛。

洛霖笑而不语。

"江姑娘对你很重要，是吗？"

洛霖的笑凝住了，阳光从叶缝里射过来，他感觉一阵眩晕，张了张口，却不知如何回答。

"为何不说话？"

"也许……"

碧瑶勉强挤出一丝苦笑，泪滑进口中，又咸又涩，"比起你的命来如何？"

洛霖低下头，心里闷痛着，其实这些又何尝不是他自己想知道的呢？

"恕我唐突，我不该这么问……"碧瑶紧紧握住手中的宝剑，汗浸湿了手心。

洛霖隐隐觉得不对劲，"发生什么事了？"

"没事……"碧瑶抬手拭去脸颊的泪。

"没事？"

"没事，你就当没见过我。"

"如何当成没见？"

"随便走走就到一块了？真是巧啊，南宫姑娘真是体贴。"不知何时江湖雁出现在二人面前，双眸望向洛霖锋利得胜似两把匕首。

碧瑶很想揭穿这个逢场作戏的冷面杀手，可一想到眼前的少年，她又极力压住内心的怒火。

"不关碧瑶的事。"洛霖瞥了一眼这个几乎翻遍整个武林才找到的"江湖"，平静中透着一丝怒气。

"碧瑶？叫得真亲热，难道你忘了找到我之时你说了什么吗？你说你会保护我一生一世，一生一世！"

江湖雁的话震耳欲聋，仿佛是一个毒咒侵蚀着原本伤痕累累的心，他要照顾她一生一世，一生一世太久了，她等不了。

"洛霖，你保重。"碧瑶终于只剩下挥手告别。

"……"洛霖眼睁睁地看着那紫色的倩影消失在灿烂的春光中，无力挽留，嘴边的话又咽下腹中。

"南宫盟主，素闻令爱天姿国色，才艺双绝，今日得见，真是三声有幸。果然有尊夫人当年的风采，这琴声只应天上有啊！"仙武山庄庄主明武德听碧瑶一曲奏罢后，拍掌叹道。

"明庄主太抬举她了，小小本事，让庄主见笑了。"南宫逸喜上眉梢却不动声色地推辞。

银铮就横在面前，碧瑶左手按弦右手拨弄，恍惚间弦被手指割断，此时耳边传来明武德的赞赏，一抹冷笑浮上嘴角，欲将心事付瑶琴，知音少，弦断有谁听？

碧瑶先天就带着几分飘然出尘的仙气，一袭白衣的她即便隔了珠帘，蒙了白纱依旧美得惊心动魄。仙武山庄的少庄主早已为之倾心。

南宫逸看在眼里。仙武山庄在江湖上名头不小，以宝出名，富甲天下，明远少年才俊，文采风流，这也是门当户对了。

红日无言，又送走了一天。

素月分辉，银河共影，薄雾霏霏，清冷的月光沾湿了碧瑶的头发，她双臂感觉微微的寒意。

"还君明珠双泪垂，恨不相逢未嫁时。"

相逢在先又如何？9年前够早了吧，如今不也要嫁作他人妇。

"小姐，嫁衣是要红色还是紫色？"君儿捧着几捆丝绸走到碧瑶面前，月光下，华丽的绸缎刺得碧瑶双眼生疼，心也作痛。"白色吧。"碧瑶苦笑着，两行清泪滑腮而下。

"胡闹，新婚之日岂容此等晦色？"南宫逸推门而入，面色铁青，叱喝道，君儿吓了好大一跳，手一抖，布匹掉了一地。

碧瑶异常平静，不说一句话，转脸向窗外。娟娟新月，从今夜有谁同？

"君儿，选一匹大红的缎子交给裁缝。"南宫逸拂袖而去。

君儿愣愣地看着面前失魂落魄的小姐，她不解，明远，相貌堂堂，温文尔雅，谈吐间风度翩翩。若能结缘必是好郎君，可小姐……

"君儿，照我爹的话去做吧。"

"是，小姐。"

闺中终于只剩下自己一人，春如旧，人空瘦，泪痕红鲛消透。桃花落，闲地阁，山盟虽在，锦书难托。牵肠挂肚的还是洛霖，究竟是走是留？

门外风起，一道黑影闪过，碧瑶起身开门，只见一袭白衣飞墙而过，碧瑶叹了口气，垂头转身，却看到脚下的白绢，拾起来，上面有一行字：

雨笠烟蓑归去也，与人无爱亦无嗔。

字迹看来，出于独孤云之手。碧瑶苦笑，能归去，无爱无嗔，又何尝不是福气？

暖雪落尽处，相会且无声

佛家说，一切的仇怨嗔痴都是因情而生，若能忘情倒也清闲。

欢乐趣，离别苦，是中更有痴儿女。君应有语，渺万里层云，千山暮景，只影为谁去？

回首，南宫门在雾气氤氲中若隐若现。月桥花院，花下重门，桥边深巷，琐窗朱户，从此天南地北再不能回头。

君儿，巧儿站在碧瑶面前，早已红了眼眶。他们本是一对孪生姐妹，少时父母双亡，得小碧瑶收留，虽是主仆之名，却有姐妹之情。

"小姐，我们虽舍不得你，可是为了你的幸福，我们只愿你平安，永远……不要被抓回来……"

"君儿，别瞎说，你这样哭哭啼啼的，小姐如何安心？"巧儿咬住下唇，泪水在眼中打转，硬是没让它流下来。

"君儿，巧儿，我们三人情同姐妹，本以为可以一生一世生活在一起，却奈何天意弄人……"

"小姐，我们跟你一起走。"

碧瑶摇摇头，勉强挤出一丝微笑道："江湖险恶，我又如何能让你们跟我受苦？我留下书信给我爹了，他不会为难你们的。"

"可是……"君儿倒在姐姐怀中，泣不成声。

"时候不早了，要是盟主知道，就走不了了。"

碧瑶点点头，牵着雪灵驹，转身的一刹那，泪水横飞。

凌波不过横塘路，但目送，芳尘去，锦瑟年华谁与度？

树林里暮气渐浓，寂静的枝头传来几声鸦鸣，碧瑶隐隐中感觉到呼吸的声音，收缰立马，紧握宝剑道："身后的朋友，不妨现身一见。"

嗖！一个黑影停落在面前，"碧瑶是我，江湖雁。"

"你是胡雁。"

胡雁哑然失笑，"你都知道了。是，我是叫胡雁，是盟主手下的杀手，但是为你父亲办事我并不求什么，只是为爱。我7岁那年见到他，当他捏住我的脸说，小丫头，真能干时，我便爱上他了。"胡雁看着碧瑶的眼睛，面上的笑容不知何时淡褪了，从碧瑶明媚的眉目中可以看见南宫逸的俊朗。"你一定觉得不可思议，我比你爹整整小了15岁。我自己也说不清楚，也许这就是命吧，我真的想一辈子陪在他身边，即使有一天要搭上性命。"

碧瑶静静地听着，她相信父亲有那样的魔力，要不然身为武林花魁的母亲如何会对他那样死心塌地。只是她不明白，"就为这个你就忍心伤害洛霖？"

183

"傻丫头，你可知洛霖是何人？"

"……"

"三年前，你母亲在守备森严的南宫门遇害，你可记得那兵器？"

"如何敢忘，是落花银针。"

"你可知道落花银针是镇天教的独门暗器，三年前的血案与一年前刺客到访，你以为是偶然？"

"不会的，不会……"

"碧瑶，雁姐姐没有必要骗你……"

"江姑娘，真没想到你对暗器如此精通。"一袭白衣的洛霖破暮色而来，淡淡地说。

胡雁转身看着他，笑道："血阳箭阵都叫你破了，看来我真是低估了你。"

"过奖了。"洛霖冷笑道，抬头看见马上的碧瑶，薄雾里惊魂未定。"碧瑶？"

"你可使暗器？"冷月东升，栖鸟惊噪，时值初春，露降的寒气弥漫周遭，碧瑶声音颤抖。

"镇天教的独门暗器，落花银针。"

"果真是你？"碧瑶握着手中的青霜宝剑，指甲深深陷进肉中，痛传遍全身。

"是我，洛霖。"

"天哪……"碧瑶绝望地喃喃。抽剑出鞘，飞身刺向洛霖，刚抵他胸膛便再也下不去手，殷红的血沾湿了银白的剑刃，温热的液体隔了剑却灼伤了她的手，痛化成泪水流了下来。

"为什么？"洛霖捂住胸口，心痛地望向碧瑶，"如果你想要我的命，为什么不在一年前？"

目光相触，隔着雾气依然看得清他痛楚的表情，他眸底的伤楚是碧瑶的死穴。

胡雁别过脸，有些心酸，"碧瑶，我们回去吧。"

碧瑶跃马转身离去。暮色中一弯流水，静静地围绕在原野间，孤零的山野，留下洛霖一人。碧瑶心一瓣瓣碎掉，又到断肠回首处，泪偷零。

"雁姐姐，他会不会死？"

勒马回身…月光下，碧瑶泪眼盈盈，胡雁叹了口气道："傻丫头，血阳箭阵是至毒之阵，即使他侥幸没中箭，也会身中剧毒，你又何必……心痛

了吧？"

"身……中……剧毒？"

胡雁将一个小银瓶塞到碧瑶手中道："这是解药，回去吧，也许他是身不由己。"

洛霖靠着老树瘫坐在地上，胸腔内阵阵疼痛。仰头，明月在天，梨花溶月，柳絮淡风，长沟的流水戴着月影泛着漾漾的波光，无声地流去。

嗒嗒的马蹄将洛霖惊醒，睁开眼是碧瑶美丽绝伦的脸。月光如水，照在她脸上，温柔而充满怜惜，如洛霖的眸子。

"这是血阳箭阵的解药，你服下便无碍了。"碧瑶说完便转身，才风干的泪痕又被浸湿了。"你保重……"

"等等。"洛霖握住银瓶道："我只是想问为什么。"

"你使落花银针，我便不能对你容情……"

"你是谁？"

"南宫碧瑶。"

"除了这个，你的右手虎口处有一块红色印记，你就是9年前……"

"别说了，我不是！"碧瑶打断了他，此时此刻她希望她只是南宫逸的女儿，南宫碧瑶。

"你是，你说你叫江湖！"

"我不是，我不是！"碧瑶捂住耳朵吼道，一转身，撞在洛霖怀里，被雷电击中一般倒退几步，愕然望向他。

"让我说中了，你明明就是。"洛霖冷笑着看着碧瑶，月光照进他眼眸的瞬间，万念俱灰，"从一开始就是个骗局，你们步步为营，为了除掉我，不惜以9年时间为代价。"

"我没有！"碧瑶不住地摇头，如果不是他害死娘亲，她如何下得去手？

"没有？我已是将死之人，你又何必骗我？"洛霖脸上渐渐失去了颜色，死灰一样的惨白，碧瑶开始心痛，如刀绞一般，"不管你信不信，求你先服下解药。"

"解药？一年前在南宫门是你救的，今天哪怕是再毒的解药我也喝了，就将这条贱命还于你，你我各不相欠，我也不必再为你做任何事，南宫小姐！"洛霖眼中的光是那样冷，盯着碧瑶，装下了一生所有的爱恨，将瓶中的液体一饮而尽。他真希望这只是一场梦，醒来之时，她还是她。

"我真的没有……"碧瑶喃喃，如果有来世，她宁为太平犬。

剑钝却伤心肺脾，何问折柳期？

残了花，腐了叶，休将旧事提。

剪东风，削玉笛，素影移。

碧宙澄清，长庚夺目，方寸迷离。

寻好梦，梦难成，有谁知我此时情？

清晨，太阳懒懒地爬上山头，照在大地，温柔干净，洛霖睁开眼，发现身上的伤口已经包扎好了，内力也能运行自如，可是身边却少了什么。四下搜寻，却始终不见，垂下头，满心失落。

日满，花满，却天远，人远。

"这有馒头，你将就一下吧，伤口不会再裂开了，你自己保重……"碧瑶将几个馒头递到洛霖面前，眼眶生红，她身后微风穿花拂叶踏波而来。花香满衣。

洛霖接过馒头，立起身，望着碧瑶眼眸清澈得比青天还要深邃几分。落花，轻盈地在柔风中飘落，飘忽得像一个虚幻的梦境。

"你不是要我的命？"

"我做不到……"

"我做错了什么？"

"三年前，南宫夫人遇害家中，中的是落花银针。"

洛霖呆了半晌，苦笑道："原来，不错，是我下的手……"江湖上传言是龙在天所为。一日为师，终身为父，有什么罪过的话就由他来承受吧。

碧瑶心痛着，如万箭穿心，她希望他可以辩解，只要他辩解，无论理由是什么她都会相信的，可是……心在那一瞬间死去。杀母之仇，不共戴天。转身，泪湿罗衫，翻身上马，只一声"珍重"便头也不回地离去。香尘已隔无回面，居人匹马映林嘶。从此相去万余里，各在天涯海一头。

极目望去，直至那素影消失在树林的尽头，洛霖捂住那越来越痛的胸口，那一叶丝绢是瑶唯一留下的，抚着它，嘴角掠过一丝苦笑，珍重别拈香一瓣，记前程。

哨声在寂静的树林上空响起，一阵萧条划过耳际，所有的思绪都闷在胸中，索然寡味。抚着黑虎马，天地一孤啸，匹马又西风。

车马遥遥，空旷的原野上荡着咿呀的呻吟。马车中身穿红色嫁衣的碧瑶似丢了魂一般一脸苍白，怀中是一个赤色的锦盒，那是当年身为武林花魁的娘的嫁妆。手指颤抖地打开，是一件华丽无比的紫色嫁衣，上面绣着清雅灵动的白牡丹。闭上眼，便看见一个正是碧玉年华的女子，明眸皓齿，举步生花，回眸浅笑，倾国倾城。

暖雪落尽处，相会且无声

锦盒的底层，碧瑶发现一块白色的手绢，上面有字：

瑶儿，娘知道有一天，你会打开这个盒子，你可能已经知道娘是中落花银针而死的，但是娘是自行了断的，与他人无关，切记，切记。瑶儿，娘希望你幸福。

原来，当年同时有两位武林高手深爱着碧瑶的母亲岳霜。一个是黑虎霸主龙在天，一个便是南宫逸。本与龙在天有婚约的岳霜却心仪于南宫逸，并嫁作盟主夫人，为此天、逸二人结仇。3年前这场蓄积已久的仇恨就要爆发，为平息这场浩劫，岳霜选择了牺牲，她用落花银针自尽，以为这样归天，自己亏欠龙在天的，多少可以偿还一点，谁知弄巧成拙。

"娘，你可害苦瑶儿了……"碧瑶踏进仙武山庄的那一刻，感觉这一生都走到了尽头。透过薄纱看着那一张张陌生的脸，满目的大红让碧瑶感觉头昏目眩，终于眼前一黑，再无知觉。

风月无情人暗换，旧游如梦空肠断。

再睁开眼时已是黄昏，太阳抹了好多胭脂，安静地坐在西山之上，是否她也是一个待嫁的新娘？床前一个人影晃动，踱了几步后在象牙做的床沿坐下，碧瑶看清了这人叫明远。

"你醒了，感觉怎样？"明远淡淡一笑，温柔文雅。

"已无大碍，有劳少庄主挂心。"

明远别过脸，避开那纯净恬淡的眼眸，眼底掠过一丝苦涩，转而代之的是狡黠的笑容，"在下有笔交易，不知南宫姑娘是否有兴趣？"

"交易？"

"交易！用你的两个侍婢，换取你的自由。"

"什么？"

笑容褪去，明远脸上便再无任何表情，落落穆穆地回答："你心里早已有了另外一个人了。我自恃无能，不如成人之美，这叫先发制人。我和我爹说，我并不喜欢你，这就是我错在先，他会答应我和你那两个婢女的婚事……"

"可是……"

"你放心，我会好好照顾她们的，但请你记得我并非不喜欢你。在我心里，你就如九天仙女，委屈不得。"

"可……"看着那憔悴枯槁的背影，碧瑶感觉深深的歉意，她相信他会好好照顾她们。

太白星还高挂在天空，碧瑶穿衣下床，提上宝剑，最后看了一眼那两个熟睡的丫头，开门离去。那宽厚雄浑的城墙里错落有致的假山，连同那片如大鹏展翅般的屋脊携了风尘，安然屹立。

这一世，无论死生，都再无回头之路。

雨打浮生酣梦遥，南宫千里水迢迢。银月铺床罗衾冷，窗前谁弄琴瑟箫。

娇柳吐信春来早，帘卷东风人未晓。倚楼空盼鸿雁去，愁溢秋潭音容老。

无名小镇，无名的客栈，碧瑶潸然泪下。午夜的月光格外白亮，静静地泻在地面，伏行的藤蔓盘缠住拂过的微风，寂寞而孤独。虽在夏夜，碧瑶还是觉得很冷。蔷薇花开了又谢了，一阵阵风雨好像为春天吹奏着离歌。枝头只剩下几朵残花点缀，春天像划过晴空的飞鸟，翅影一闪已然消失得无影无踪。

花开花落昔年同，唯恨花前携手处往事成空，山远水重重，一笑难逢，已是长在别离中，霜鬓知他从此去，几度春风。

韶华弹指，转眼又是一年。江湖上传言，当年的武林花魁岳霜又活了回来，依旧是二十几岁的年纪，浅笑的瞬间一如当初，倾国倾城。武林人称她为雁夫人，而南宫逸则唤她作雁霜。南宫盟主那美若天仙的女儿自打嫁进仙武山庄后便再没回过南宫门，只有巧儿姐妹二人偶尔回去看看他们的老爷。有人说南宫碧瑶已暴毙。而龙在天的得意弟子洛月童子洛霖也自此杳无音讯。

留不得，肠断故园秋色，瑶殿琼楼波影直。夕阳人独立，见说逍遥如弈，不忍问君踪迹，水驿山邮都未识，梦回何处觅？

杨柳依依，湖中游鱼划过心底最柔弱的涟漪。水波深处，那双明澈的眸清晰可见。又是一年雪落，风寒如刀，冰凉的十指再抚不动玉琴。一年了，寻遍了整个江湖却找不到洛霖。孤身一人骑马来到黑虎山，那是缘开始的地方，如果要有个了结我希望也是在那里。

皑皑的白雪铺了一地，搜寻好久终于看见那洞穴，洞口依稀可以看见当初那俊朗的少年。抚着冰冷的石壁，隐约看见那上面的字：

南宫门，碧霄雪，瑶池几丈痴心泪。

是剑刻上去的，洛月宝剑。

泪溢出眼角，我却笑了，洛水飘花，雨雪霖霖。

"姑娘，这么冷的天，你为何不回家去？"那熟悉的声音荡入耳中，转过身，呆呆地望着眼前的白衣少年，清澈的眼眸，精致如玉的面庞，一如9年前那个飞雪的黄昏。

"碧瑶，是你?"雪映在他脸上，泪滑落他脸颊。

"是我，我找到你了……"

佳人拾翠春相问，仙侣同舟晚更移。

又是一年春来早，同心湖上一对少年男女泛舟而下。微风拂过，他们素白的衣袂飘舞在空中，纯澈的眼眸比那一汪湖水还要清冷。那少女伸手捧起晶莹的湖水抛向空中，天女散花般，少女的笑声划破寂静的湖面，空灵婉转。水花落在少年身上，他微笑着，看着身旁的少女，满目怜惜。

"洛霖，你还去江湖吗?"

"你说去便去，你说不去便不去。"

"有人不是说再也不要为我做任何事了吗?"

"谁，谁这么说?"

"你，又装傻!"

桃花过处

■ 友韦

一

三月，江南。清明之后，绿水青山，风光迤逦，正是才子邂逅佳人好时节。

清城乃江南最繁华城市之一，商贾如云，车水马龙。其中以樊府最为显赫，樊府主人樊清明在江南有大小钱庄数百家，富可敌国。樊府上下家仆上千，亭台楼榭极尽奢华，绫罗绸缎多如柴火，金银珠宝堆积如山。

樊清明年逾花甲，有三个儿子，精明能干，替他掌管偌大家业。他还有一个如花似玉的女儿，名仙子。仙子其美丽，不可言喻，她若走在闹市必定会引起骚乱，她若回眸一笑，纵然城墙固若金汤，亦会倾圮于脚下。

清城大街小巷时有稚声的儿歌传咏：

仙子芳龄二八，
貌若天仙笑若花。
可怜多情少年，
踏平清山为见她。

仙子芳龄二八，
眸似明月唇似霞。
一朝走出闺房，
清城处处绽桃花。

清山是指清明山，樊府倚此山而建。无论是才华横溢的多情才子，达官显贵的纨绔子弟，抑或那些生衍市井的庶民凡夫，都想一睹仙子美貌。但仙子极少走出樊府，无奈清城的那些痴情少年只好爬上清明山，盼望站在山顶能鸟瞰到仙子闲庭信步时的倩影。

樊府有一家仆住在清明山上，负责给樊府守山送柴，这家仆姓花，人称花老汉。老汉是个鳏夫，无妻无女，只有一个养子，叫花千流。二十年前花

千流被人遗弃在千流河畔，被老汉捡养，如今已成人，老汉把为樊府送柴的活儿交给了他。

花千流长得眉清目秀，自幼天赋惊人。虽说是个樵夫的儿子，但在樊府儒商樊清明的关照下，耳熏目濡，琴棋书画他都略精一二。曾有人多次劝他去考取功名，但都被他推辞，理由是进京赶考来回路途遥远，需耗时半年，养父年迈有病，要人照顾，他走不开。

花千流一身才华却无怀才不遇之感，每日给樊府送柴虽然脏累，但对他来说是个美差，因为偶尔可以见到令他心神俱飘的仙子。

仙子常常坐在窗前，透过窗棂观望满园芳菲，孤芳自赏，独自惆怅。时常有个一身着朴素相貌清秀的家仆从花园走过，虽然他低着头佯装不看自己，可是从他的眼角可以窥到一种绵延的爱慕。

二

虽然繁华，但这年江南并不安宁。

寂静了 50 年的诛魔谷，在一个风雨交加的夜晚走出一个已经腐烂的骷髅，其右手还抓着一个扎满根须仍在跳动的心脏。

青妖复活了。

偃旗息鼓 50 年的魔教重现江湖，武林再次刮起血雨腥风，青妖过处哀鸿遍野，天下人心惶惶。曾经联手除掉魔头青妖的五大派元老皆已归西，现在站起来和青妖抗衡的高手几乎没有，就算有几个也不过是些没见过世面自不量力的愣头青，多是死无全尸。中岳嵩山派南岳华山派已经被灭门，东岳泰山派西岳华山派北岳恒山派仍在奋力拼死抵抗，但大势已去，三岳岌岌可危。青妖的势力日渐庞大，爪牙已经遍布江湖的每个旮旯。当初那些自称英雄的伪豪杰们，纷纷卸甲隐匿，残存的几个游侠也不过蝇营狗苟地四处偷生罢了。

除非鬼爪帝弑天在世，否则无人能力挽狂澜。但帝弑天早在 30 年前就已经死于残血崖。

无论多正派的名门都有贪生怕死者，泰山华山恒山三派的一些长老为了自保暗自勾结，他们想投靠青妖，但又不敢贸然前去。他们谙知青妖恋色贪财，于是就把目光瞄到清城首富樊府。如果能把樊府的财宝和仙子上贡魔头，别说性命可保，还可以堂而皇之地成为青妖的党羽。

这日，春色盎然，樊府上下仍像平常一样，主人们各做其事，仆人们各尽其职。夕阳西下，晚风徐来，平凡的一天很快就扯下帷幕。夜幕降临，明月东升，皎洁的月光洒下大地。就在樊府已经灯火阑珊的时候，24个黑衣人悄然越过高高的围墙进入院内。

此刻，花老汉已经喝完汤药，安然睡下。花千流给养父掖好被子，洗了把脸便欣然躺下。白天他送柴时又看到仙子了，不禁心驰神往。黄昏时分，仙子独自行走在花园，一袭浅绿缀有桃花的轻纱，飘然若天女下凡，美丽至极。花千流嘴角的笑容还没消失，就已经酣然入梦，企图再次遇见仙子。

夜如此的宁静，寥寥几颗星斗明灭在如水的空中，天际一片阒然。

忽然，惨叫声厮杀声犹如利爪一般，将花千流的梦撕碎，他猛然惊醒。透过窗户，山下樊府着起了熊熊大火，火光染红了半个清城，哭喊惨叫声就是从那传来的。他慌忙下床，直奔养父的茅舍。花老汉的被褥尚热，但人已不在，想必是下山去了樊府。

花千流不假思索地朝山下狂奔，此时他的脑中尽是仙子，不知她此时怎样？他闭上眼睛不敢再想，心脏疯狂地跳动，同时剧烈的疼痛几乎让他窒息。

这24个黑衣人都是高手，也都是光天化日之下的正人君子。他们虽然不常杀人，但有功夫在身，干起歹事来同样干净利落。除了要献给青妖的仙子，樊府上下千口人全部被杀！鲜血溅到精致的檀木家具上，溅到奢华的亭台楼榭上，溅到春园的芳菲上，溅到无辜的荷叶上，溅到每个黑衣人的夜行衣上！

白天仍盛极的樊府瞬间被灭门了，火光照耀着死尸，死尸的血仍未流干！

就在这24个黑衣人要挟财宝与被打晕的仙子逃离时，一阵寒风吹起，声如厉鬼惨哭，瘆得每个歹徒的寒毛都竖了起来。原本皎洁的明月中间竟衍生出一抹血红的残云，犹如魔鬼睁开了瞳仁。

"帝弑天！"一个见多识广的黑衣人不禁颤抖一下。帝弑天人称鬼爪月魔，显身时月如鬼瞳，阴风阵阵。

"什么?!"刚才还杀人不眨眼的这群人，顿时惊慌，他们怕害青妖，但更害怕帝弑天。青妖杀人是为了财色仇恨，而帝弑天杀人则不需要理由。

"散开逃走！"那个见多识广的黑衣人见大势不好，立刻下出命令。

又是一阵阴风刮过，挟仙子的两个黑衣人还不知怎么回事，就被一股雷霆万钧的重力击中，心脏就像是被魔鬼的利爪擎住，顿时飞出胸腔。连惨叫都没发出就闷声倒下。其他人见状，再无暇顾及倒在地上的仙子，如贼雀一般，挟着财宝腾空而起，四散逃离。就在他们跃起时，又有9个黑衣人在空中发出惨叫，心脏被击中，飞出胸腔。腥血染红了寒冷的月光，魔鬼的瞳仁

愈加邪恶。

当花千流赶到时，樊府的所有人已经成为流光血的尸体，横斜在每个旮旯。或许是上天眷顾，让他在两个已死的黑衣人身边发现了尚有脉搏的仙子。

三

残酷的夜仍在继续，身体柔弱的仙子在颠簸的马车里醒来，赢顿的花老汉卑微地守在她的身边。透过灯笼微弱的光芒，仙子看到溅在自己轻纱上的血迹，刚才的一切是真的！父亲、母亲、哥哥们的惨死是真的！那血光、火光，那平日里乖巧的仕女的惨叫，那已被烧成灰烬的樊府都是真的！恐惧如同一个魔鬼疯狂地撕扯着她的灵魂，她不敢相信已经发生的这一切，她歇斯底里地哭喊着要冲出疾奔的马车。花老汉奋力将她稳住，痛心疾首地说："小姐，我知道你无法接受这一切，但这一切确实发生了。"

仙子扑到花老汉的怀中，痛苦诘问："为什么，为什么，花叔这一切到底是为什么！"

花老汉喟叹一声，说："老爷一生积德，从来都是以德服人，全没有商人的奸猾，无论是武林豪杰还是落草贼寇都很敬重他。除了魔教谁还下得如此毒手？青妖有三大癖好，有仇必报，有财必贪，有色必抢。老爷与他素不相识，自然不会和他结仇，估计他这次是冲着樊府的财宝和小姐的美貌而来。"

"那他为什么要杀我全家？我为什么会在这里？"仙子仍在哭泣。

"魔教心狠手辣，杀人无数，为了达到目的他们什么事都做得出来。至于小姐为何在这，这要问我的养子，他在一堆尸体旁把你救回。青妖爪牙没有抓到小姐，一定不会善罢甘休，估计要不了多久他们就会追来，所以我们要找个安全的地方躲起来。"说罢花老汉陷入了深深的沉思之中。

剩下的13名黑衣人已经走投无路，他们在一番商议之后，直接前往魔教，投奔青妖。得知三大派有长老前来归顺，强大的魔头本来不屑一顾，后听说他们带了不菲的财宝，才肯赏脸见他们一面。

这13个黑衣人以那个见多识广的人为首，那个人是东岳泰山派的三代长老，叫宫九阳，道貌岸然，老谋深算。

见一位眉目清秀，浑身充斥着强烈邪恶力量的少年走来，宫九阳先是一愣，接着他就想到一个传闻：青妖只存活在自己心脏之中，其可以随意换掉他人的身体。宫九阳不敢怠慢，毕恭毕敬地匍匐在青妖的脚下，说："小人宫九阳与众兄弟诚心皈依青妖王，望妖王收容。"

青妖瞥了随宫九阳一起跪下的 13 名黑衣人，说："听说你们灭了樊府？"

"这……"宫九阳等人不知该如何回答。

青妖没有理会宫九阳的尴尬，继续不愠不火地说："财宝我是见到了，但清城第一美人呢？"

"仙子其实已经被我们擒到，但就在我们快离开的时候，帝弑天忽然出现，不但救了仙子还在瞬间杀死了我们 11 名弟兄。"宫九阳仍心有余悸。

"噢？他还没有死？"兴奋的光芒从青妖的眼角射出。

帝弑天秉性乖张，他从不为任何理由杀人，除非对方的武功很高，所以每当听说哪有高手时他就会出现，而且他只要一动手就要有人死。迄今为止只有一个人与他交过手仍活着，那就是青妖。并不是帝弑天手下留情，而是青妖有自动修复能力，在身上所有要害都受到毁灭性的击打后，竟然一夜重生。

"太好了，帝弑天！我已涅槃，转世成魔，看你还杀得了我？哈哈！"青妖亢奋得面目狰狞，凛冽的目光盯着宫九阳，说："你的命以后就属于我了。"

"谢青妖王！"宫九阳斗胆抬起头，却发现青妖已经消失，想必迫不及待地追踪帝弑天去了。

四

清晨，疲劳的花千流将马车停在不归森林深处。不归森林中心是一片百亩的桃树林。正是桃花盛开季节，漫天轻舞的粉红与新绿交融成一个人间仙境。

仙子打开帘幕，傻傻地看看外面的桃花林，一派好春徒然映入她如两潭死水的眸子。花千流在溪边打了些许清水递给仙子，她抬头看了看这个对她一往情深的家仆，接过清水，没表情没说话。花老汉从桃林的深处走回马车旁，不知用何手段逮了一只野兔扔给养子说："别烤焦了，免得吃坏小姐的肚子。"

再浓郁的香味也勾不起仙子的食欲，她现在的心已经死了。除了她，樊府上千人无一幸免，甚至连亲人的尸首都无法安葬。生对于她来说就是个充斥着绝望的深渊。

花千流正打火烧烤着野兔，忽然，从地上火焰中钻出一条根须，插入被剥去皮毛的兔子尸体里，兔子凝固的双眼顿时开出两朵邪恶的桃花，吓得他急忙向后踉跄几步，一屁股瘫在地上，瞠目结舌动弹不得。

"没想到已经如此厉害了。"花老汉喟叹一声，走到马车前恭敬地对仙子说："小姐不必惊慌，放下帘幕便是。"

"是不是……"仙子当然看到刚才那恐怖的一幕。

花老汉点了点头，说："他来了。"

一阵轻风吹过，桃花成雨，纷纷坠落。一位眉目清秀，浑身充斥着强烈邪恶力量的少年如花瓣轻落，翩然飘降在花老汉身后。"如果帝弑天的杀气是凌厉的寒冰，你的杀气就是隐藏在浊锈下诡异的寒铁。虽然很像，但你不是他。"

花老汉转过身，额头的皱纹悠然堆到一起，"呵呵，很久没有听到这样的恭维了。"

青妖嘴角露出一抹邪恶的笑容，说："拥有如此强大的力量，却在江湖上没有分文名声？真是淡泊得让人佩服！"

"呵呵，江湖太小，我师弟一个人就把它给搅浑了，哪里还容得下我。"

"你师弟？"

"早在30年前就已经被我杀了，死在残血崖。"

"帝弑天！"青妖咧开嘴，疯狂地笑道："哈哈，哈哈！你为什么要杀他？"

花老汉叹了口气，说："他杀的人太多。"

青妖的脸忽然阴了下来，可怕的青光从他的双眼射出，喉咙里低低地响出声音，"既然你这副老骨头怀揣正义，料你也不会将美人献于我喽？"

一股寒气从地而升，缓缓弥漫在花老汉的身边，极深的城府化作他脸上一抹如入夜湖泊上淡霭般的平静，"我想对樊府千条亡魂最好的祭奠，莫过于你的人头了。"

"噢？"那抹邪恶再次出现在青妖的嘴角。霎时间，几乎所有落地的桃花都飘然浮起，如万雪降落时时间停顿，凭空静悬。倏尔，青妖瞳仁掠过一缕青光，无数片静悬的落红从四周围削过来，不过瞬间。迅雷不及掩耳之时，花翁腾空而起。千万片桃花击了个空，但迅速不减，纷纷撞击在一起，化成齑粉，如湖面涟漪，荡开层层粉色波圈。

"可惜喽，你不是女人。"花翁轻轻落地。

"什么意思？"青妖不急进攻，暂且收手，不妨一听这个怪老头想说什么。

"你体内的妖核属阴性，料你多么邪恶都无法成魔，无论如何，不过是个半人半妖的畜生。"花翁说话平淡如烟，却引起青妖火焰般怒气。

"哈哈，那又如何，当今江湖已唯我独尊，就算月魔再世又能奈我何？"

青妖狰狞地狂笑，说："老头你识趣点，只要肯将仙子交出，并且归顺于我。"

青妖虽然表面上这么狂妄，但他心里也没有底，虽说他的法力已经大幅度提升，可眼下的这个老头一汪深潭，功力深不见底。

"别挣扎了。"花翁声音悠远，却笃定。30年前，他虽然将帝弑天杀死，却受了很重的伤。后来寄居到樊府下，受到宅心仁厚的樊清明礼待，便从此隐姓埋名，丢下武艺，忘却江湖。能不能杀死青妖，他也不敢肯定，毕竟他已经30年没有练习武功，但他没有像青妖那样利用狂妄来掩饰心中的不安。

花千流惊恐地看着眼前的一切，没想到含辛茹苦把自己养大的寡言慈善的父亲，竟是月魔的师兄，如此高深莫测的武者。

青妖彻底被花翁激怒，毫无保留地用出必杀绝技，天空和他的脸一齐升起阴霾，大喝一声："破土！"

刹那间，乌云翻滚，阴风袭来，不归森林像是活了！千万棵树拔地而起，挥舞着颤动的枝叶，向花翁扑来。青妖则飞到一棵桃树枝梢，身周动荡着一团青色雾气。

花翁的双手虽如鬼爪般硬似钢铁，可以轻易击碎裂如僵尸般扑来的树木的枝干，但扑来的树太多，他还要保护手无缚鸡之力的仙子和花千流，不一会儿，他的身上便被断裂的树干划出许多伤痕，但被划破的皮肤并未流血，而是沁出道道青汁。同时，他感觉一丝软乏在身内缓慢游荡。

青妖嘴角露出一丝邪恶的笑容。花千流紧紧地抱着被惊晕的仙子，惊恐地躲在父亲的身后。"不好。"花翁一把推开身后的花千流，然后奋力一掌将倒向自己的百年古树击碎。花千流抱着仙子，重重地摔倒，后脑勺撞到地上石块，晕了过去。花翁知道自己已经中毒，无法支持太久，再这样下去迟早会死，而青妖在无数树木保护下无法接触到。

他转脸看了一眼昏在一起的花千流和仙子，目光里掠过一丝留恋，然后仰脸看着乌云密布的天空，轻吟一声："万劫！"

忽然，天空雷鸣阵阵，一条闪电从花翁身体里蹿出，腾入空中，隐藏到厚厚的乌云之中。同时，他的身体被闪电烧焦了。少顷，隆穹闪跃出无数银色巨龙，纷纷坠入不归森林，大雨如瀑布般坠落。地上的水流越来越多，泥土渐渐变软，移动的树林逐渐陷入其中。

青妖知道大事不好，正想仓皇逃走。不料，一道闪电从天而降，极速刺破重重枝叶，穿过青雾，直取他的心脏。青妖忽觉胸口一沉，低头，胸腔出现一口碗大的窟窿，种着妖核的心脏消失了。随后，从桃花树梢闷声摔下，跌落到地上的泥水之中，青色的血液渐渐变得殷红，随红色的花瓣迸溅在雨水中。

冰冷的雨打落到仙子的脸颊，将她唤醒。眼前的一切让她惊恐万分，断碎的树枝，横斜的古老树木，一地零落的绿色树叶，和与泥水掺和的桃花。一切都静默了。雨渐渐变小，淅淅沥沥。青妖趴在泥水之中，再无法散发邪恶恐怖的气息。

花翁的尸体已经被烧焦，如苍山一般，伫立着，安静地沐浴着这场难得的春雨。万劫，是用生命引来雷电。杀死敌人的代价是灭亡自己。

泪水从她的眼中涌出，却无法哭出声音。恐惧令她无法动弹，只有默默地喑哑，流泪。

"小姐，小姐。"天际传来花翁的声音："小姐，老汉无法伺候您了。不过请您放心，千流他一定会真心待你的。青妖虽然已死，但他心脏里的妖核尚未消失。你一定要将那颗妖核取出，放在金属盒里，两年之后待阴气消除，再投入火中，方才可以将其销毁。切记！切记！"

仙子四顾，不见花翁身影，她知道他元神彻底消失了。然后，转身抽出花千流腰间匕首，艰难地从地上站起，一步一步走向那颗仍在跳动，扎满根须，花翁尸体脚旁青妖的心脏。挥起匕首，狠狠地刺过去……

五

青妖死后，江湖各派得到一丝喘息整合的机会。宫九阳等13人失去靠山，不敢在魔教万仙岛久留，他们知道五大派终会有一天杀上来。于是，四散开来，隐姓埋名，遁入江湖各个角落。

一年后，隐居在残血崖的花千流和仙子成婚。不久，恩爱的夫妻俩生下一子，名叫花复生。

又过一年，花复生一周岁。这天夜里，简陋的草房子外面刮起狂风，不久下起大雨。仙子捧着盛有妖核的铜盒子，花千流在铁盆里点燃柴火，他尽量多放柴，好让火再燃得烈些。

"好了，把那东西放进去吧。"花千流揽着仙子的肩说。

"噢。"仙子再次陷入惨痛的回忆之中，火光、鲜血、惨叫，和亲人倒下时死不瞑目的眼神，还有那杀人不眨眼的宫九阳凶残的面孔，她犹豫了。

小小的花复生或许梦魇了，忽然哭得很厉害，花千流焦急地看着仙子。"啪"的一声，烈燃的柴火炸裂一下。仙子打开铜盒子，取出那个已经干枯了的，与普通桃核无异的妖核，在手中停了停，然后投入火中。花千流悬着的心终于落下，然后他急忙回房内。可是儿子竟不哭了，难道是妖核作祟？忽然，外面传来铁盆摔地的声音，他心猛然颤动，冲回堂屋。铁盆扣在地上，散落一地火焰，燃了一半的柴火还在燃烧。

但，不见妖核，仙子也消失了。

花千流跪倒在门前，歇斯底里地喊着心爱人的名字，然后痛哭不止。凄风、冷雨，残酷的夜还在继续。

3个月后，万仙岛上近万名魔教余孽一夜死亡，无一生还。没有伤痕与鲜血，每具尸体的左眼都盛开着一朵桃花。五大派攻打了两年都没有攻下来的万仙岛，竟一夜灭亡！整个江湖在欢庆的同时，也在惶恐。究竟是谁用那么诡异的手法把整个万仙岛摧毁？如此残忍，令人不寒而栗。不久之后，这场万仙岛灭亡事件，有了个妖艳的名称——万花绽！

青妖只是妖，因为他是男人，体内的阳气让他永远无法与妖核里的极阴之气相溶，以致妖核的法力无法得到全部释放。而仙子可以，她现在已经成魔。仇恨令她丧失了心志，唯有杀戮才能让她的复仇欲望得到一丝宽慰。不过，她的心底还会时不时地闪烁过，花千流潇洒的身影，和刚一岁的儿子稚气笑容，痛苦随之而来。

但是宫九阳狰狞的面孔一直在她脑中挥之不去。每当想起那些强盗，她就会发狂，一旦发狂就得有人死。无论是谁，只要是她身边可以看见的人。

当初投靠青妖的13个人，除了一个不久前被野兽吃掉，一个一年前病死，其余11人全部在"万花绽"的死亡名单内，青妖死后他们就消失了。

短短不到一年时间，被仙子所杀的人已经超过青妖生前所杀，然而多是无辜者。女魔头，毛骨悚然地响彻整个江湖。其杀人手段比青妖更甚，令所有人都谈及色变。有几个见过仙子侥幸活下来的人，开始把消息传开，几年前樊府被灭门之事，再次成为人们谈论的话题。活下来的那11人更如惊弓之鸟，恨不会遁地之术，从此隐入地下，再不抛头露面。

花千流背着幼小的儿子，踏上寻母之路。凡是有女魔头出没的地方，他们必到，他幻想着用自己的真心和儿子来唤醒曾经善良贤淑的妻子的良知。

六

一年过去，花复生3岁。仙子追杀的11人被杀死4个，无辜的人死的更多。

又一年过去，花复生4岁。被追杀的剩下7人，又被杀死4个，无辜的人死的更多。

主谋宫九阳和两名凶手仍活着，但他们如人间蒸发一般，再无任何音

暖雪落尽处，相会且无声

信。每个人都知道，只要他们一日不死，江湖就得陷于惶惶之中。除非有人能把仙子杀死，但谁知道如何杀死她？只有她自己！

花复生9岁这年，可以独立思考事情了。他常常向父亲问起关于母亲的事，花千流总是对他说："你母亲是个美丽的仙子，善良、贤惠。"

"那为什么，江湖上的人总说她是女魔头？"花复生满腹委屈，他也不肯相信江湖上的传言，但心里却无比的害怕。害怕有朝一日见到一个心狠手辣，杀人不眨眼的女魔头，他的母亲。

三月，江南。清明之后，绿水青山，风光迤逦。一路风尘仆仆的花父子，来到一座香火兴旺的寺庙借宿。

入夜，明月皎洁，天空清净。惊蛰之后越发活跃的春虫，伴随着淡淡的香烟，轻轻吟鸣。天宇一派祥和，世界如许宁静。

这时，禅房里两张床，睡在左边的花千流已经入睡，花复生也已经昏昏欲睡。忽然，迷迷糊糊中，他闻到一抹清雅的香味，月光洒在床前，一位如仙女下凡般的女人出现在房里。她来到他的床前，他佯装入睡，但透过眼缝，可以看到这位面颊如绣有一朵鲜艳桃花的女人，竟是如此美丽，让人窒息。她的目光祥和，慈爱。他可以肯定这就是他的母亲！他千辛万苦寻找的人！一滴泪水从他的眼角滑落，8年的行途之苦，化成一滴无声的幸福。

忽然，他感觉到她的手指抚过他的面颊，凉印印的。而后，一网温柔的梦盖到他的身上。

第二天清早醒来，全寺僧人全部死亡。死法可怕，手段残忍，每个人都死于同一种手法，都是被从地里钻出的根须穿体而死。其中有两个僧人正是官九阳的同伙，樊府血案的始作俑者。

目睹近百名僧人痛苦的尸体，花千流再无法承受心中的痛苦，一口鲜血喷出，倒地而亡，死不瞑目。

春雨，淅淅沥沥。悲恸欲绝的花复生，用弱小的身体拉着太平车，车上是父亲的遗体，来到不归森林。父亲曾告诉过他，这是个美丽的地方。他也知道，这是父亲与母亲经历生死的地方。盛开的桃花，大片大片，在雨中如彩云一般，随轻风招摇。但无人问津，冷冷清清，独自开放独自凋零。

雨水泪水在他的脸上混成一片，但他咬紧绛紫的嘴唇，执着地为父亲造一个简陋的坟茔。唯有桃花和天籁相伴，与世隔绝。

父亲下地，他跪在坟前，雨仍在淅淅沥沥。一阵轻风吹过，一位面带哀容和一朵冷艳桃花的女子走来。看着这个小小的崭新的土堆，里面埋着曾经和她相濡以沫的深爱着她一生的男人，她弱不禁风的身体不禁倒在这个小小的土堆前。

"可以抱抱我吗?"花复生低着头说:"母亲。"

"你知道吗?"花复生趴在母亲的怀中说:"其实父亲是不用死的,其实我是可以有母亲的,其实我是可以快快乐乐地长大的,其实那么多的血是可以不用流的。仇恨算什么!它凭什么拆散我们一家,它凭什么这么残忍,霸道!凭什么!拆散我们一家……从小到大,我只知道父亲的怀抱是温暖的,其实母亲的怀抱更温馨。"说完,他仰起头再一次,也是最后一次看着自己日夜期盼的这个人,然后满足地闭上眼,殷红的血从他的嘴角流出。

当初挂在他父亲腰间,那支被母亲用过一次的匕首,已经被他悄悄地插进自己的心脏。

轻风微微抚动,世界仿佛静止了。仙子的身体渐渐变凉,脸上原本妖艳的桃花渐渐枯萎,长在她心脏的妖核开始碎裂。随着最后一滴泪水从她的脸颊滑落,整个世界开始晃动。

雨倏地变大,数顷桃花纷纷坠落。

七

不久之后,人们在残血崖发现一个疯子,资深的江湖人士认出,他就是宫九阳。虽然他藏到这个仙子想不到的地方,但由于日夜担心会被发现,焦虑积累成疾,精神崩溃成为疯子。江湖近10年的血雨腥风都是由他而起,但人们没有再去追杀他,谈不上憎恨或原谅,只是选择默默将他遗忘。

人们没有忘记的是花千流一家,无论如何,故事已经过去。有人在不归森林修筑了一所小小的桃花庵,里面刻有类似童谣的铭文:

桃花郎,桃花郎

桃花过处寸草荒

痴情花郎已化古

十年苦寻心未凉

桃花丹,桃花丹

桃花深处桃花庵

苦儿终睡娘怀抱

无数冤魂已喑然

……

上穷碧落下黄泉

■ 残殇

　　玄衣男子半躺在榻上，唇角微勾，一身恍若天成的王者之气，他静静地看着下方的男子，一身蓝袍清亮而又朴素。
　　蓝袍男子正在细读着手中的书信，一抹了然于心的笑意晃在唇边。玄衣男子饶有趣味地问道。伯言以为如何？
　　陆逊轻笑着，将手中书信放至桌上。主公定已有计在胸，何必问伯言？
　　孙权笑道，连三岁小儿都知这曹贼心中打的如意算盘，孤又怎会不知？不就是让我东吴起兵攻打荆州，调走关云长，保他樊城平安？
　　那么主公意下如何？陆逊挑眉微笑道。
　　孙权扯唇，站起身来，走至墙边，指尖重重点在地图上。夺荆州！
　　一声脆喝。二哥万万不可！
　　孙权和陆逊回过头来，只见一绿衣少女疾走入室。二哥，你若要夺荆州，除非杀了云长！
　　冷眸视她。孤就是要杀这关羽匹夫。
　　那么孙刘联盟……孙尚香悲戚抬头。二哥你也不顾了吗？
　　陆逊浅浅笑出声来。夫人，刘备不仁，我东吴便不义。方又转身看向孙权。主公且看我如何诛杀这大名鼎鼎的关云长便是。
　　陆伯言，夫君与云长桃园结义，你若杀他，我夫君绝对不会善罢甘休的！孙尚香冷笑着望向陆逊，眸中炽光闪动。
　　夫人不必着急。陆逊望了孙尚香一眼，淡然回头看着孙权。主公只要杀了关云长之后，将关云长首级送与那曹贼，那么这刘玄德，自会迁怒于曹操，与主公何干？
　　孙权唇微抿，笑意流泻。伯言好计谋，孤便任命吕蒙为大将军，引军攻打荆州。
　　二哥！孙尚香惊恐抬头。二哥你是在置夫君于死地！云长若死，夫君又怎会独活？那你教我如何是好？
　　夫人何出此言？孙尚香怒极回眸望着陆逊，而他则淡声言道。先前夫人助刘玄德离开东吴，坏了主公大计；之后又以嫁资为由，向主公讨取了荆州；夫人和那诸葛孔明一起设计取了西川，害死了公瑾……夫人本姓孙，却帮了刘玄德那么多！夫人记得自己是刘玄德之妻，可那刘玄德却不认夫人！将夫人留在东吴不闻不问，却又自己娶了如花似玉的吴苋，天天醉卧温柔乡。夫人是嫡妻，可刘玄德的皇后却是吴苋，夫人还为何要帮他？

孙尚香抬眸，眸中已带了些许晶莹，却还是顽固地不想让泪水落下。陆逊匹夫，你设计害我小叔和夫君，又离间我和夫君感情，破坏孙刘联盟！二哥，万万不可听这匹夫的话！

陆逊冷笑数声。夫人对刘玄德仁义，不代表刘玄德也会对夫人仁义。

孙尚香扬起手，直直向陆逊扇去，狠狠地，如同用尽了全身的力气。

一只手紧紧抓住了她的手腕，手扬起在半空停下，只听见一个冷如九天寒冰的声音。六儿，休要胡闹！

二哥……她的贝齿紧咬住唇，泪水渐渐地滑落……

仿佛，好多年了。

她始终记得那一天，华冠霞披，年仅18岁的她嫁给了年近五旬的皇叔刘备刘玄德。她始终记得那一天，她最敬爱的二哥孙权将她送上了花轿，而她得到的仅仅只有二哥冷漠绝情的眼神。她始终记得那一天，耳畔是送嫁迎娶的队伍吹打着的喜庆曲调，和着冷风灌入耳朵，刺耳无比。

眼前是铺天盖地的红，一丝一丝地夹杂着成倍的忧伤和绝望。依稀记得那天得知此事后，撕心裂肺的哭喊……

六儿，不是哥哥心狠，事已至此，只好假戏真做……

六儿，你也是孙家的人，虽不是男儿身，终究也要为孙家尽一份力……

六儿，若孙刘联盟就此破裂，我孙氏便失了一个盟友，多了一个敌人，若刘备和曹贼联手，我孙氏便岌岌可危了……

六儿……

她懂。

她如何不懂！

她是棋子，作用是稳固了孙刘联盟。可是她亲爱的二哥有没有想过，如此一来，她夹在孙刘两家之间，左右为难！

她才明白……

——原来。

原来她早已不是当年的二哥的六儿了……现在的她，有的只是利用价值。

她记得她嫁与刘备的那天，听得见沉稳的脚步声。没有心动，没有幸福，甚至没有一丝的希冀，有的只是悲伤，是深入骨髓的悲伤……

暖雪落尽处，相会且无声

前面的人停住脚步，她低头，目光可及处只望见一双绣着金龙的靴子，和红底，用金银丝蜀绣滚边织成的喜服下摆。

便是刘玄德吗。

她的良人？

无声地扯了扯唇角，看久了红色的眼睛有些疲了，合上略觉酸痛的水眸，轻轻地在心底叹息。

夫人。淡然的轻轻的声音，带着磁性，柔和地说道。备知道夫人对此婚事不是自愿的，所以备不会强迫夫人做任何事，今晚备会住在偏殿，夫人大可放心。

听见那人走远了几步，尔后传来了沙哑的开门声。

果真是正人君子啊。

等等。她感到有一束目光疑惑地凝在她的身上。微微一笑，睁开了眸。请夫君挑开喜帕。

之后那抹红渐渐从她的视线中剥离，映着明暗交织的烛火，她看清了眼前的人。一身喜袍，头上扎着大红巾帻，面容俊秀，眉眼中暗含着英气，看上去像是刚至而立之年，温文尔雅，无法想象这便是征战多年的刘玄德。

她微笑，执起酒壶，为两个酒杯注满了酒。她递一杯与刘备。夫君，请喝合卺酒。

她看到他的眸子中映着她笑靥如花。

如若这便是她命定的姻缘，她便做他的好妻子便是，也算是尽了自己身为棋子的作用。

呵……

一梦、一醒、一缠绵。

亦真、亦假、亦幻灭。

她终究不过是一个凡人。

孙、刘两家，她只能帮一个，所以她毫不犹豫地选择了刘备。不知道是为什么，会那么信任一个没见过一次面就成为她夫君的人。也许是因为那夜他对她的尊重吧。是的，刘备在乎她的选择。而二哥……

许是倦了吧。身为江东之主，要守的东西何其多，那个他的六儿，早已从心里丢失了罢。都是一样的身居高处，也许她那夫君刘备，也会如此。

于是她便随刘备回到了荆州，又助刘备夺取了西川，看着孔明的奇谋巧略，最终一步一步平定三国鼎立之局。

也许她是爱着刘备的吧。

也是爱着这片土地的吧。

可是不论她身在何处，爱着谁，都定是要回到江东去。

记忆中那个秋天，只有落叶，只有微风，只有一个人，却不再重见。

记忆中那场分别，没有箫声，没有鼓声，没有唢呐声，却已是永诀。

她带上公嗣，只是给东吴演场戏。设计者是她，戏子是赵子龙和张翼德。

于是她只身一人回到了江东。

——可是一切都不再一样了。

刘玄德称帝，吴苋为后，那她呢……她算什么？也是，她只是东吴送给刘备的一份礼物罢了，用的时候就记得，无用的时候便弃了再不去看一眼。

他从没唤人来接她回去，尽管她根本就回不去。但她要的，仅仅是一个动作，甚至只是一句话！

罢了，罢了。

生在这乱世，生在这孙家，生来便是棋子……她不在乎，她不在乎……却总是自言自语一直重复着这几个字到眼泪潸然而下亦还未停止。

她如何不在乎……如何不在乎！

刘备是她的天，公嗣是她的一生，荆州……是她的家啊。

可那又如何？

她以为刘备懂她。

一次次地站在湘江边上，望着西边。

那边，是荆州和西川吗？

刘备他，在那边吧……

总是希冀着那个喜欢穿着如雾般青衫的温文男子会出现在她眼前，然后对她笑言。六儿，我们回家。

那该多好……

那该多好……

终归是高估了她在他心中的分量吧……

她的唇边浮起一朵苍白的花，失神着渐渐地走出了大殿。

二哥早便不是原来的二哥了。

伯言哥哥也早便不是原来的伯言哥哥了。

那么你呢，玄德？

她望向未知的方向，在心里呼唤着那个名字——她的夫君啊，怕是早把她忘了吧……可她却依旧傻傻地想帮他。

扯唇痴笑，笑得疯狂，笑得胸口阵阵刺痛。

悲伤和等待的绝望融合成的凄凉旋律从眼眶中汹涌而出。

是了。

原本便没有那所谓的爱情。

关羽败走麦城，孙权亲自劝降，关羽不允，孙权怒杀关羽，将关羽首级送往曹操。

叛将张达、范疆趁张飞烂醉不醒，割下其首级，连夜逃往东吴。

刘备率 75 万兵马，亲领水陆三军，朝夕并发，挥师江东。

孙权派人求和，愿交出叛将张达、范疆，归还孙夫人和荆州九郡。刘备不允。

都尉孙桓前往夷陵拒敌，大败而归。孙权后升任陆逊为大都督，即刻上任督战……

夫人还要帮那刘玄德吗？陆逊浅笑着望向孙尚香，仿佛似那江南烟雨蒙蒙中撑着青花油布伞走在石板路上的俊秀书生，谦谦公子，温润如玉，让人移不开眼。刘玄德明明有机会要回夫人，却当即便拒绝了……可真是如他所说，兄弟如手足，女人如衣服啊。陆逊眸中含着一丝讥讽，冷声道。

孙尚香微微一笑，若是刘备认同了孙权开出的条件，他便不是刘备了。

见她没有反应，陆逊望着她，目光深邃。你不在乎？你嫁与他 20 年，他竟可以为仅仅几条人命弃了重新拥有你的机会。

她微叹了口气。你不了解他，可我了解。在他心里，百姓第一，兄弟第二，社稷第三。我从未奢望过他会用云长和翼德二人的命来换我，更何况，现在又多了一个黄忠……她复又笑了笑，目光悠长而唯美，眸中星光流泻，美如梦境，言道。可是那才是驰骋天下的仁义之师，那个汉中王……

只是他已不再仅仅是汉中王。

六儿，你从来不是那么盲目的。陆逊眸子一缩，眼中光华果断得残忍。此次出兵，我定要蜀汉回天无力，刘备非死即伤！

她怔住好久，连那个英俊男子何时跨上白马，领兵离去都不记得了。目光回转清明时，只见那抹素色长衫已飘摇远去。她用尽气力大声地朝着那个方向喊道。伯言哥哥——

她清楚地看到马上的他一滞，复又向前而去。

仿佛回到了 15 年前，月下的那个她啊，眼中只容得下他。

月华照下，泻了一地的清冷月光。她拉着他，在光滑的石面上走着，踏碎了一地的支离月色……

伯言哥哥……一声一声，柔和了月光，柔和了满天繁星。

那瞬间，她终于明白了什么。

原来啊……原来变的不是别人，而是她。

张开薄唇，却发现早已发不出任何声音……放过他三个字凝在喉中怎么也说不出口。听不全的破碎字眼从口中倾出，早已泪湿满面……

一下子勾起了隐藏至深的记忆，所有在心中埋葬的情感终于凝结成雨，从眼眶中决然落下。

她，也拥有过那样一段明媚的时光啊。

可惜流年似水，奈何梦绝情殇……

刘备夷陵兵败，逃至白帝城。

比消息传得更快的是孔明的飞鸽传书。天生异象，主星失位，刘备定然是有难了。也就是……陆逊赢了。

她将鸽子放飞而去，把手中的纸条燃尽在烛火之中。白色的纸张和着那黑字洇开的墨迹，融化在火焰中，白色渐渐蜷曲成一团焦黑，放入火盆中忽明忽暗。

也许离那一天，不远了。

天下分久必合，三国终归统一。

只是不知，辅佐之人是谁？是下一个周公瑾，下一个诸葛孔明，还是下一个郭奉孝？

她扯唇苦笑。

只可惜现在的她还不知道，她所想的三种可能，竟是全错了。

夜雾迷离的那夜，星光璀璨，她远远地看见湘江边上的那人，一身白衣，净洁清冷得显眼。

羽扇轻摇，白衣男子温和地道。夫人。

她亦轻轻道。先生。静默了半晌，孙尚香终是开口复道。他，不会有事吧？

孔明依旧是一脸温和的笑意。夫人不知吗，皇上他的性格？在没有赢得胜利之前，他绝对不会让对手有丝毫机会反击。更何况，他还有一件事未做。

她的心终是安定下来，对着孔明传来的柔柔目光，微笑。

夫人为何失笑？孔明云淡风轻地抬眸望她。

先生不知么？孙尚香的唇角上扬了一个弧度。因为先生啊，在所有人心里，都是一个傲若谪仙的人，如同神祇一般，叫人信任呢。

他与她对视着，展颜一笑，成为了暗夜中最美的颜色。

陆逊回来了。

依旧是那素色长衫，上面干净无比，她却嗅到了那一朵朵如同血色的月季一般绽开的花，妖冶无比，浸染成血的腥味。

暖雪落尽处，相会且无声

也许是命吧。伯言修长白皙的手，也已沾满了血腥。

他向孙尚香走来，眸子如同黑夜一般，墨色渲染，却在看向她的那瞬间，眸子中星光汇集成一点。我没杀他。他如是说。

她微微一笑。多谢大都督了。

陆逊深深望了她一眼，看不清神情。他绕过她，直直向大殿方向走去。

一个人，一辈子，怎么可能只有一次爱情呢……如同低喃，她淡然道。

身后的那人背一僵，似笑非笑道。可惜伯言此生，只爱一个人吧。

他的声音不大，但她听得分明。抬起头，望着天上残日，不让眸中那泪水落下来。

伯言哥哥伯言哥哥，你会娶六儿吗？记忆中的笑靥如花，早已物是人非。

只要六儿爱伯言哥哥，伯言哥哥一定会娶六儿的。记忆中的淡雅笑颜，如今人在情伤。

什么是爱呢？那年的她卧在他的怀里，轻声问道。

爱么……就是一个人，一辈子，只对一个人好。他抬头望着天空，晚霞洒了他一身的柔光，俊若天人。

那么伯言哥哥，只能对六儿一个人好，一辈子……

曾经的诺言，只是曾经……

孙权微微的勾唇，望着下方跪着的一身战甲的男子。刘备如何？他的眸子一凌，透露着点点让人心寒的冷静。

回主公，刘备已死。孙权一下子抬头，眉蹙到了一起，他迅速地站了起来，望着他，居高临下，不可置信的语气。此话当真？

那男子低着头，低眉顺目答道。千真万确。那日吕将军一箭射中刘备要害，他便已没有几分生机。昨日诸葛孔明和刘公嗣匆忙赶去了白帝城，试问那刘备怎还可能生还？

啪——

殿外的孙尚香怔怔地看着地上的碎碗，如同绽开了一地的青莲花，脆弱而凄凉。耳边嗡嗡声传来，刺耳无比，令她丧失了全部的能力。

刘备，死了？

刘备，他，死了……

六儿？跨出殿外的孙权看着失魂落魄的孙尚香，惊讶了些许，便冷笑道。六儿可曾听到了，那刘玄德死了，从此与你便再无关系。

怎么可能……

她望着那碎裂的花纹，眼神中尽是空洞。耳畔的声音仿佛漂浮在遥远的

207

虚空中，她呼吸不到一丝的空气，胸口闷得快要窒息。

可是……怎么可能。刘备怎么可能死？那日孔明还来对她说，刘备还有一事未成，不可能就这样死了……

孔明……

仿佛一阵惊雷在她的脑海中炸开，将她的思绪从身体里生生剥离。

为何孔明会来东吴，难道只是为了告诉她刘备未死？不可能。最好的解释就是，刘备弥留之际唤来孔明和公嗣，而孔明顺路到了东吴安慰她……

六儿……孙权觉察到她的不对劲，伸手扶她，却被她挣开。她看着他，唇边绽开一朵苍白而艳美的花，妖冶如同鲜艳的血色，却色泽如纸。

之后跌跌撞撞地离去。

六儿！他突然觉得，那女子仿佛是要飞离人间的仙子，再也抓不住。

竟是为了他如此吗……

孙权冷淡地看着她走远的方向，唤来身旁的侍卫道。去叫陆伯言。

也许，那个妹妹早已无用了吧。无用的东西，就该丢掉。如今刘备死了，他倒要看看这曹贼能奈他何！

他的那颗心，早就绝爱绝情了。

兄妹之情又如何，夫妻之情又如何？身在最高处的人，必定是孤家寡人，是踩着无数鲜血爬上去的，怎么可能有感情？若是他那妹妹早日看清这一点，便不会对刘备，对他存有希望，就不会有今日的绝望了。

那心，本来就是用石头做的，不会感到痛的。

夕阳下，一身玄色长袍的男子唇角微微上扬，露出了几丝讽刺的笑。

呵……是残日呢。他抬头，看着天空，如是说。

那一袭雪青色长裙，淡雅迷人，却又暗暗带着疏离的迷离忧伤。

她站在湘江边上，望着一江水。风，扬起了她的发，蜷曲着擦过耳畔，柔和唯美。

六儿……陆逊策马而来，惊慌的声音从身后传来，但孙尚香却似听不见一般。陆逊下马，迅速走来，伸手抓住她的手腕。六儿，跟我回去吧。

她笑。唇角的那抹笑意竟是让那人冷得刺骨，悲伤从心底洇开，愈愈扩大。他知道，她是他的蛊，让他迷失了一生一世。

伯言哥哥……孙尚香没有回头，空洞的眼神让陆逊无尽的恐惧，她笑说。伯言哥哥，你说这江对面，是不是有他？

是不是有他……是不是有他……

陆逊苦笑，唇被咬得发白，却依旧掩盖不了那彻骨的痛。

六儿，他死了，你醒醒！他用力把她拉到怀里。你想哭就哭出来，不要吓我，六儿……

孙尚香挣脱了他的怀抱，扯唇道。我为什么要哭，他没死。

他没死。他不会死。他说过的，总有一天，要带她回家。

可是泪，早已翩然落下。仿佛从眼眶中决然涌出的不是泪，而是满身的无奈和凄凉。

六儿，没了他，你还有我，我们回去，好不好？陆逊浅浅地笑开，伸手拭去她的泪，莞尔而笑。

孙尚香向着湘江走去，笑容浅浅淡淡，却是无比的迷人。身后的陆逊却是怔住了，连移动一步的力气都没有，只是看着她渐渐走远，那袭雪青色的长裙曳出一片虚妄。

伯言哥哥。她倏地回头，眉角弯弯，巧笑倩兮。之后背朝着那滚滚江水，慢慢向后退去。

六儿……陆逊恍然惊醒，伸手想要去触到她，却只听孙尚香清丽淡雅的声音响在耳畔。

伯言哥哥……这辈子，算是六儿对不起你。

之后那抹雪青如同断了线的木偶一般，残破得凋落成殇，坠入了那波涛汹涌的湘江中。

伯言哥哥……你说……这江对面，是不是有他……

是不是……有他……啊……

六儿——

陆逊的眸子猛然扩大，俊美无俦的脸上满是绝望。他发疯般地扑向之后数步之遥的江岸，望着那早已消失的身影，双手越抓越紧，抓着地面上硬黄的泥土，竟是满手殷红却还不知道痛。

仿佛是有人在唱着那首荡气回肠的悲歌。

……力拔山兮气盖世，时不利兮骓不逝。骓不逝兮可奈何，虞兮虞兮奈若何！

……汉兵已略地，四方楚歌声；大王意气尽，贱妾何聊生。……

原来……竟是又一个霸王别姬的结局。

帐中，那人的咳嗽声断断续续，仿佛是揪心的痛楚。

皇上……诸葛亮担忧地看着榻上的那人。不若让微臣去请夫人过来吧。

那人掩唇的手一僵，刘备苦笑片刻，竟是说不出来的苍凉。六儿……此时的她，该是恨我的吧。

诸葛亮忙道。夫人不是那般之人，皇上多虑了。

那人摇头，又是一阵撕心裂肺的断命咳嗽声。方才缓过气，微笑道。孔

209

明，你先出去吧。我想一个人待一会儿。

一抹白衣滑出帐外，望着那湘江，只是无言。

心里的不安扩大，直至形成燎原之势。

那消息传出之前，他明明告诉了她，她又怎会……

她不可能猜不到，那是他的惑敌之计啊……

抬头，星光点点的月夜，微弱的月光下那星星闪着迷人的疏淡光芒。倏地，孔明的眸子狠狠一缩。那紫微星的颜色不复之前的明亮，而一旁的附星却是在那瞬间划过天际，化为尘埃。

那是……

怎么可能。怎么可能。

身后传来了凌乱的脚步声，孔明猛地回头，看见一人身穿铠甲，步伐凌乱地奔来，在孔明的脚边跪下，声音颤抖。丞相，不好了。江东那边……

孔明的眸子一震，连忙紧声问道。江东那边怎么了，是不是夫人……你快说！

那人抬头，哀恸的声音让孔明的心无限地下沉。

夫人……夫人投江了……

仿佛是一个炸雷，在孔明的耳边炸了开来。

她……死了。那……那皇上怎么办……

她怎么可以……怎么可以在这个时候……

咣当——

孔明恍然回神，直直向帐内奔去。撩开帘子却看见地上绽开着墨迹斑驳的花，墨砚已四分五裂。而那旁边，却躺着已毫无生气的那人，唇色苍白如纸。

皇上——孔明的心像是被狠狠地撕裂开来，他惶然快步走了过去，伸手取触那脉搏，却发现那人，早已全无了气息。

身后赶来的人齐齐地跪下，一时间竟是静默得如同死寂。

皇上……驾崩了。

桌上的那张纸飘然而下，落到了地上。浅浅的如同轻鸿般的落地声，却明显地仿佛打在每一个人的身上。

上书：

上穷碧落下黄泉……

如月刀

■ 华英雄

一

十五，夜，月圆。

长街上已看不见人影，家家户户都闭上了门。

几步长街上横七竖八躺着几具尸体，云暗风高，阵阵的腥风吹过，迅即，天边无星无月。

一人一马动也不动地站在风里，从头到尾，看不到丝毫杂色。

人在屋脊上，马立街当中，就像是白玉石头雕成的，不是洁白的白，而是苍白的白。

苍白的脸，苍白的手背负着，白布箭衣，白帕包头蒙脸，脚上搬尖洒鞋，系着倒赶千层浪的白色绑腿，苍白的一双眼眸里却发出冷冷又迷人的精光。

苍白的对面，一位虬髯大汉赤裸着上身，一身黑肉就像是铁打的。

虬髯大汉仰天一声长笑，喝道："兄弟贵姓？又何以对咱如此赶尽杀绝！"

无语，只有风的呼啸声，无尽的杀气蔓延开来，虬髯大汉被逼迫得已经快窒息。

只听吐气开声，霹雳般一声大吼，虬髯大汉"呼"一声举起钢刀，迈开大步攻了过去。

白衣人动也不动，却见袖中一道白光呼啸而出，又似七色彩虹，剑气，七色剑气！

剑光如闪电般一亮，"夺"的一声响，街旁海碗般粗的旗杆上，已多了柄雪亮的钢刀。

刀柄犹在不停地颤动，柄上的红绸刀衣"呼"的一声卷起。

虬髯大汉瞪大眼睛，一手捂住胸膛，一手指着苍白的人，张了张嘴巴，直立立坠落下来，靠在旗杆上。血，箭一般地从胸口飞射而出，天女散花般的鲜红绚丽。

白马突然一声长嘶，人立而起，马鬃飞舞。

一声长啸，白衣人从屋脊上跃下，不偏不倚落在马背上。

拍了拍马头，轻声道："回！"

白马竟似也懂得人意，立刻展开四蹄，飞驰而去。

白衣人头也不回地朝身后一挥手，"笃"一声，虬髯大汉额头已经插上了一柄苍白的飞刀，刀柄上飘着雪白绸缎，上面绣着条张牙舞爪的乌黑长龙，龙嘴中高傲地吐着苍白的二字：英雄！

仿佛将破云飞去！

一人一马转瞬间已不知去向，孤零零的旗杆立在西风里，旗杆下独自站着怒睁双眼的虬髯大汉。又一阵狂风吹过，枯枝落叶如招魂黄纸般地漫天飞舞，显得说不出的诡异。

二

他姓华，华英雄，人人都叫他"英雄"，要命的英雄。

不过，这辈子至今只有两个人当着他面叫过他"英雄"。

因为他只认识师父，师兄，死人。

死人是不会称呼活人的。

有时候他也觉得自己要命，奇怪得要命。

因为，每逢月圆之夜师父必定会派他出去杀人。

英雄很自信，因此从没失过手。

他的自信来自手中长长的绝情剑，因此，每次出去只需做两件事：出剑，收剑。

每次看着在他剑下缓缓倒下的死人，回来时就会问师兄，我们是什么人。师兄每次惊讶地瞧着他半响，摇摇头说："杀手。"

还问，为什么我们要去杀人，师兄却说，我也不知道。

于是去问师父，师父说，我们只收钱杀人。

英雄想，这个世界上除了师父和师兄，或许已经没有人能在我的剑下走过三招，因为我杀人就如杀鸡。

一个杀过太多人的人，自己的心灵就会变得苍白冷漠。师父不停地告诫，杀手必须无情，无情得眼中没有任何东西。

所以，他喜欢白色，苍白的白，无情的苍白。

自小，英雄就随同师兄生活在白雪皑皑的山顶。山顶有个未名湖，湖边却是一年四季开不败的无名花草。

这里除了英雄和师兄，只有鹰不停地在湖上盘旋，盘旋在艳蓝的苍穹下。

师父只是在月圆前夕上山一次，交代任务。

每天，英雄在师兄的监督和陪同下，除了练武还是不停地练武。

有时候，英雄累得想歇息一天，或者一个时辰也可以。

每每这时，英雄只要稍一停顿，师兄便冷冷一剑刺来，冷冷地说，多流一分汗，少流三分血。

因此，他的生活除了月圆杀人夜，永远风平浪静。

三

而今天，英雄却难以平静。

因为他此时并不在山中练武，在马上，苍白的马，孤单的人。

他的马鞍，他的靴子，已经肮脏无比，但他的衣服却依旧是苍白的，胸前当中深深印着海碗大小的一朵梅花，四周红红点点，细小着随意散落开来。

白衣如画，千朵万朵簇拥中间一团红。

剑已失落，空空的剑鞘不停敲着马鞍，春雨胡乱砸在他脸上，蒙面的白布已经失去踪影，湿漉漉的衣服紧紧地贴在胸前的伤口上，火辣辣地疼。

他觉得很难受，很恼火。

苍白的脸，恼火的人。

昨夜，他失手了，十年中唯一一次失手。

但最令他恼火的，却还不是这些，是那双眼睛，那双很迷人的眼睛。

他记得第一次看见这双眼睛，是在昨夜的枫树林里。

她的笑容中充满了羞涩，在苍白的月光下，她脸红得就像是雨天的晚霞，眼睛里却闪着和他同样迷人的精光，一身紫衣，艳如霞。

剑是杀人的利器，刀也是杀人的利器。

当他如往常一样拔剑，对面的人却没有倒下。

因为一把刀突然出现在他的眼前，刀光并不快，却像你看见月光一样，当你看见时，已经落在你身上。

英雄并没让这样的月光落在自己身上，可是自己的剑却已经偏离那位即将倒下的人。

倒退五步，蒙面的白布已经化成片片飞絮。刀光如影随形而至，英雄长啸一声，全力发出了七色剑气，刀光滞了几分，他却又倒退了五步！

英雄紧紧地握了握被震得发麻的手，冷冷地傲视着对方。

那双迷人的眼睛正在凝视着他，她的纤手如春葱，指了指英雄，又指了指旁边那位已经惊吓过度，瘫软在地下的人，嫣然一笑："你杀人，我救人。"

英雄暗自猛吸一口气，却不敢再动。师父和师兄都曾经告诫过，高手对招，敌不动我不动。

她的迷人笑容已经消失，目光紧紧地盯着英雄苍白的手。

风渐急，"猎猎"响起，一白一紫静静地对持，谁也不想先动，也不敢先动。

地上的人却悄悄地连滚带爬着远去。

风渐冷，云渐厚。

雨，忽然从云中洒了下来，渐渐地，打湿了他们的衣衫。

终于，英雄率先忍耐不住了。长啸，冲天而起，无数的剑光流星飞矢。

剑飞，人落。

天上已经没有明月，地上的紫衣美人手上却有一柄刀，刀光如月。

四

英雄渴得要命，心中一会儿如火焰，如烘炉，感觉自己已快被烤焦了。

一会儿又如赤身裸体站在家中的雪山上，阵阵寒风夹杂着冰冻的雪花击打在自己身上，牙齿"咯咯"地发响。

朦胧中，感觉雪山上的鹰在盘旋，盘旋在艳蓝的苍穹下，在等着食他的死尸。

躺在沥沥的雨水中，英雄精疲力竭，连手都很难抬起来。

无奈地看着雨水一滴滴，温柔地落在胸口的伤口上，随后又绝情地带着鲜血潺潺地流下，一起奔向远处的小溪中。

他想，我是不是已经快死了？

又想，如果师父和师兄要是这时候知道自己已经快死了，会不会悲伤？

也许，一定会有许多人感到很愉快。

"跑得倒很快，害我这么辛苦地追了整整一夜！"

这时候，英雄感觉身边有人。

费力地睁眼，又看到了那双很迷人的眼睛，如月的刀，一身紫衣如霞。

被雨水湿透的长发紧贴在额头，红脸气喘吁吁，身子似春风中妩媚摇摆的柳枝。

眼光里，满是惊奇、怜惜。

如月的刀光长长地一声叹息，俯身。

英雄便什么也不知道了。

五

英雄睁开眼，干裂的嘴唇动了动。

奋力起身，却半空中又猛然摔下，牵动胸口的伤口，千刀万剐的疼。

英雄皱了皱眉头，"哼"了一声，满头冷汗。

"你终于醒了。"

一块软红丝巾伸过来，轻轻地为英雄擦了擦汗。

英雄转过头，迷人的眼睛，羞涩的笑容。

发现自己躺在一辆急驶的马车之中。

车厢里舒服而干燥，车垫上的缎子光滑得就像是她的皮肤一样。

"谢谢。"

这是除了师父和师兄，英雄第一次对别人说话，第一句话。

她点点头，又嫣然一笑，说："别乱动，能在我刀下活下来的，你是第一位，也是唯一的一位。"

随后，又加了一句："睡吧，安心地睡。"

声音没有丝毫勉强，却动听，令人不敢抗拒。

再也没有多余的言语。

英雄仿佛觉得自己天生就应该认得这双眼睛，仿佛天生就应该躺在这车厢里。

又疲倦地睡去。

不知过了多久，被一阵阵的轻吟声惊醒。

看见她坐在车尾，将车帘掀起，对着外面的雨发呆，衣角缠在纤纤的手指上，时低吟，时低唱：

十年生死两茫茫，不思量，自难忘。千里孤坟，无处话凄凉。纵使相逢应不识，尘满面，鬓如霜。

夜来幽梦忽还乡，小轩窗，正梳妆。相顾无言，惟有泪千行。料得年年肠断处，明月夜，短松冈。

这声音委婉动听，又能让人感觉无比的凄凉。

最后一句，却被她一个女子唱得铿锵有力，悲伤又豪情万丈。

英雄觉得自己一生至此，本以为风呼雪飘鹰鸣的声音已经无比动听，此时才发觉还有比那更动听的歌声。

这声音能让人心醉，更能让人的心跟随着起起伏伏。

一时间，英雄竟兀自痴呆了。

唱完最后一句，她转过头，凄凉一笑。

仿佛是对英雄说，又仿佛是在自言自语："在春天，老天仿佛总是喜欢安排一些奇妙的事，让一些孤独的人在偶然中相聚。"

此时，车外的雨下得更大，缠绵而亲密。

英雄想，下得正是时候。

六

突然间，马蹄急响，三匹马从马车旁飞驰而过，三双锐利的眼睛，同时向车厢里盯了一眼。

马飞驰而过，最后一个人突然自鞍上腾空掠起，倒纵两丈落在英雄的马鞍上，脚尖一点，已将挂在鞍上的剑鞘勾起。

驰过去的三匹马突又折回。

这人一翻身，已经飘飘地落在自己马鞍上。

三匹马霎时间就没入蒙蒙雨丝中，看不见了。

她眼神又冷起来，道："他们拿走了你的剑鞘。"

英雄无奈地笑了笑。

她咬了咬嘴唇，轻轻叹息一声。

又咬牙道："我不去惹他们，他们反倒要来惹我！"

起身，却又摇了摇头。

对前面的车夫喝道："调转马头，换道！"

就在这时，忽然又有一阵蹄声急响，刚才飞驰而过的三匹马，又转了回来。

最先一匹马上的骑士，一伸手，又将那柄剑鞘轻轻地挂在马鞍上。

三匹马，三个人，静静地挡在车前。

此时，又有"轰轰"的蹄声从车后响起，大地震动。

无数的马匹怒气冲冲地滚滚而来，瞬间，包围了马车。

车前三人同时在鞍上一挥手，喝道："杀！"

七

英雄张大了瞳孔。

这时候，英雄才觉得师父对自己说的话是对的，并且千真万确。

江湖中最难惹的有三种人——乞丐、和尚、女人。

其中，女人最为难惹。

你若想日子过得太平些，就最好莫要去惹他们。无论是想打架，还是想喝酒，都最好莫要惹他们。

只可惜等这些汉子完全明白这个道理的时候，却已经是在黄泉路上了。

也许只因为他们根本不想日子过得太平。

只要那一道如月的刀光闪过，灾祸就会降临。

无论谁都不能避免这灾祸，因为从来没有人能避开这个世界上的月光。

人临死前的惨叫声随同马匹悲痛的嘶鸣声，混合在"沙沙"的雨声中，四处阴森森飘荡。

天空仿佛已经被地上的血染成鲜红色。

半盏茶的工夫，除了雨声，天地已经静悄悄。

马车前面的马，已经不知何时被谁斩了马首。

她进了马车，一手拿刀，伸过另一只手扶起英雄，轻声道："我们走。"

温柔的声音，温柔的眼神，已经与刚才的女杀神判若两人。

英雄被陶醉了，恍恍惚惚，想随力而起。

却感觉，瞬间，扶住自己的手一阵颤抖，痛苦地颤抖。

抬眼，三寸长的刀尖从她的后背至胸口一穿而过。

血顺着刀尖，一滴、一滴，重重地砸在英雄的脸上，流进嘴里，苦苦的，涩涩的。

她的背后立着一个很瘦小的人。

他穿着件极宽大的黑色袍子，头上缠着黑布，还戴着顶很大的笠帽。帽檐的阴影下，露出了一张尖削的脸，一张宽阔的嘴和一双秃鹰般的眼睛。

黑衣人"喋喋"地得意冷笑，道："我费尽心机，假扮车夫，为的就是能简单地杀了你们！"

忽然，英雄记起，这个就是唯一从自己剑下逃脱的人。

用尽所有的力气，英雄发出怀中唯一的飞刀。

八

　　她嫣然一笑，却是笑得凄凉，笑得天动。

　　她轻声呢喃："我终于可以追随你而去了。多少年，我都在寻找你，沿着你的梦，你的路，寻找了一趟又一趟，却终没遇上。"

　　英雄的心在抽噎。

　　她费力地对英雄说："知道吗？本来我和你一样只知道杀人。那天命中注定，让我在杀人的时候，遇上了他。为了我，他反叛师门，我们相拥着一起去寻找他救人的梦。"

　　喘了几口重重的粗气，又说："为了我，他被所有的人所不齿。最后，又为了救我，狠心地抛下我，去了遥远的地方。"

　　咬了咬嘴唇，又说："你的眼神举止和相貌都很像他。那夜遇上你，我还以为是他。其实这几天，我已经把你当做了他。既然他为了我而死，那么为了和他相像的你，我开一次杀戒又如何？"

　　英雄紧紧地抱住了她，泣不成声。

　　她又指着地上闪闪发着月光的刀，纤手如春葱，却渐渐苍白起来。

　　轻轻地说："我即将追随他而去，这把刀承载了我和他所有的梦，以后我就将它交给你了……"

九

　　天黑了，又明，又黑……

　　英雄只是呆呆地看着静静地躺在地上的人儿，安静的脸，迷人的笑容已经不在，一身紫衣，艳如霞。

　　雨住，寂寞的荒冢前头，一块软红丝巾随着凄风飘扬。

　　长叹一声，英雄举起钢刀，如月的刀上，有一行很细很小的字：

　　如月刀

　　孤独刀

　　杀与救

　　一线间

　　刀光如月，天上只有一轮明月，地上也只有这一柄刀。